U0133115

中国发展模式论丛 第二辑

公共服务与中国发展

复旦大学发展与政策研究中心

北京世纪文景文化传播有限公司　出品

中 国 发 展 模 式 论 丛

复 旦 大 学 发 展 与 政 策 研 究 中 心 编

公共服务与中国发展

世纪出版集团 上海人民出版社

前　言

　　进入 21 世纪以来,中国的改革和发展进入了新的历史时期。人民群众的温饱问题基本解决,对公共服务的需求不断增加。经济的快速发展、生产力和财政能力的提高,为人民群众提供更高水平的公共服务带来了可能。为城乡居民提供更平等、更健全的公共服务,是当前历史时期中国发展面临的重要任务,这对于构建和谐社会和实现科学发展具有重大意义。这种以公共服务为导向的发展观,相应地要求政府转变职能,改变对各级政府的考核体系,政府要更加关注弱势群体,关注公共物品,关注与人民群众密切相关的民生福利;也要求更加以人为本,要求以人民群众为发展的目的,要求人民群众的共同参与和共同决策。

　　在这样的社会背景下,围绕着公共服务和中国发展这样一个理论命题,复旦大学发展与政策研究中心在 2007 年上半年召开了第二次年度学术讨论会。本次学术讨论会也得到了上海市委宣传部和马克思主义研究论坛的支持。来自复旦大学、华东师范大学、清华大学、安徽财经大学等院校的四十多名专家学者参加了研讨会。与会学者针对公共服务的理论、公共服务和公共利益、公共服务和公共财政、公共服务和社会发展、公共服务和公共政策等广泛议题进行了深入交流。校党委副书记燕爽、市委宣传部理论处处长刘世军在会议上也分别致辞,进一步阐释了公共服务和建设和谐社会的内在关系。会议结束后,本集刊的主编张涛甫博士和编委会成员共同挑选了会议中若干优秀论文,并对有的文章进行了进一步的修改。这是本书的缘起。

　　复旦大学发展与政策研究中心对中国发展模式的研究,是与复旦大学文科科研管理部门的协调,以及一些富有活力的青年学者的学术努力分不开的。我们若干位对中国发展的理论和现实命题充满志趣的学者一起启动了这样的研究计划,大家从不同的专业角度出发,包括人口学、社会学、经济学、政治学、法律学、新闻学等,努力针对一些国家发展的重大命题,通过研究和思考提出自身的见解。我们也希望把这样的研究平台建设成为开放性的、互助合作的学术交流的平台。通过相互学习,大家逐步汇聚成一个富有活力、富有创新能力的学习型的团队。我们也越来越觉得,对中国发展的研究需要综合的知识,需要学者团队合作和共同努力,也需要快乐轻松的学术兴趣和关心国家发展的责任心。

从学校文科科研管理部门的角度看,促进这样的对中国发展模式研究的学术队伍的成长,也是努力培养学校中青年学术人才的重要举措。学校通过组建发展与政策研究中心这样的学术交流平台,其目的也是使学者能够在理论观点和研究方法上相互启迪,实现学者间的相互带动、相互团结和共同协助,并引导学者更加关心国家发展,努力回答中国命题。经过近年来的实践,这样的一个初始的起步已经略具雏形。在复旦大学已经涌现出一些富有朝气的中青年学者,他们在中国发展领域的许多学术研究成果也已经日益引起社会的关注和影响。这样的一个人才成长的过程是与学者的积极参与、相互交流的团队协作相联系的,也是与国内外学术同行的相互合作、交流和思想交锋相联系的。

可以肯定地说,中国所面临和经历的巨大转变和发展,使中国发展研究在理论意义和现实意义上具有丰富和广阔的内容。这些新鲜生动的社会事实和话题,将不断吸引着学者研究的兴趣,也需要更多的学术同行共同参与和贡献自己的才智。只有把学术的研究和重大理论和现实问题结合起来,将学者的学术智慧和国家重大理论创新和知识创新结合起来,才能实现学术的社会价值,实现学者的社会责任。希望复旦发展与政策研究中心的相关研究,能不断取得更加丰富的成果。

任　远

2007 年 9 月 30 日

目　录

公共服务与公共治理

公共服务部门的所有权安排
及其绩效： 一个理论述评

复旦大学中国社会主义市场经济研究中心　王永钦

香港科技大学商学院经济系　包　特

[内容提要]　本文对近年来研究公共服务部门所有权安排的最新理论文献作了一个全面述评。公共服务部门的产品(服务)有着独特的信息结构和激励结构,因此简单的私有化未必能够改进效率,而是应该在私有化和国有制之间寻求更微妙的中间性制度安排。本文的理论对于中国的相关领域(如教育和医疗)有着重要的启示作用。

一、引　　言

原国有部门的私有化改革是二战以后世界各国的一个重大潮流,解决国家垄断下的激励不足和效率低下问题成了这一改革中的重点。这一改革从英国和欧洲大陆的国有企业私有化开始,经历了日、韩等新兴经济体中国家主导财团转型,以及如今的转型经济中国有企业的私有化,在世界各地造成十分重大的影响,也成为经济学研究的热门话题。[①]

但与讨论国有能源、化工等私人产品(private good)行业的私有化相比,讨论教育、医疗、监狱等公共服务部门的产权和私有化问题的文献相对滞后,甚至明显落后于各国政府实际的改革进程。这可能是因为,传统上很多学者用"外部性"等原因把这些行业的公有制性质看成理所当然;而有些学者们虽然发现了问题,但由于没找到合适的理论工具,于是经常套用企业改革方面的理论直接解释公共服务部门的情形,认为公共服务部门最好的出路也是像私人产品行业一样,实施大规模而全面的私有化。

理解公共服务部门的产权安排,特别是私有化对它的适用性,这对于相关的行业政策具有重要的意义——对于目前的原计划经济国家如此,对一向实行市场经济的西方国家来说也是如此。例如,法国和德国业已存在的大型国有企业,它们提供的产品虽好,却可能在质量方面做过了头,从而失去了成本优势;而仿照其他行业的私有化进行的英国铁路全面私有化虽然在短期内提高了竞争、降低了成本,却使英国火车即使战时也从不晚点的神话不复存在。②

这些对于我国的改革实践也是并不遥远的情况:我国私人产品部门的私有化随着私营部门的兴起和部分国企的改制已经趋于完成,并取得了良好的效果,而仿此进行的公共服务部门的改革却遇到了意想不到的困难和批评。一方面,原有的国有单位的各种低效率并没有得到很大的改善;而另一方面,随着这些机构被日益强烈的利润动机驱使,各种偷工减料的情况反而可能比以前更严重,高的服务价格未必带来好的服务,有时候还相反。

由于对教育和医疗行业的产品特征和激励结构认识不足,人们对这类公共服务部门的私有化问题的评价常常走向"全或无"的极端。随着人们实践经验的积累和理论的进展,经济学也开始探寻一种能深入探讨这一领域的研究方法,而合约理论的最新进展正好能帮我们更好地认识这些问题。在委托—代理理论和不完全合约理论的新发展和推动下,经济学家对公共服务部门的产品特征、激励结构,进而对其相应的最优所有权安排有了新的理解。在此基础上，在政策层面上，经济学家和政策制定者正逐渐认识到：不能单靠国有制或私有制当中的一种解决公共服务部门的所有问题，而是需要两者共存、各取其所长，更需要非营利组织等多种其他形式组织的参与和互动，从而通过一系列复杂微妙的过程实现一定的效率目标和社会目标。

本文将对最新的理论文献进行述评，以分析公共服务部门私有化的文献为主线，首先按公共服务部门的特殊性—理论解释—替代方案（复杂性）—问题的解决（多种所有制长期并存的必要性）的思路展开；在文章的第二部分，我们将列举公共服务部门与其他私人产品行业的不同；第三部分论述这些不同如何导致了在其他产业取得巨大成就的私有化改革在公共服务部门却显得步履维艰（私有化的"失灵"问题）；第四部分针对公共服务部门特殊性下几种所有制安排各自的利弊进行具体的讨论，解决问题不能依靠其中的一种所有制安排，而只能是利用各种所有制并存的方式制造出这种条件下最适当的市场结构；第五部分将总结以上理论的实际含义，并针对中国公共服务部门改制中一些独有的问题进行讨论；最后总结全文提出未来的研究方向。

二、公共服务部门的特殊性

公共服务部门的生产很难用直接的私有产权、自由市场竞争和消费者用脚投票来达到帕累托最优，这是因为公共服务部门无论在产品上还是在生产过程上都具有较强的特殊性，这些特殊性可以总结为：

第一，产品的公共品性质。产品的公共品性质往往与公共服务的政府采购有关，采取这种安排的理由是：公共服务部门的产品与医疗、教育、囚犯的改造，都具有一部分私人消费时不计算在内、但对社会非常有用的价值，所以这类产品的私人消费常常会产生消费不足,而达不到社会最优,所以,由政府用税收来代替消费者进行采购常常成了一种次优的解决方案。这就使这些行业的产品的价格并不是由市场决定,而且最终消费者与购买者身份发生分离,消费量达不到社会最优。

第二,产品的经验品性质。与搜寻品可以事前知道其产品质量不同,教育和医疗等服务一个重要特点是,消费者事先无法判断产品或服务的质量,这就使得被用来促进一般商品市场效率的消费者事先搜寻、评判的各种措施在这里都不再有用。即使事前有很好的服务承诺,事后的服务质量也是不能保证的,因为服务是典型的内生的道德风险变量。而且,教育、医疗等公共品的提供都需要专业化知识(expertise)。这就使得消费者不但难以监督医疗或教育机构的服务质量的好坏,也很难找到一个充分统计量来评价它,因此,显性的激励机制很难起到应有的作用,很多时候更要依靠其他的手段(如所有权结构和声誉等)。

第三,合约的不完备性。一项公共项目的进行往往涉及长期的投资,如进行一项区域内的教育改革,它的方针、衡量指标和投资都是在事先很难确定的,而且从事后的效果衡量来看,也很难用简单的学生分数作为成败的标准。这就使得对公共服务部门的项目很难签订一个条目完全的合同,并且对于已经签订的合同,也面临繁复的日后再谈判问题。

第四,企业目标和利益相关者的多重性③和复杂性。与一般的竞争性产品部门不同,公共服务部门很难用简单的利润目标作为一切活动的中心,机构的领导者在追求生产效率和经济利益的同时,往往不得不考虑到较多的社会评价和外部声誉;同时由于公共服务部门的资金往往来自经营收入、政府补贴和社会捐赠等多方面,还需要相关技术人员大量的关系型(relation-specific)人力资本投资,所以在满足消费者的要求之外保护这些利益相关者的利益诉求,就成了公共事业单位必须考虑的另一个重要因素。

公共服务部门的上述几个特征使得对这类产业来说，简单的私有化或者市场化不一定能够促进竞争，从而也未必能改进配置效率。

三、私有化及其"失灵"

经济学对公共品问题的讨论由来已久，但对公共品提供的产权安排的研究却到了 1980 年代才开始，④虽然思想之源可追溯到科斯（Coase，1937）用纵向一体化理论讨论企业"内部生产"（in-house production）和"合同外包"（contracting out）之间的替换。规范的理论性框架应该直到萨平顿和斯蒂格利茨（Sappington and Stiglitz，1987）才被提出来，两位作者在文中详细地用公理化的体系证明：尽管对于公共品而言，它的外部性导致了政府对其市场的干预是必须的，但我们可以通过一个精心设计的拍卖机制来解决这一问题。这一拍卖机制不但包括这些干预的基本要素，还保留了自由竞争市场带来的绝大部分好处，而在这个拍卖机制的范围之内，实行国有产权和私有产权是无差异的。两位作者在证明完这一结论后又立即指出：尽管这种假设存在的拍卖机制具有如此理想的性质，但其存在的前提却是一套现实世界根本达不到的"理想条件"（ideal setting）。当其中的一条或几条得不到满足的时候，私有化和国有化的差别就会很明显，而且有可能私有化的效果更差。应该说，这篇文章无疑给日后的研究提供了很好的基准，但从对具体问题的回答而言，它只是指出了未来可以研究的方向，而这些方向正是针对这些理想假设（没有信息不对称、合约是完备的、大公无私且没有预算约束的政府、对风险完全中性的交易双方）在现实当中不成立的情形。

这些方向是在 20 世纪 90 年代后期由汉斯曼（Hansmann，1996）、施密特（Schmidt，1996）、哈特等（Hart et al.，1997）、格雷

泽和施莱佛(Glaeser and Shleifer，1998)，以及哈特(Hart，2000)等人将新的研究方法引入相关研究才开始被系统发掘的，并引出一系列重要的成果。本文下面将从两个方面对有关文献进行述评：一方面是重点讨论私有化的问题和"失灵"；另一方面则讨论作为其替代方案的其他类型所有制的利弊，以及我们寻找到的解决方法。

1. 信息不对称和交易成本

信息不对称及交易成本对公共服务部门私有化的主要影响体现在：人们通常期望将原有国有公共服务部门私有化来提高它的效率，这有一个前提，就是私有化以后的市场上，企业必须依靠质量和价格上的优势方能取得技术上的胜利。但这种情况在一个如我们以上说到的公共品市场上很难存在，因为：(1)公共服务部门的产品和服务消费具有体验品特性，人们对服务质量无法作出事先的判断和评价，只能通过事后的"体验"得知，所以很难在事先签订有关服务质量的详细合同，这属于交易成本当中的"签约成本"较高；(2)教育、医疗行业的消费通常具有一定的连续性，消费者很难用中途更换服务提供者的方式"用脚投票"，这属于交易成本当中的"转换成本"较高；(3)教育、医疗等行业的产品服务还有一个特点，就是需要高度的专业知识，这就使得产品的成本、价格等方面的信息对于消费者而言很难进行监督，特别是专业技术人员的努力作为一个"隐藏行动"变量，虽然直接关系到教学和治疗的效果，但消费者和第三方监督者很难设立标准进行审查，这属于交易成本当中的"验证成本"偏高。[5]

交易成本框架在经济学方法论上是一种比较传统的研究方法，但基于这一框架展开的最新经验研究成果却让这一研究方法的魅力显得"经久不衰"。莱文和泰得利斯(Levin and Tadelis，2005)通过对美国市一级公共设施私有化数据的研究得出：市政府进行将一项公共设施私有化的决定与签订合约的容易程度(签约成本)等因素具有高度相关性，对于越容易签订标准化合约的行业和产业聚集地,私有化就越多被采用。这篇文章针对的是在公共品行业内部的比较,但可以想到的是,无论对于公共品或非公共品,私有化能否顺利进行,都与行业的信息透明度和交易成本有巨大关系。

2. 合约的不完备性

交易成本方法的一个缺陷是交易本身也是一个有待打开的黑匣子,而不完备合约理论(Grossman and Hart,1986;Hart and Moore,1990)则在一定程度上打开了这个黑匣子,从而深刻地刻画了合约不完备性导致的剩余索取权的重要性,较好地解释了所有权的收益与成本。合约的不完备性是指因为交易方在签订合同时不能对合约的所有细节作出明确并可由第三方验证的规定,所以会产生一部分"剩余控制权",剩余控制权会导致双方对事先投资的激励不同。合约的不完备性对公共服务部门私有化的主要影响体现在:由于公共服务部门的生产往往涉及大规模的长期投资,所以事先签订"不完全合同"的情况也比比皆是。这时候很多激励不是通过合同的条款,而是通过将资产产权(剩余控制权)配置给一方实行,当产权配置给政府自己(实行国有企业的内部生产)时诚然会造成成本过高、缺乏创新等问题,但如果只是把这些资产变更给私人也会造成政府的"硬预算约束",⑥ 或者企业主为了追求利润而偷工减料,从而使公共品在数量和质量的供应上少于社会最优的量,从而造成效率的损失。

施密特(Schmidt,1996)在其论文中指出:关于私有化能不能如同在私人产品部门一样提高公共品生产的效率,历来就存在对效率的侧重点强调不同而产生的两种争论,对于"生产效率"的强调使得一些人认为,私有企业总是比国有企业拥有更多的生产成本、技术等方面的优势,但威廉姆森(Williamson,1985)指出,假如政府能用和私有企业一样的组织和激励方式建立国有企业并雇用经理人进行生产,那么他们所面临的委托—代理问题其实是一样的,就没有理由认为国有企业的效率会比私有企业差;而另一种强调"分配效率"的人则认为只有政府能做出具有社会最优的产量选择。萨平顿和斯蒂格利茨（Sappington and Stiglitz，1987）通过建立一种拍卖机制说明：只要政府能使企业获得的价格完全等于社会对公共品的评价，并且通过竞争使企业的租金为零，那么参与拍卖或受规制的私有企业也完全可以内部化政府目标中的"外部性"和"多重性"。因此，公共品、效率、外部性说到底都不可能是产生私有化与非私有化之争的原因，只要合约是完备的，交易者必然可以通过一种方式使交易达到最优，并且让这个结果具有"产权无关性"。我们要讨论不同的产权安排，就必须假设合约是不完备的。（这些应该放在"信息不对称和交易费用文献"里作为对其的一个批评，从而很自然地过渡到不完备合约理论。）

假设合约是不完备的有两点意义：(1) 现实性。在现实中，公共品生产者的努力，影响成本的景气因素，甚至未来产品本身的性质都具有很大的不确定性，比如施密特在文中提到的生产一种开发周期达 10 年的新型武器，对于这种产品未来的情况，不光政府不能作出判断，就连生产它的企业本身也有很大的不可预见性，这与我们在上面提出过的公共服务部门的特殊性也是相符合的；(2) 严格性。相对于"信息的不对称性"假定，"合约的不完备性"假定并不依赖于前者，因此它得到的结论可能实际上比信息不对称下更"强"，符合合约不完备性的结论不依赖于信息不对称性，但适用于前者所讨论的情况。

施密特得出私有制和公有制之间（在合约不完备的情况下）存在生产效率和分配效率的权衡（trade-off）的主要逻辑如下：当我们假设政府需要付给企业的价格只取决于社会对其产品的评价，进而为了简单，只取决于它生产产品的数量时，这代表了分配效率的一方；而生产效率问题只取决于生产的成本，这一成本的"高"、"低"两种可能的状态，经理的努力可以提高低成本实现的概率，在每种状态里，成本仅与产量同方向变化。这一生产者—政府博弈分为三个阶段：在第一个阶段，政府决定雇用公有制经理还是私人企业主进行生产；第二阶段，企业主选择自己的努力水平；第三阶段，实际的成本发生，在国有化情况下政府观察到成本状态，并选择产量，而在私有化情况下，政府观察不到实现的成本，但可以凭自己的"信念"得出一个经理人的努力水平和由其决定的低成本状态的概率，然后选择产量和私营企业主的补偿方式。

这里最为重要的是博弈的第三阶段：因为信息结构的不同，在国有企业条件下，经理人的福利只和产量有关，并且他知道无论成本状态是什么，政府都会选择一个在那种情况下最优的产量，而不会通过减少产量或关闭企业来施加惩罚，那么他最好的选择一定是投入低水平的努力，等着政府在高成本的时候救他；而对于私有企业，因为政府并不能观察到成本的状态，所以惟一的方法就是通过一个"直接机制"[⑦]与企业主签订一个"激励相容"的合同，让他对成本的状态说实话，并由政府根据报上来的状态决定补偿。这种机制的问题是，为了压低企业主在低成本状态下的信息租金，就需要对他的高成本状态压低产量降低报酬来诱使他说实话，[⑧]而这样做的结果就是，虽然企业主会努力避免高成本出现，但当这个成本出现时，政府必须把产量压到低于社会最优的水平，这就损害了公共品的"分配效率"。[⑨]

如果说施密特提到的私有化成本是来自委托人为了实现硬预算约束"承诺"（commitment）而带来社会福利的损失，那么哈特等（Hart *et al.*，1997）提到的私有化的成本，就是一种来自代理人的道德风险产生的公共品质量的下降。他们用了一个简洁的不完备合约模型说明：当政府和一个生产企业的经理签订一份价格为 P、产生社会效用为 B 的合同后，假如这个企业主可以视情况采取两种在合约里没有包含的技术改进 i 和 e，前者旨在通过投入成本提高产品质量，从而增加社会福利 B，而后者会产生成本的节约，但会降低产品质量损害 B，那么由于当企业的产权归于政府时，政府总可以通过更换经理等方式将企业收益的增加转给自己,经理对两类技术改进的投入就将都低于社会最优水平;但对于私有企业主来说,虽然当质量提高型改进可以获得补偿时,他也可能有更多激励进行这一类投资,但在更多的时候,通过成本改进型技术节省的利益才会最直接地流向他自己,所以他更可能将这一部分努力做过了头,从而过度损害 B。就如同发生在美国监狱私有化过程中的问题一样:根据 AFSME(1985)、Donahue(1988,1989)、Logan(1990,1992)等的调查,尽管这些私人监狱在节省成本上做得很好,但监狱常常人手不足,并且给予雇员更少的培训,所以在监狱的安全和对犯人的人道待遇上的表现就显得差多了。

3. 腐败和利益游说问题

如果说人们通常把国有企业和一些与政府有关的官僚作风相提并论,那么他们一定会奇怪为什么腐败和利益集团的游说问题反而可能因私有产权的引入而变得更严重。这是因为在国有制或其他形式的所有制下面,经理人本人没有对企业利润的直接控制权,他虽然可能有各种追求在职消费等行为的冲动,却不会有为企业的利润最大化进行更为冒险的行贿来获得商业机会的行为,而这种行为却可能因为私有企业主可以得到他贿赂的百分之百的回报,而在私人部门变得严重。

关于对私有化可能加剧腐败问题的论述,可参见哈特等(Hart *et al.*, 1997),他在讨论完私有产权可能加剧企业主偷工减料问题后进一步指出:因为国有企业的经理面临被换掉或受到政府剥削的处境,所以面对一项工程,他通过贿赂方式去不正当地谋求企业利益最大化的动机可能也会被削弱;而私有企业主则与之相反,因为他总能得到企业百分之百的利润增加值,所以当这种增加可以通过行贿实现时,他行贿的动机也会相应地更高。

萨平顿和斯蒂格利茨(Sappington and Stiglitz, 1987)在讨论他们设计的拍卖机制时也考虑到,由于政府和国会与纳税人之间也存在委托—代理关系，所以拍卖可能让他们利用这一机会更多谋求个人私利而不是民众的利益。另外，由于很多有关复杂技术的工程其价格和工期等细节也面临事后的再谈判，所以当生产者拥有强大的游说力量时，他完全可以通过事先接受一个任意低的价格，事后与政府进行游说再谈判提价，把收入恢复到自己期望的价格，所以中标者可能不是效率最优的生产者，而是事后再谈判能力最高的生产者。

4. 项目的加总性或互补性

项目的加总性或互补性对私有产权的影响是：如果一个大项目被分成若干具有互补性的小项目分包给私人经营者，那么他们根据自身利益最大化作出的生产决策很可能是不符合社会最优的，甚至经常会出现"自扫门前雪"或"以邻为壑"的情况。

萨平顿和斯蒂格利茨(1987)论述道，如果被拍卖的不是一个单维度的简单商品而是涉及复杂的整体技术，那么分包给各个生产者就很可能造成每个人各自收集有关自身业务的信息并进行生产，但有关项目整体最重要的"全局信息"却面临严重的供给不足，从而会使政府面临很高的协调成本，甚至出现协调的困难。

班廷内斯和罗斯(Bettignies and Ross，2004)、金和匹茨福德(King and Pitchford，2001)也指出，由于一些项目之间具有"外部性"，如果改造一个飞机场会使飞机正点到达率提高，也会使从这一机场起飞到达其他飞机场的正点率提高，那么每个飞机场的所有者改造飞机场的投资肯定因为没有考虑到别的飞机场而达不到社会最优水平，所以将飞机场改造看成一个飞机场自己的事肯定也会带来协调和外部性的问题，从而需要更高层次的整体考虑。

5. 风险问题和资金约束

由于政府和企业对风险的吸收能力不同，企业常常比政府具有更大的风险规避性，如果让企业的风险规避性和政府一样，就很可能引发新的扭曲。另外，当公共产品需要的投资非常巨大时，政府很可能面临强大的资金约束,不能用"一笔付清"的方式将公共项目的承包合同拍卖。

萨平顿和斯蒂格利茨(1987)指出,政府和企业对待风险的不同态度和承受能力很可能使拍卖达不到最优的效率,因为政府往往具有比企业更强的风险承受能力和更少的风险规避性,这就使得政府需要额外付一笔钱作为企业的风险溢价,或者通过拍卖实际选到的不是效率最高的企业,而是风险规避最小的企业。班廷内斯和罗斯(Bettignies and Ross,2004)也隐含地指出这一拍卖机制(虽然不是私有化本身)的一个问题,就是政府面临有限的财政预算,很难用直接购买或投资的方式提供所有的公共品。

6. 利益相关者的保护

私有化除了可能因其过强的利益最大化激励而伤害消费者,还可能因为降低成本裁减雇员的方式损害难以进行职业转换的雇员的利益,并且因为滥用资金而损害捐献者的积极性。当这种情况发生时,可能最好的办法就是建立有限的"弱化产权"的机制来作出保护利益相关者的承诺。

格雷泽和施莱佛(Glaeser and Shleifer,1998)在讨论非营利机构的论文中指出:由于大学、医院等机构的雇员失业后往往很难在本地找到类似工作的提供者,所以强大的产权激励可能使员工担心自己会因为经营变化而随便遭到解雇,从而减少和自身专业的人力资本有关的长期投资。[10]从长期来看,这无疑会损害这个强烈依靠技术的行业的效率。

汉斯曼(Hansman,1996)通过更为一般的讨论说明:外界的捐献者很难知道一个机构内部的成本和赢利情况,所以一个有私人所有权的公益性机构将很难摆脱这样的质疑,即捐献者多出来的捐款可能被当作经营的利润被私吞,但非营利机构由于没有剩余索取者,反而建立一种可信的承诺:所有的资金都会且只会被用到捐献者希望的方面,从而不但保护了他们,自己也能收集到更多捐款。

四、私有化的替代方案和理论解答

上述理论表明,公共服务部门有着特殊的产品(服务)特征和激励结构,所以简单的私有化未必能够提高配置效率,更多的是一种扭曲代替了另一种扭曲而已,最好的情况下得到也不过是一种次优的结果。所以,很有必要讨论简单的私有化之外的替代方案及其理论基础。其实,教育、医疗等行业不但有悠久的实行国有制、非营利组织,乃至半官方的国际组织形式安排的传统,也在新一轮的公私合作大潮中扮演重要角色。这些丰富的实践经验向我们证明,在公共服务部门行业实行多元化的所有制安排可能是符合人们常识的最自然结果,所以理论也必然可以从中获得启发;另一方面,实行国有制和非营利组织等的"软激励"(soft incentive)方式和面向长期的公私合作安排,也是符合激励理论和合约理论对这类组织的最新研究成果。

在文章接下来的部分里,我们就将通过以下几个方向寻求对私有化"失灵"的疑惑和困境的解答:一是关于将过强的激励弱化,主要讨论传统的国有制或非营利组织;二是关于通过长期的关系型合作将产品的外部性和合约的不完备性内部化,主要讨论新兴的公私合作的理论进展;最后是关于这些所有制共存竞争,让几种各具优劣的所有制形式共存,提高配置效率和生产效率,更有效地促进竞争。

1. 国有制

传统的国有制下的教育、医疗服务等公共品的提供不能满足社会对它提出的要求,而将公共设施简单私有化又面临"失灵"问题,那么,针对这个问题,传统的国有制是不是已经包含了部分对它的回答,在考虑一个面向未来的市场规划时能否将它排除在外呢?

　　首先,对于私有化情况下面临的信息问题,国有制(在一个"善意政府"的前提下)可能提供更多的公共信息,因为将一个企业国有化意味着政府将直接控制企业的"信息生产"(Schmidt,1996)。当政府本身掌握着企业的会计、财务、技术部门时,它就会完全了解企业的成本、财务信息,任何决策都会得到最可靠的信息并且迅速贯彻下去,这就决定了私人机构和政府很难达成一致的一些基本目标,如药物的定价、盈利率较低的公共福利项目,可能交给公立组织效果会更好。这在实际中常常得到体现,如很多国家的急救服务都是由公立医院提供的。

　　其次,对于合约的不完备性产生的问题,国有制只能在严格限定的条件下有限地改进私有制安排产生的结果,这方面已有文献的两个重要结论是:第一,如对于施密特(Schmidt,1996)的模型而言,⑪当经理人在降低成本中起到的作用不大,或他在公司遭遇高成本时通过降低产量来挽回损失的动机不大,以及即使产量会因为私有企业追求自身利益而下降,但带来损失并不大时,分配效率的损失(产量下降)是比生产效率的损失(成本上升)更加重要的考虑,所以国有制安排会比私有制安排提供更好的效率。第二,哈特等(Hart *et al*.,1997)的模型中公有制比私有制更好的条件是:(1)偷工减料节省的成本非常少而造成的社会福利损失非常大,并且政府对国有企业的剥削很轻,在这种条件下,国有和私有企业改善质量型创新的动机几乎是一样的,并且尽管私有企业花了更大的力气降低成本,但因为质量也随之急剧下降,所以国有企业在这方面的动机微弱实际上可能是有效率的安排;(2)技术创新造成的质量改进极小或者技术创新不重要的领域,故私有企业在这方面没有对公有制企业的优势。

　　关于腐败和再谈判的问题,对一个善意的政府而言,再谈判的问题确实会因为一体化而被有效减少,但对于哈特等(Hart *et al*.,1997)提出的国有企业会因为激励弱化而减少腐败的发生。应该说，这即使是很强的结论，也应该是针对企业向政府行贿的情况，如果是就企业内部经理接受外部贿赂的方面而言，国有企业受"寻租"的诟病其实历来不少于通常的垄断企业，但私有企业显然因为一切都被"内部化"⑫而避免很多问题。

关于项目的互补性和资金约束问题，只能说政府的干预更为有效，可能使企业之间的活动更为协调，并且避免支付风险议价问题，但并没有文献说明这个结果一定如此，因为假如政府要建立一个完全模仿私有制的国有企业，那么根据委托—代理理论，每个部门经理有各自独自的"小算盘"，所以这个国有企业面临的激励和决策问题与让政府直接雇用一个私有企业也是并无二致的。

最后，国有企业对利益相关者的保护可能不是不足而是过多，如它可能将企业利润想方设法转移给自己或用到自己希望的途径上，并且政府雇员的工会势力在西方国家一般都很强，所以保护问题在这里如果说有，那可能也只是这样的保护太多了，以致损害了企业本来的效率和盈利能力。

2. 非营利组织

根据汉斯曼（Hansman，1996）的定义：非营利组织并不是不盈利，只不过是规定没有法定的剩余索取者，这就使得经营的利润只能再投资或通过在职消费等形式分配给它的经理和雇员。这样做无疑降低了企业的经营者创造利润的激励（即我们再三提到的弱激励或"软"激励），但也在另外一个角度为企业树立了一个"不为利润剥削消费者"和其他利益相关者的形象，从而使它在医疗等一些特殊的行业里具有特别的优势。

格雷泽和施莱佛（Glaeser and Shleifer，1998）就非营利组织的弱激励问题作出了规范的证明。假设一个企业家面临两种类型的企业形式安排：私有制和非营利组织，这两种安排对他最大的不同就在于前者使他可以直接享有经营的利润，而后者限制了他直接获得任何经营剩余的能力，这就使他只能用在职消费的方式将利益分配给自己——对于相同数量的利润收益和在职消费,这位经理人对前者的评价大于后者,我们可以用前者乘以一个 0 到 1 之间的系数 d 表示。模型进一步假设,买卖双方签订的是一个不完备合约,在博弈阶段 0,企业家决定采用营利还是非营利性质的企业,相对于采取营利模式则可以获得的直接经营收益,经理人通过非营利模式只能得到数量相同但他个人评价更低的在职消费;阶段 1,消费者根据自己对能获得的产品质量的估计付给企业家补偿,这个补偿的高低与消费者事先判断的质量有关,质量越高,补偿越高,但为了获得更多的补偿,厂商也显而易见地必须承担更高的成本;阶段 2,企业生产出产品,但因为质量是不可验证的,所以即使厂商偷懒,他已经获得的价格也不会再被改变,只会承担一个声誉上的损失或良心谴责上的成本,质量越低,他受到的声誉或良心上的损失越大。也就是说,厂商实际面临的问题就是偷懒所带来的物质成本的节省与声誉成本增加之间的权衡,非营利机构的经理人因为对相同的降低物质成本所取得的收入评价比私人营利机构低,而且有可能相对更在乎自己的声誉,所以他必然选择比较高水平的质量,而消费者也知道这一点,所以他们必然会给非营利组织一个更高的关于质量的事先判断,进而接受一个更高的价格,从而使经营者也因为其"高质量,软约束"的承诺机制而受益。

对照以上列举的私有化可能产生的问题,非营利机构似乎很明显地比国有企业更能解决这些问题:如对于信息不对称而言,非营利组织可能本身更能提供一种保护消费者的"承诺"(commitment);并且不存在降低成本和提高产量之间很强的两难选择,这一方面是因为非营利组织有保证高质量的激励,而另一方面,因为非营利组织的几乎所有盈余都只能用于机构发展和再投资,所以对技术改进也有相当好的促进作用;因为都是对激励的弱化,所以非营利性对哈特等(Hart *et al*., 1997)意义上的腐败有与国有制相同的抑制作用,另外非营利机构之间的协调和对捐助人、雇员利益保护的成效似乎也是显而易见的。这种组织安排惟一的问题似乎在于因为不能保证盈利和资金回报率（Hansman，1996），所以不能像投资者所有的企业一样公开在股市上集资，不过从另一个方面来说，缺乏资金进出的灵活性似乎也可能是一件好事，因为从长期来看，非营利机构的投资具有沉淀性并且不会随着行业前景的看涨而急剧上升，但这也使得在行业萎缩到来时，非营利机构可以凭"收支相抵"的经营状态维持好长时间，从而大大延长机构的寿命，并且稳定行业的供给。

3. 公私合作

公私合作（public-private partnership）[13]是近些年来在公共工程建设和公共品提供方面非常流行的一种合同安排形式。很多学者和国际组织都从各方面给予它高度的重视，也涌现出不少基于案例和经验数据方面的研究，[14]但对于这个领域进行系统化理论研究的应首推哈特（Hart，2002）、马赫蒂摩和帕约特（Martimort and Pouyet，2006）以及最近的马斯金和梯若尔（Maskin and Tirole，2006）。根据马赫蒂摩和帕约特（Martimort and Pouyet，2006）的定义，构成一个公私合作合同最主要的要件有两个，一是将关于一项公共设施的建筑工程和对此设施的日后运营捆绑（bundling）签约；二是在日后运营之时，设施的产权归先前的建设者，也就是签约的私人一方所有。这条定义虽短，[15]但包含的对经济学家对公私合作合同认识的影响却是怎么强调也不过分的。因为在此以前世界各国虽然都开展了大规模的公私合作项目，[16]但人们对"公私合作"本身的理解却还只限于模模糊糊的"介于完全私有化和国有制之间"。而这条定义的给出，就明确了公私合作不但不是"介于两者之间"，而是属于地地道道的"合同外包"（out-sourcing）型私有化的一种，而且还是一种更为深入的"私有化"，即把原来和两个经营者（可能是私有企业也可能是国有企业）的合同合并成一个，并交给同一个私人企业家经营。

公私合作最吸引人的地方就在于,这种以捆绑签约为标志的"更为深入"的私有化形式在绝大多数情况下并不会加剧私有化的问题,反而用自己独特的内在规律让问题减轻。在这里,私有企业家的"权力"看上去大了,但由信息不对称造成的代理费用和激励扭曲反而会随着项目之间的整合而下降。而这也正好是我们在本文中提到的关于公私合作方面的三篇重要理论文献的主题:[17](1)公私合作会减少项目成本方面的"逆向选择"问题(Maskin and Tirole,2006);(2)公私合作会减少项目中激励上的"道德风险"问题(Martimort and Pouyet,2006);(3)公私合作有可能减少合约的不完备性带来的问题(Hart,2002)。

马斯金和梯若尔(Maskin and Tirole,2006)用一个"偏爱的政府"[18]模型,说明了即使政府会因为照顾自己偏爱的利益集团而操纵公共品成本方面的信息,这个问题在公私合作的情况下不但不会因项目价值的增大而造成更大的扭曲,反而会因为政府利用这些信息进行合同设计对项目进行事先的筛选而提高了效率。在他们的模型中,政府面临着在一个"线性核算系统"(linear accounting system,主要作用是规定了相当于预算约束的一个会计总成本上限)下选择批准不同利益集团所属[19]的两阶段的公共工程,所有的工程都分成两个阶段,第一个阶段的成本是一个固定值,而第二个阶段的成本以一定概率出现高和低的两种状态。政府根据成本的情况支付这些利益集团的成本费用,这种补偿机制可以采取成本加成形式的,也可以采取固定价格形式。[20]政府的偏爱体现在虽然这些工程对改进这些利益集团的福利作用是一样的,但政府却对不同利益集团的福利改进给予不同的评价。[21]线性核算系统的作用在于它了决定政府批准一个项目的边界条件,这个条件可以由政府在政府预算为一定(项目上报的会计成本之和不能超过一个最大值)条件下求总的社会福利最大值的拉格朗日算法得到,具体可以表示为对公共品的供给量求一阶导数时得到的不等式决定,不等式的左边是政府赋予这一单位的公共品的评价，这个值应该大于等于右边的两部分值之和：一部分来自向利益集团本身支付的项目本身的价格，另一部分来自拉格朗日算法中由于引入会计预算约束而产生的影子价格，这个价格等于实际记录的会计成本乘以一个系数 λ，在最理想的情况下，政府对不同的利益集团没有偏爱，那么它对一个项目的评价应该是这个项目本身产生的社会福利作用；而对于不等式的另一边，在政府可以完全抽租的情况下，它支付给私人部门的价格将被压低到刚好等于成本，项目的会计成本也应该诚实地记录为成本的真实值（即价格、实际成本、会计成本为同一个值）。

而在这里，政府对项目的评价显然会因为政府对项目偏爱与否产生一定的扭曲，而且政府出于对自己有偏爱的社会福利最大化考虑，一定会倾向于给自己偏爱的项目更高的价格，并且在一定程度上操纵项目的会计成本。[22]捆绑签约（公私合作）和非捆绑签约（分开承包）在这里的不同之处就在于，政府可以在会计记录上对前者按自己的事先估计记录不同的会计成本，而对后者只能记录一种。[23]他们在对各种临界情况作了分析比较后发现：虽然捆绑签约的情况看上去充满了扭曲，但由于政府对成本的操纵是基于事先获得的有价值的信息，所以反而基本让所有有效率的合同都获得了通过，而且将最不受欢迎的高成本项目也都挡在外面，只是可能让高成本的受偏爱项目钻空子；但在分开签约的情况，所有项目的会计成本都被记录成一样的，所以反而让高成本项目的影子价格下降，而低成本的好项目的影子价格倒上升了，[24]于是看似公正的"一刀切"会计成本反而限制了公众事先了解项目好坏的能力，所以还不如让政府通过捆绑签约来利用这些信息了。

马赫蒂摩和帕约特（Martimort and Pouyet，2006）用一个道德风险模型不但解释了捆绑签约对解决项目间外部性问题的重要性，而且还对公私合作的另一个条件"建造者所有权（builder ownership）"与合约捆绑放在一起时的相互作用做了细致的讨论。

在他们的文章中,签约的政府和公共品生产者(建造商或运营商)依然有一个两阶段的公共品提供合同,但作者在这里更为详细地刻画了两阶段的不同:合同的第一阶段为设施的建筑,生产者的努力主要用来提高设施的质量,而第二阶段为设施的运营,这一阶段生产者的努力主要用来降低运营的成本,而且当政府不能直接观察生产者的努力时,它对生产者提供的报酬也由一个固定的基数加上一个正比于设施质量或反比于运营价格的奖励工资(bonus)构成。进一步,根据"道德风险"模型的一般框架,两位作者又假设公共设施的质量是由生产者的努力加一个代表外生冲击的随机变量决定的,运营的成本由三部分组成,一个是运营商的努力,一个是外生冲击,还有一个就是第一阶段建筑者改善建筑质量的努力带来的外部性,这个外部性一般是正的,㉕表示高质量的设施施工一般会为日后的运营节约成本。这篇文章的重要结论在于:当政府面临给生产者激励和为增加它的激励必须承担提供保险的成本的权衡时,分开签约不能解决这一问题,所以容易造成生产者的激励不足;但捆绑签约可以通过项目之间的外部性增加生产者提高设施质量的激励,故有助于这个问题的改善。

两位作者并未将讨论停止于此,他们问道:假如设计一个让第一阶段的建筑商报酬和第二阶段的运营商成本挂钩,第二阶段的运营商报酬也和第一阶段的设施建筑质量挂钩的更加周密的合同,是不是就可以模拟捆绑签约模式获得把外部性内部化的所有好处呢?答案是否定的,因为这样间接内部化的灵活性和程度都不如企业内部能够直接内部化的情形。㉖于是二人又进一步问:如果捆绑或将两个公司合并成一个会提高合约的效率,那么这种好处会不会自发实现,比如,两个企业先组成一个合资公司,然后合为一体?这个问题的答案是肯定的:作者通过建立一个共同投入、收入平分的合资公司并进行比较,发现这样的合资公司将原先两个公司的风险溢价都降至原来的一半,从而相当于降低了两者的风险规避程度,提高了公共品提供的效率。

最后，为了检验不同的产权对于分开签约和捆绑签约的影响，两位作者又假设了一个质量不可验证的条件下的产权模型，（因为同义反复），假设拥有产权的一方可以通过对设施的产权获得所有的剩余收益，那么当产权为政府所有时，捆绑签约无论如何都能改善生产者激励不足的问题，所以总能提高效率；但当产权为私人所有时，由于生产者可能在建筑设施环节上因私人收益过高而过度投资，所以捆绑能起到的作用应以生产者的私人收益情况划分，当私人收益较低激励相对不足时候，捆绑签约比分开签约好；但当私人收益较过高激励相对过度时，捆绑签约不如分开签约。

哈特（Hart, 2002）在运用一个类似哈特等（Hart *et al*., 1997）讨论私有化的模型分析公私合作时指出：假如政府在一个公共设施的建筑和运营时有两种方法：以固定的报酬雇用一个建筑商建好一个公共设施，然后用竞拍的方式以成本价雇用另一个单独运营商负责运营，或雇用同一个生产者，既支付给他固定的建筑成本，也按一个固定的价格补偿他的运营费用。那么当此设施的质量和服务的质量（只能观察到成本）都不可验证的时候，前一种情况下建筑商肯定不会投入任何努力提高设施质量或节省服务成本，而后一种情况生产者则会在一定程度上注意提高质量，并且有足够的激励来降低成本，但如果这种节约是以牺牲服务的质量为代价，公众也要为此承担福利损失。哈特指出，这里的关键就是看两个质量哪个更重要或哪个不可验证的程度更大，如果设施的质量相对容易验证并且不重要，那么前一阶段的激励损失就相对不重要，应该将两个项目分开签约保证服务质量；如果服务的质量相对容易验证并且不重要，那么后一阶段的激励就相对不重要，应该将两个项目捆绑签约减少运营成本。

4. 多种所有制并存竞争

最后，如果说"公私合作"代表了经济学家和政府部门在探讨有关公共事业建设上的最新成果,并且这种成果是以"最大限度同时保留两者的优点"作为自己标志的话,那么让各具利弊的国有制、非营利组织、私有企业以及公私合作项目共存的"多元化市场"方案无疑体现了将这种思考继续向纵深推进的希望:因为无论国有制、私有制、非营利组织和公私合作,当我们细细观察它们的优点和缺点时就发现其实并没有一种万能的方式可将这个市场的所有问题都解决掉,所以像美国这样公共事业极为发达的国家,都是依靠几种所有制并存来提供它们的公共品服务。这就启发我们思考:将这些各具利弊的所有权机构放在一个市场里竞争,可能产生的好处不只是让它们各司其职地发挥自己的长处,更是通过标尺竞争(yardstick competition)效应让它们互相竞争;让消费者通过梯布效应(Tiebout effect)选择自己喜欢的质量—成本组合达到效率上的最优。

在这方面,王永钦和许海波(2006)通过一个不完备合约理论的框架证明了,对于医疗和教育这类公共品的提供来说,由于其独特的产品(服务)特征,单纯的产业化或者私有化并不能够促进竞争。相反,如果公立和私立组织并存则会促进实质性的竞争。公立和私立组织之间的竞争是通过两种效应来进行的:当消费者是异质性的时候,多种所有制并存使得消费者可以"用脚投票",从而满足不同的消费者偏好,提高了配置效率,这时梯布效应占优;当消费者是同质性的时候,多种所有制并存可以互为基准,促进标尺竞争,从而挤压不同所有制企业的"信息租金",降低道德风险,提高了生产效率,这时基准效应占优。不论消费者是异质性的还是同质性的,两种效应均表明,在公共服务的提供方面,私立和公立并存优于单一的所有制。

这就意味着,在公共服务的提供方面,并不是越是私有化(产业化),竞争性就会越强。本文的理论告诉我们,实际情况可能恰恰相反:只有多种所有制并存,才会通过梯布效应和基准效应促进实质性的竞争。这给我们思考所有制和竞争之间的关系提供了新的思路。在竞争性私人品领域中，往往是私人企业形式越多，越能促进竞争；两种所有制形式（或者一种受规制的和另一种不受规制的企业）并存会导致很大的扭曲和低效率。[20]但是，在公共服务领域，恰恰是多种所有权形式并存反而促进了实质性的竞争。

五、对中国公共服务部门改革的政策含义

公共服务部门的私有化和最优产权安排是一个复杂的理论和政策问题。对于正处在转型期的中国来说，现有的理论可以给我们提供如下的政策含义：

1. 允许私人部门的大力参与，与公有部门展开实质性竞争。目前关于公共服务部门改革的两种极端观点——片面的市场化或者保持国有制都是不足取的。我们目前的公立学校、医院搞不好，一定程度上是由我们的教育、医疗行业缺乏一支强有力的私人企业队伍竞争造成的。特别是对于教育、医疗这种需要的专业技术知识比较高，道德风险问题比较严重的服务行业，如果政府给私人企业设置的进入门槛太高，就难以形成有效的梯布竞争和标尺竞争效应，从而难以对已有的国有机构形成创新和节省成本的压力。

2. 在这些部门引入非营利组织。非营利组织是长期没有引起经济学家重视的一类组织形式，它是介入公立组织与私立组织之间的一类组织形式，在一定程度上非营利组织可以克服公立组织和私立组织存在的缺陷。非营利组织的一个本质特征是它的利益相关者（包括管理者、员工等）都不是剩余索取者，即他们是不分红利的，这就是"非分配约束"。换言之，非营利组织是没有所有者的组织。对于服务质量难以监督的行业，采取非营利组织的组织形式可能是一个较好的选择，因为没有剩余索取者的事实使得这类组织不会有很强的负面的激励来损人利己。即便是在美国这样的国家，非营利

组织在社会经济生活中发挥的作用也是很大的,例如 1990 年医疗业的百分之六十四是由非营利组织提供的;在非营利组织在美国经济中的作用还有了进一步的提高,例如,1929 年时非营利组织创造的经济价值只占美国 GDP 的 1.1%,在 1974 年上升到 2.8%,在 1988 年则上升到 3.6%(Hansmann,1996)。在医疗业中大力地引入非营利组织是很有必要的。非营利组织并不意味着它不"盈利",重要的是它的特殊的所有权安排使它在服务质量难以监督的行业成为一种可信的组织形式。

3. 改进政府提供公共服务的激励。应该说,中国时至今日进行的分权式改革㉘很大程度上可以看成一个中央政府主导和控制下的机制设计问题,中国前二十年的成功很大程度上归功于政治集权下的经济分权和以 GDP 政绩为指标的官员评估机制,使得地方政府为了吸引内外资和发展经济,投入了很多地方基础设施的建设,但同时,由于教育等行业的回报与地方政府追求 GDP 短期增长的目标具有动态不一致性,很多事业单位机构正是因此而被"甩包袱"式地丢给市场或转给私人经营。

中国前期改革的成功很大程度上得益于分权式改革的思路和这种改革模式下的以 GDP 为基础的对地方政府的相对绩效的评估。在这样的评估标准下,为了发展 GDP,地方政府之间在市场化和民营化方面展开了竞争,同时也为"招商引资"而在基础设施的建设方面展开了竞争。但是,对教育和医疗这样"软件性"公共品,由于它们短期内对 GDP 不能有立竿见影的贡献,所以地方政府没有足够的激励来提供,反而往往会"甩包袱"式地交给市场去处理。所以,在中国分权式改革下,政府在提供公共品方面更容易出现"失灵",从而使得公私之间不能实现本文论证的良性的互动,使得"梯布效应"和"基准效应"都难以发挥作用,削弱了实质性的竞争。从改革的时机来说,在地方政府完成了竞争性领域的市场化、民营化和基础设施建设的历史使命后,从中央政府的角度讲,现在到了改变过去以 GDP 为标准的政绩评价体系，让地方政府有足够的激励来提供软公共品的时候了。

六、结 束 语

政府和市场的边界一直是经济学中最重要也最具争议的主题之一。对于可以交给市场的纯粹的竞争性私人品，经济学家基本上没有什么异议；但是对于公共品的提供，尤其是医疗和教育这类公共服务或者"软公共品"的提供，无论在经济学界还是在实践界一直没达成足够的共识。也许正是缺乏足够的理论引导，我们可以观察到在国际上，存在着形形色色的制度安排，这些不同的制度安排在很大程度上区分了不同的社会模式。幸运的是，由于合约理论尤其是不完备合约理论的进展，使得经济学家可以更深入地分析政府和市场的边界和公共品提供的最优所有权安排问题，从而给相关公共政策的制定提供了新的视角和思维。

继往是为了开来，梳理现有文献的一个重要目的是为下一步的研究夯基。从现有的文献来看，虽然有些文献也分析了政府的腐败问题，但是基本上是放在非常一般性的理论框架下，基本上没有考虑到具体的政治结构和政治过程。由于公共品的提供涉及具体的政治过程，所以如果不打开政治决策过程这个黑匣子，就很难解释现实世界中各个国家或者地区在公共品提供方面系统性的差异。譬如，民主和非民主国家由于政治决策程序差别很大，所以在提供公共品方面可能有很大的差别；另外公共品的集权化提供和分权化提供也会有着不同的决策过程，因此其绩效也会出现系统性的差别。将本文综述的这些理论与具体的政治结构和决策过程结合起来，将是非常有意义的研究方向。而且幸运的是，在这方面，中国等转型经济和其他发展中经济的实践可以给我们提供丰富的洞见和发现重要理论的历史机遇。

注释

① 相关文献可谓汗牛充栋,具体可见施莱佛(Shleifer, 1997)的总结。

② 有关英国铁路改革以后造成事故不断和人们普遍不满的情况,可参见《纽约时报》1997 年 9 月 20 日、2000 年 10 月 10 日、2003 年 10 月 25 日的报道。

③ 关于多任务模型的探讨,可参见霍姆斯特朗和米尔格罗姆(Holmstrom and Milgrom, 1991)。

④ 在这之前,很多经济学家,包括 Arthur Lewis、Meade、Maurice Allais(前后一致,加上 Meade 的第一个名字)等都对广义的私有化问题进行了重要的讨论,具体的文献可参见 Shleifer(1998)。对于私有化在涉及各种私人产品行业的成功,亦可参见巴伯利斯等(Barberis *et al*., 1996)、温斯顿(Winston, 1998),以及麦金森和耐特(Megginson and Netter, 2000)。

⑤ 汉斯曼(Hansman, 1996)在他的书中用病人看病的例子说到:因为(1) 到医院看病的人病情紧急,来不及挑选医院;(2) 为病人付费的人不是病人本人,所以不能亲自感受治疗的效果;(3) 疾病的治疗具有连续性,不便于中途转院,所以医疗服务的购买者常常不能对服务提供者的以次充好或偷工减料行为作出足够的监督和抗议,这就使得私有化面临十分尴尬的境地。

⑥ 对于很多接触过转型经济学的人来说,听到"硬预算约束"的第一反应可能是:硬预算约束是好事,但对于施密特(Schmidt, 1996)而言,假如政府在发生外生冲击使生产成本偏高时实行坚决的"见死不救"措施,就会使企业唯有利用减产来实行"自救",而这样的减产本身会伤害社会的福利。所以说施密特这篇文章是关于生产效率和分配效率之间的权衡的,也可以说是关于事先效率(足够的努力投入)和事后效率(对社会最优的产量)之间的权衡。

⑦ 关于机制设计和显示原理的经典文章,可参见梅耶森(Myerson, 1999)。

⑧ 因为否则的话,他低成本的时候不给他高产量高报酬,他就会把低成本也报成高成本,说实话机制就无从实现了。

⑨ 这是逆向选择(隐藏信息)文献中"信息租金和配置效率"之间的经典权衡。

⑩ 这种投资可以认为是不完备合约文献中的"关系型投资"，因为雇员担心自己遭到解雇会使人力资本投资收益下降，所以他们会事先减少这方面的投资。

⑪ 与原文"私有化具有比较优势"的条件相反。

⑫ 简单地说，就是在你和一个项目负责人谈价格时，对一个国企经理行贿意味着把不属于他的好处给他，但对一个私有企业主而言，贿赂得来的收入可以本来算成利润的一部分。

⑬ 以"公私合作"（public-private partnership）为官方名称的涉及政府或国际组织与私人部门在一个领域内展开合作的项目其实很多，但这样的活动不一定都是和本文讨论的公共服务部门私有化有关的活动，对于和公共服务部门无关的"公私合作"，可参见斯蒂格利茨和魏斯坦（Stiglitz and Wallsten，1999），对于涉及公共品但不涉及私有化的，可参见瑞奇（Reich，2000）。

⑭ 如格瓦茨-拉丰-斯特莱布（Guash-Laffont-Straub，2002），索绪尔（Saussier，2004）以及魏斯曼（Woessmann，2006）。

⑮ 此前很多经济学者和国际组织都试图通过不同的方式对公私合作给出操作性的定义，但由于没有系统理论框架的指导，这样的定义往往要列出冗长的表格，并且还让人时常不小心混淆其中的界限。

⑯ 根据哈米尼等（Hammami *et al.*，2006）援引世界银行的数据，以公私合作的形式引入国际公共事业工程的投资在 20 世纪 90 年代就累积高达 8 500 亿美元，其中在 1997 年的高峰时段更是达到了当年 1 000 亿美元之多，几乎所有国家都提出了自己的发展公私合作项目计划，包括绝大部分的欧洲国家，也包括一些拉美发展中国家。

⑰ 这部分的结构安排并没有遵循"国有制"和"非营利组织"部分的针对私有化"失灵"的问题一个个来写，但读者可以自行将私有化问题中的问题与这里的文献题目对应：如将"利益相关者"问题对应这里的"逆向选择"问题；"外部性"和"风险"对应"道德风险"问题，"不完备合约"依然对应"不完备合约"等等。但由于交易成本框架比较传统，用它讨论公私合作问题的理论文章并不多，所以在这里没有单独的对应，相关经验研究可参见瓦里拉（Välilä，2005）。

⑱ 严格地说，"偏爱的政府"虽然不同于一个传统的"善意的政府"（benevolent government），却也和一般的"非善意政府"（non-benevolent government）不同。因为在政府是"偏心"的假设下，政府追求的也是社会成员（虽然赋予一部分利益集团以更高的权重）的利益，而不是自己的利益，所以不用像对待"非善意政府"一样考虑政府本身的激励问题和通常讲的寻租问题。

⑲ "所属"意味着这项公共工程只能由这个群体承担成本进行修建,并且建成后只惠及这个群体,而没有"溢出效应"。

⑳ 我们假设政府总能成功地最大化抽租,那么成本加成模式就是政府对企业的高成本支付等于高成本的价格,对企业的低成本支付等于低成本的价格,而固定价格机制是指规定一个无论企业成本高低都给予高成本或低成本那么多的支付。

㉑ 可以用乘以一个大于1或者小于1的系数表示,但这个系数的期望值(所有群体的加权平均)等于1。

㉒ 但这种操纵只限于数额的大小,不能改变项目成本本质上"高"和"低"的状态,比如政府可以减少一个自己偏爱的项目的会计成本值让它通过,但不能把它记录成一个低成本项目。

㉓ 因为后者要支付给一个另外的第一期工程的承包者成本补偿,根据第一期成本是一个定值,这个补偿也应该是一个定值,但如果记录两期的总会计成本是不同的,就意味着合同的总价值不同,就很难再让他们接受同一个价格了。

㉔ 为不失一般性,作者在原文中也讨论了"负外部性"的情况,但这几乎只是为了数学上的严密,而不是现实中经常出现的情形。

㉕ 在解最大化方程的时候,捆绑签约问题中的外部性系数出现在一阶条件里,"质量/成本挂钩"合同中的外部性系数出现在二阶条件里。

㉖ 规制经济学中著名的"艾沃奇-约翰逊效应"(Averch and Johnson,1962)清楚地表明了这一点。

㉗ 关于这部分,参见王永钦等(2006)。

㉘ 对于这些文献采用的研究方法的概览,可以参阅本文后面的附表。

参考文献

① Baiker K., "The Spillover Effects of State Spending", *Journal of Public Economics*, 2005, vol. 89, 529 - 544.

② Barberis, Nicholas, Maxim Boycko, Andrei Shleifer and Natalia Tsukanova,

"How Does Privatization Work?: Evidence from the Russian Shops", *Journal of Political Economy*, 1996, 1044,764 - 790.

③ Besley, T. and A. Case, "Incumbent Behavior: Vote-Seeking, Tax-Setting, and Yardstick Competition", *American Economic Review*, 1995, 85, 25 - 45.

④ de Bettignnies, Jean-Etienne and Ross, Thomas W. The Economics of Public-Private Partnerships, *Canadian Public Policy*, 2004, Vol. 30, 2.

⑤ Glaeser, Edward and Andrei, Shleifer, "Not for-Profit Entrepreneurs", *Mimeo*, 1998.

⑥ Coase, Ronald, "The Nature of the Firm", *Economica*, 1937, 4, 386 - 405.

⑦ Grossman, S. J., Hart, O., "The Costs and Benefits of Ownership: a Theory of Vertical and Lateral Integration", *Journal of Political Economy* 1986, 94, 691 - 719.

⑧ Guasch J. L., Laffont J. J., Straub S. 2002, "Renegotiation of Concession Contracts in Latin America", *World Bank Policy Research Working Paper* No. 3011. 2003.

⑨ Hammami *et al.*, 2006, "Determinants of Public-Private Partnerships in Infrastructure", *IMF Working Paper* No. 06/99.

⑩ Hansmann, Henry. *The Ownership of Enterprise*, Harvard University Press, Cambridge Massachusetts and London England, 1996.

⑪ Hart, Oliver. "Incomplete Contracts and Public Ownership: Remarks, and an Application to Public-Private Partnerships", *CMPO Working Paper Series* No. 03/061, July 2002.

⑫ Hart, O., Shleifer, A., Vishny, R., 1997, "The Proper Scope of Government: Theory and an Application to Prisons", *Quarterly Journal of Economics* 112, 1127 - 1162.

⑭ Holmstrom, Bengt & Milgrom, Paul, 1991. "Multitask Principal-Agent Analyses: Incentive Contracts, Asset Ownership, and Job Design", *Journal of Law, Economics and Organization*, vol. 7(0), pages 24 - 52, Special I.

⑮ King, Stephen and Pitchford, Rohan. Private or Public? A Taxonomy of Optimal Ownership and Management Regimes, *APSEG Working Paper* 01 - 5, July 2001.

⑯ Laffont, Jean Jacques and Jean Tirole, 1993, *A Theory of Incentives in*

Procurement and Regulation, MIT Press.

⑰ Maskin, E. and Tirole, J. , Public-Private Partnerships and Government Spending Limits, mimeo, IDEI and GREMAQ (UMR 5604 CNRS), Toulouse, and MIT.

⑱ Martimort, D. , and J. Pouyet (2006), "Build it or Not: Normative and Positive Theories of Public-Private Partnerships", mimeo IDEI Toulouse and Ecole Polytechnique.

⑲ Megginson and Netter, "From State to Market: A Survey of Empirical Studies on Privatization", *Journal of Economic Literature* (Jun. , 2001), pp. 321 - 389 Vol. 39, No. 2.

⑳ Myerson, Roger, 1979, "Incentive Compatibility and the Bargaining Problem", *Econometrica*, 79, 61 - 73.

㉑ Reich, Michael R. , 2000, "Public private Partnerships for Public Health", *Nature Medicine*, Vol. 6, No. 6 June 2000.

㉒ Sappington, David E. , and Joseph E. Stiglitz, 1987, "Privatization, Information and Incentives", *Journal of Policy Analysis and Management* 567 - 582.

㉓ Saussier, Stéphane. , 2004, "Public-Private Partnerships and Prices: Evidence from Water Distribution in France", *Working Paper*. 2004.

㉔ Schmidt, Klaus M. , "The Costs and Benefits of Privatization: An Incomplete Contracts Approach", *Journal of Law, Economics & Organization*, Vol. 12, No. 1 (Apr. , 1996), 1 - 24.

㉕ Shleifer, 1985, "A Theory of Yardstick Competition", *The RAND Journal of Economics*, Vol. 16, No. 3. , pp. 319 - 327.

㉖ Shleifer, Andrei, "State versus Private Ownership", *Journal of Economic Perspectives*, Volume 12, Number 4-Fall 1998, 133 - 150.

㉗ Tiebout, Charles, 1956, "A Pure Theory of Local Expenditures", *Journal of Political Economy*, 64, 416 - 424.

㉘ Winston, Clifford, "U. S. Industry Adjustment to Economic Deregulation", *Journal of Economic Perspectives*, 1998, 122, 175 - 196.

㉙ Woessmann, Ludger 2006, Public-Private Partnerships And Schooling Outcomes Across Countries, *CESIFO Working Paper* No. 1662.

㉚ Välilä，T.（2005），"How Expensive are Cost Savings? On the Economics of Public-Private Partnerships"，European Investment Bank Papers，10(1)：94－119.

㉛ 王永钦、丁菊红，2006，《公共部门内部的激励机制：一个文献述评》，工作论文，复旦大学中国社会主义市场经济研究中心。

㉜ 王永钦、许海波，2006，《社会异质性、公私互动与公共品提供的最优所有权安排》，工作论文，复旦大学中国社会主义市场经济研究中心。

㉝ 王永钦、张晏、章元、陈钊、陆铭，2006，《十字路口的中国：基于经济学文献的分析》，载《世界经济》第 10 期。

㉞ 王永钦、张晏、章元、陈钊、陆铭，2006，《中国的大国发展道路：论分权式改革的得失》，工作论文，复旦大学中国社会主义市场经济研究中心。

附表　重要理论文献的理论方法概览

是否假设合约的不完全性	完全合约下的委托—代理类型	不完全合约下不可验证的信息	讨论问题范畴	对政府的假设	对私有化或公私合作的态度	赞成/反对的原因	对所有制对潜在腐败问题影响的讨论	对项目间"外部性"的考虑	为企业经理人提供保险的考虑
否	—	—	国有企业 vs. 私营企业	善意的	基本反对	"产权无关"的条件很难达到	有	有	有
是	—	成本	国有企业 vs. 私营企业	善意的	倾向反对	过度强调生产效率会损害分配效率	没有	没有	没有
是	—	质量	国有企业 vs. 私营企业	善意的	倾向反对	质量的不可验证会使私营企业偷工减料	有	没有	没有
是	—	质量	私营企业 vs. 非营利组织	善意的	倾向反对	非营利组织可以更好地保证质量	没有	没有	没有

(续　表)

是否假设合约的不完全性	完全合约下的委托—代理类型	不完全合约下不可验证的信息	讨论问题范畴	对政府的假设	对私有化或公私合作的态度	赞成/反对的原因	对所有制对潜在腐败问题影响的讨论	对项目间"外部性"的考虑	为企业经理人提供保险的考虑
是	—	质量	一般私有化vs.公私合作	善意的	基本中立	保证工程质量重要就用公私合作,保证运营质量就用分开签约	没有	有	没有
是	—	质量和成本都不可验证	国有企业和一般营企业vs.公私合作	善意的	倾向赞成公私合作	捆绑的正激励抵销了道德风险产生的激励损失提高效率	有	有	有
否	逆向选择	—	一般私有化vs.公私合作	有偏爱的	倾向赞成公私合作	捆绑会让政府利用事先知晓的信息提高效率	有	有	没有

上海基层治理中的公共参与和公共服务

——以上海潍坊社区为个案①

复旦大学国际关系与公共事务学院　顾丽梅

[内容提要]　本文以对上海潍坊社区的案例研究出发,分析了在上海基层治理中的公共参与方式的创新和公共服务理念的演变。公共参与使公民选择公共服务成为可能,使基层的治理民主化、透明化、科学化成为可能,是建设责任性基层政府的关键所在。公共参与分解了政府的责任,而不是削弱了政府的权威,公共参与增强了公民对于基层政府的合法性认同,是建设责任型政府、民主型政府的需要,是实现基层自治的需要。

全球化时代,中国社会发生了深刻的变化,从政治的角度而言,主要体现为两大方面:一是政党、国家与社会的权力关系发生结构性变化,社会权力的崛起是这种变化的核心;二是社会的组织与活动方式的结构正从单位结构转向社区结构。因此,和谐社区是构建和谐社会的重要途径。和谐社会的一个显著特点是社会管理体制运转有序。十六届四中全会提出要建立健全"党委领导、政府负责、社会协调、公众参与的社会管理格局"。在城市社区这一层面,社区作用发挥是否充分,对于城市管理具有十分重要的作用。特别是在经济转型、社会转轨时期,城市的改革、发展、稳定都依托于社区。解决社会问题、缓解社会矛盾,维护社会稳定,离不开社区;建立健全市场经济体制,优化投资环境,离不开社区;加强城市规划、建设、管理,提升城市功能,离不开社区;加强精神文明建设,争创全国文明城市,离不开社区。政府各个部门只有依托社区这个基础平台,才能把自身的管理触角伸向基层,才能使社会矛盾在基层得到有效的调节和控制。可以说,要构建一个充满生机和活力、健康运行和秩序良好的社会,社区是一条有效途径。

在这一理念的指导下,上海的基层社区有很多创新。其中潍坊就是一个典范,无论是在公共服务的提供,还是在社区事务的治理中都越来越强调公共参与的重要性和积极意义。通过公共参与来整合社会资源,提供优质的公共服务,建构一个民主的基层政府治理框架和模式。本文将就两个案例研究,来分析论证笔者的观点。本文的研究方法主要是案例研究与理论分析。本文的理论假设是公民参与是提升基层公共服务的质量,整合社会资源,建设和谐民主的基层治理,是建设责任型政府和服务型政府,实现基层自治与社会共治的关键。

一、潍坊社区的市民学校:基层公共服务

以顿哈特(Denhardt)为代表的西方著名的新公共服务流派指出:提供公共利益和公共服务是政府的主要目的和任务,但不是由政府自己参与生产或垄断公共服务的提供。新公共服务理论认为,公共行政人员必须建立一个集体共享公共利益的观念,其目的不是在个人选择的驱动下,迅速找到解决的办法,而是创造一个利益共享、责任共担的机制。[②] 有鉴于此,结合中国的国情,我们认为执政党应培养和构建社会意识形态,凝聚公共意识,产生公共利益的合法性认同,承担起培育责任性政府和有限政府的职责,构建一个中

国的利益共享与责任共担的机制,将社会发展的风险与成本降至最小。在责任共担的基础上,尤其是在基层,深化公民对于执政党和政府的合法性认同。本文假设公民参与可以提升政府的透明度,改善政府公共服务的质量和效率,增加公民对政府的满意度。

毕竟,通过参与可以促进公民与政府之间的信息对等,有助于建立社会的远见和洞察力,而不仅仅需要被选出的政客和被任命的行政人员具有远见。代替它的是,通过社会的公共话语体系和决策层的深思熟虑,建立积极的社会洞察力或方向。③笔者认为,在潍坊社区,公民参与在市民社会中扮演越来越重要的角色,公民参与对于基层政府的治理和基层执政党与基层政权的合法性认同越来越高。潍坊社区党工委和街道政府在实践中表现出了基层政府的政治睿智和深谋远虑,通过公共参与改善服务,通过服务培育市民社会和公共话语体系,为基层政府如何执政问题递交了一份较为完美的答卷。潍坊的社区学校和社区教育中党员和公民的互动就是很好的证明。

潍坊社区学校④

1997 年潍坊成立潍坊社区学院。2000 年,更名为潍坊社区学校。社区学校的招生对象是 60 岁以上的老年人,更多的是 50 多岁的中老年人。听说社区学校办得好,就都过来了。其中有内退的,还有全职太太。2001 年已经有 10 多个班级,现在有 20 个班级,像旅游班就有八九十人。老师的报酬比较低,更多是带有义务性质的。上课是 50 元来一次,一个上午或下午。现在多在外面请,一方面是学员增多,一方面对老师的水平要求也越来越高,单靠社区的志愿者不能满足居民群众的要求。这几年学员越来越多,学校越来越红火。我们科普中心这一块就发展到 1 500 多人(不是人次)。街道对学校有比较多的支持,不收学费,是一种资助性质的。老百姓交个几十块钱,既能学到知识,又交了很多朋友。老年人很孤独,学习积极性特别高,所以社区学校不能放假,一放假老年人就容易生病,经常打电话关心什么时候开学。报名时规定一个人只能报两个班,有些人不干,经常磨,但这样影响了别人进不来。首先是人员增多,街道每年都有一笔资金保证其正常运作。二是教师要关心他们,也要有管理,提高教学质量。三是形成了一种街道关心教师、教师关心学生的良好氛围。跟别的地方不一样,人人进来都很开心,学员老师互相尊重。现在每个社区都有中学老师支持。此外,社区的师资力量中有很多的党员志愿者,新区也派专门的工作人员来支持。

总之,社区学校为社区文化建设作出了很大的贡献,培养了很多人才,也提供了高雅、优质的社区服务,开展学员的画展、插花、茶艺等活动。

从上述潍坊社区学校的案例中,我们很受启发。首先就潍坊社区学校的运作与管理而言,第一,采取的是参与式自治管理模式。这是民间城市自治理念的萌芽和民主管理的雏形。潍坊成立了民主管理委员会,有问题就在会议上沟通解决。教学教务问题通过发挥群众学员和班级纪律两个方面来予以约束。每个班级有班长,然后再选组长,这些都是骨干。民主管理委员会开会后就开班长会。每天还升国旗。班级有教学管理手册,统一规范管理各方面的内容。

第二,潍坊社区学校是社区乃至社会资源的聚集地,也是人才资源的发源地。通过这一资源整合机制,汇集了社区中的精英人才,通过这些精英人才提供了更为优质的服务。社区学校为党员、普通公民和社会志愿者的共同参与搭建了平台,增加了相互之间的互动与理解,便于中国共产党与政府的政策在基层得以实施,在社区学校中通过学习和交流,个体的社区认同感和党员先锋意识无疑增强,同时社区学校也增加了组织的凝聚力,共产党员主动地承担起文化教育和以身示范的作用。此外,共产党员和行政人员还可以从与公民的互动中受益,从公民自发组成的社区组织中获益或受到教育。这些人员定期地通过社区教育和公民联系(也许这些公民并不能参与政府最终的决策过程)与接触,学习认识到哪些政策很难被广泛接受,以及如何避免诸如此类的失败决策。一项政策只有建立在公民选择的基础上,在执行的时候才会更顺利,成本更低,因为这样的政策在执行过程中往往会得到公民更多的配合。[5]

第三,通过社区教育,在为公民提供公共服务的同时,提升了公民的素质,为公共参与奠定了基础,增加了公民对于政府政策的理解和认同,也为政策的执行降低了成本。在与公民接触和为公民提供公共服务的同时,政府官员也更多地倾听公民的意见和公众选择。这无论是对于公民还是对于政府本身,都是一种学习与教育的过程,这是激励政府组织放弃他们所拥有的部分决策权给其他参与团体的主要因素之一。此外,促进政府提升公民参与度的另一主要因素是政府希望寻求更多的公民合作的意愿。汤姆斯认为,"更多情况下,公共参与的动力是源自需要更多的公民认同作为顺利执行公共决策的前提条件"。公共参与是社区民主建设的必要路径选择,民主建设对社区建设与管理提出了更高的要求,需要街道政府进一步围绕安居乐业、服务社区居民的目标,着力拓展便民利民的服务网络、团结和谐的人际关系、健康向上的文化氛围,政府推动和居民自治要双向启动,政府资源和小区资源,只有双向融通才能成为民主建设的内在动力。

二、公共参与:潍坊四村居民听证会

潍坊的社区学校固然是一种公共服务,但也是一种公共参与,潍坊四村的听证会更是一种自发的基层公共参与,它的产生基于特定的社会历史背景。

首先,上海经济基础的雄厚,唤醒了公民的参与意识。社会主义市场经济体制的建立、发展和完善,需要全体社会成员的积极投入、广泛参与。只有充分发扬民主,使公民有更多的参与机会、参与条件、参与渠道,公民才会真正树立起高度的主人翁责任感,才会积极参与政府治理。

其次,上海经济的发展激发了公民的政治参与愿望。市场经济体制的构建过程也就是利益关系不断调整的过程,它在给公民普遍带来利益的同时,也造成公民之间的利益差距;在满足公民的利益愿望的同时,又激发起更大的利益期望和利益追求。因此,公民在争取自己利益的过程中,必然要求了解和参与和自己利益关系密切的城市政府的决策、法律的制定和实施。

再者,上海信息技术的硬件设施之建设,也为公民参与提供了条件。比如,物质、技术和必要的设备保障,特别是信息化和电子政务的发展,为公民参与提供了更多获取政府信息和服务的渠道。简言之,信息技术的发展为公民参与提供了强大的技术保障和社会动力。

况且,政府职能的转变要求公民参与。在经济体制转轨时期,政府除了把资源配置的权力交给市场外,也逐步把相当一部分治理社会的权力交给社会团体。尤其是随着城市社区组织和社会团体的培植与发育,离不开公民对社会事务的广泛参与;深化行政管理体制改革,形成"行为规范、运转协调、公正透明、廉洁高效的行政管理体制",也有赖于公民的有效参与。公民参与可以广纳资讯,集思广益,可以增加政府决策和管理的透明度,提高决策的科学性、民主性,使政府的决策与管理更加符合民意和反映实际情况。另一方面,公民也能充分了解政府决策的理由和依据,从而能够认同有关行政机关的决策,增进公民与政府之间关系的和谐,使有关决策得到顺利实施。同时,公民参与可以促进政府依法行政,使政府接受公民监督。

此外,上海社区自治的兴起要求公民参与。20 世纪 80 年代,在当代社会科学和管理科学的整体化趋势及公共部门的管理实践中,特别是政府改革实践的推动下,出现了一种"新公共管理"运动。在新公共管理浪潮的冲击下,上海基层政府兴起了社区自治的改革浪潮。上海社区自治强调以社会化服务为基本目标导向,强调公共管理主体的多元化,注重公平与效率的统一,公共利益与私人利益的统一。要求将官本位、政府本位、权力本位的管理理念,转变为公民本位、社会本位、市场本位的治理理念,坚持管理体制创新,深化政府机构改革,构建有中国特色的服务型行政模式。公民参与有助于实现公共管理主体的多元化,化解矛盾,提高政府治理的质量和水平。下面以潍坊四村改造居民活动室的听证会为例。

潍坊四村改造居民活动室的听证会⑥

潍坊四村原来有一个居民活动室,占地面积虽然有 60 余平方米,但由于结构不归整,曲里拐弯,实际使用面积只有 30 余平方米,满足不了居民的需求;而且下雨时天花板漏水,墙壁渗水;周围密集的绿树挡住了光线,所以阴暗潮湿;厕所经常堵塞;电线还时常冒出火花,活动条件极差,还存在安全隐患。居民非常不满,连续两年都有居民到居委会反映或在居代会上提出扩建的建议。居委会曾做过许多努力,但由于种种原因,无力解决此事。

在 2004 年初的居代会上,又有许多居民代表提交了扩建居民活动室的提案,还有的代表提出要加层。"民有所呼,我有所应",新一届居委决定"啃啃这块硬骨头",把对居民活动室的改造列入了 2004 年的实事工程。

2004 年 4 月至 5 月间,居委会向街道反映了此事,街道办事处主任顾云豪还带领有关人员几次到实地察看,街道决定划拨经费在潍坊四村健身苑重建居民活动室,但要求居委会做好居民的工作,特别是少数代表提出在原址上增加一层的意见要得到大多数居民的认可。

6月23、25日,潍坊四村居委会分两次召开了居民代表会议,向每一位代表分发征询表,对居民活动室改造一事进行听证。四村共有居民代表134人,92位代表出席了会议,到会代表一致通过了在原址上加层的改扩建方案。

方案虽然得到了全体到会代表的认可,但是要增加一层楼势必影响健身苑周边居民的通风和采光,为避免施工时产生矛盾,居委会决定把工作做得更细致些。7月初,居委会通过居民代表向健身苑周边7幢楼实住的144户居民分发征询表。经过征询,只有23户居民不同意。经过梳理和汇总,这23户不同意的居民意见主要有三类:一是感觉居民活动时声音太大影响休息;二是认为建活动室要破坏健身苑周边的绿化;三是由于个人的问题因故未解决,因此迁怒于居委会,不同意扩建活动室。居委决定将征询工作进一步深入,居委会干部、社工、楼组长、居民代表等分头走访这23户居民,向他们解释,居民活动室建成后绝不会开麻将馆,承诺活动室建成后专门成立一间聊天室,晨练时要聊天的居民就到聊天室聊天,通过团队负责人让居民活动时音响音量放小、晨练时间延后以减少噪声;建活动室只是移动树木,不会破坏绿化等。经过解释和宣传,其中22户居民同意了活动室的改建,只有1户居民保留意见。

最后,居委会出了一份《安民告示》,将整个听证过程向居民作了说明,并将这一情况反馈给街道。

潍坊四村在处理居民活动室改造这一事件时,真可谓"细针密缕,点面俱到"。首先,潍坊社区倡导用充分的社区自治方式来解决公民的公共事务,委托潍坊四村在设定居民活动室改造方案时,采用听证形式,听取广大居民意见,保障居民在居民区中采取公民自治的方式参与处理小区事务的权利,这是对于公民的知情权和参与权的重视和保护,是街道层面的政务公开和另一种形式的信息公开。

其次,关注利益相关者的利益。居委没有满足于居民代表大会一致通过改造方案就草草实施,而是进一步对事件中涉及利益最相关的健身苑周边144户居民征求意见,这本身表明了对于利益相关者利益的尊重,这是民主基层治理的关键所在。

最后,强调治理中的沟通。居委对23户不同意的居民没有用"少数服从多数"的理由进行搪塞,而是通过将社会动员和政治动员相结合的方式,再次上门与居民沟通,把矛盾降到最低,直至消除矛盾。俗话说:"磨刀不误砍柴工",虽然潍坊四村这种近乎"完美"的"事前听证"方式牵涉了全体居委会成员大量的时间和精力,但是听证化解了矛盾,虽然看似牺牲了效率,但是提高了决策的质量和公民的满意度。潍坊四村活动室改造实施工程自2005年4月施工以来,虽然产生了很大的噪声和灰尘,但是没有发生一例居民阻挠施工的事件。通过公民的参与,基层政府的合法性得到了高度认同。

此外,这一案例说明:听证作为一种参与型公民文化,有助于建立透明化、法制化的行政程序,对于建立政府与公民之间的诚信,至关重要;有助于确立信息公示制度;是保证公民知情权的需要。既然潍坊有了听证制度,是否潍坊社区的公民参与就已经达到了完美的极致了呢?尽管潍坊社区在公共参与领域有很多原生性的创造,但是仍然存在着一些有待完善的方面和难题。

三、潍坊社区公共参与的问题分析

潍坊社区群文科余广信科长指出:现在的群众文化工作中,群众参与度非常重要,文化活动的组织是为了凝聚人心。潍坊群文工作最大的困难是什么？困难是参与度不高，参加的主要是女同志，参与者的群体相对固定，新面孔较少。有些比较好的活动不敢开展，如请知名的人士开讲座，因为担心缺乏听众。

此外，现在讲法治，讲人权，以前开展活动会发生一些无法避免的小事情，比如骨折或者摔伤，通过沟通很容易解决，现在会带来很多不必要的矛盾。大的活动需要保险，防范不必要的矛盾，没准导致公民与街道的冲突，好事变成坏事。在潍坊社区的成长中，一方面公民的参与意识和法治意识提高了，知道如何通过法律来维护自身的利益；另一方面也说明参与需要成本，管理需要跟上。如学校里的场地公开给社区的公民锻炼身体，社区需要为此去买保险，出了事故由保险公司承担。街道政府对大的活动非常支持，每年为此投入30多万元（包括常规与专项的活动），通过文体活动达到了凝聚人心的目的，公民的社区认同感加强，基层政府的合法性得到高度认可。

潍坊社区的文化活动组织方面也有所创新，表现为文化活动的合同外包与技术层面的合作。如每年的四大节，浦东新区政府也组织了大量的活动，让街道政府组织参与或承办某项大型活动。潍坊街道最大的活动是2004年光华艺术节，支出10多万元。政府通过购买服务的方式，外包给专业公司举办。参与人员是街道内部的业余艺术爱好者，由专业人员来调教，还有合作性的举办方式，由街道提供社区资源，因为社区意识的高度认同感，没有结合社区的事情和社区居民开展的文化活动，居民就会产生生疏感，也没有兴趣参与。而与专业艺术公司结合，他们可以提高社区的艺术层次，而社区参与提供资源、人与事，既可以节省财政支出，也可以增加社区的凝聚力和亲切感。社区社团活动的管理已经制度化。双月的1号有例会。既有传统，也有社团登记制度，如社区有多少社团，有多少新成立的，如果不存在的，则需要注销。政府搭台，群众唱戏。如请了甘肃某音乐学院的副院长（已退休）来担任社区的音乐指导。此外对于艺术活动方面,有时还要请专业的演员来表演,此外还要请不同的主持,不能让老面孔重复地出现,群众也会不满。⑦

虽然近年来公民参与已得到愈来愈多的人的接受与支持,形成了前所未有的全新格局,但目前潍坊社区公民参与公共政策的总体水平较低,存在着诸多现实问题,主要表现为:

1. 公民参与的主动性和自觉性较低。有资料显示,真正出于自主意识自愿参与的公民参与率比较低,且现有的公民参与行为具有随大流的从众性。即便是上海经济比较发达,公民素质相对较高,公民的参与意识也是非常有限,不尽如人意。正如群文科科长所指出的那样:参与的人都是老面孔,都是女同志。当然,某种程度上而言,这也是一种全球性的普遍现象,即便在美国公民的参与率也是非常低的,一般的参与率在 20%—30% 左右。正因为如此,参与才显现得更为重要,参与本身可以提高公民的素质和政治意识。

2. 公民参与的理性化程度和法律化意识较低。相当数量的公民参与和群众运动不是基于公民的责任感,不是出于对自己的公民权利和义务的认识,而是凭着某种冲动参与的,还没有上升到理性的高度。有时甚至只为了发泄心中的不满情绪,不能采取规范化、程序化的参与形式。比如有些街道的公民上访,由于对法律和制度的理解缺乏,所以不能有效地、合法地参与政府治理,维护公民应有的权力。目前的公共参与更多地是为了一己的利益,缺乏政治觉悟,或者说所有的参与并非都是为了维护自身的政治权利。正因为如此,潍坊的基层领导有时也感叹一些好的社会活动无法开展。

3. 公民参与的能力不足。由于公民的自身素质,对咨讯的掌握程度、理解程度及对政策目标实现的可能性和途径的认识等诸多因素的影响,使得现实中公民参与的能力与参与要求不符,其行动显得笨拙,参与效率低微。如在潍坊社区的文化活动中参与的以退休的群体为多,能力方面自然会因此受到影响。

4. 公民参与的制度化、程序化程度较低。政府制定了相关的政策为公民参与提供了根本保证,但具体的关于规划参与行为,畅通参与渠道,保证参与实施的制度却不够健全,致使许多公民参与以非制度化的形式或者参与的程序不够规范。

就潍坊社区(街道)公民参与的经验而言,公民参与的高度发展改善了公共服务的质量和上海城市政府的政务公开化。具体而言,公共服务与公共参与之间究竟存在着何种关系? 笔者有自己的思考。

四、公共服务与公共参与关系之解读

第一,公共服务以公民(顾客)为主导的思想,也就是由公民以个体或者组织的形式来参与决策的制定,并且让公民和政府共享政策制定的权力,培养公民的责任和风险意识。公民与政府分享公共政策的制定权,是建设自治(self-government)机制的关键,以此可以提高公民参与治理的能力。并且,让公民参与公共政策的制定,在某种程度上会提高公民的社会责任感和主人翁意识;提高公民对政策的理解和接受能力;同时,公民参与也重新确立了公民对政府的信任和支持。以公民为主导的公共服务意识与民主的理念是紧密相连的。

第二,公共服务的提供强调公共参与,公共参与进一步强化了政府的责任意识和服务意识。众所周知,新公共管理理论提出政府的角色是掌舵而不是划桨。新公共服务提倡者却认为政府的主要作用是服务而不是掌舵。这一理念显然比新公共管理理论更为激进。借用新公共服务的观点,笔者认为,或许: 政府不要试图控制社会发展的方向,而是为社会的发展,提供必需的公共服务。在纷繁复杂的社会中,政府试图为社会掌舵的目标比较难以实现。政府应该重新定位自己的角色——服务社会。从某种角度而言,这一观点尚且值得斟酌与思考。但是政府为公民服务的理念是不容置疑的。这也是目前我国政府改革中试图实现的目标之一：建立公共服务型政府。

此外，公共服务提供中的责任政府意识也是非常明确和深刻的。在公共服务改革之前，政府雇员或政府行政官员主要是对上负责。行政人员是执行者，政治家是政策制定者。公共服务的提供方式改革之后，行政人员主要是对公民负责。公民是服务的客体，同时公民作为纳税人又是公共服务的购买者，政府与公民的关系实际上是一种"委托—代理关系"，作为公民的"代理人"，自然是要向公民负责。

第三，公共服务型政府必须是参与型政府、民主政府和责任政府。责任政府的意义就是责任行政，通过制度创新，树立责任行政意识，使责任行政意识贯穿于政府治理的全过程，政府官员和公务员皆会主动积极地为此负责。责任政府的基本目标是实现行政活动的有责任状态，要求行政组织及其成员之间必须权限清晰，职责分明，任何行政活动皆应与责任相连，要求有明确的责任主体，为保证责任行政的实现必须有相应的法律制度予以保障。但是，新的责任行政内涵不是限于法律责任或政治责任，而是扩及绩效责任。

绩效责任的核心是重视政府的生产力，包括效能、效率、服务品质和分配的公平正义。一方面，效能和效率充分结合，使政府有限的公共资源发挥最大的效用。政府将不断设定公共服务的远景目标，并积极追求目标的落实，充分展现政府不是只会编织蓝图、计划，但穷于行动，而要实现政府治理的高效能化。另一方面，政府要以效率化的方式，包括运用成本效益分析工具和公私部门合作途径，提高整个公共资源运用的效益。在中国基层政治体系中，责任政府的成长与党组织的培育是密切相关的。通过基层党组织的培育，不仅责任政府成为可能，而且执政党通过整合社会的资源，使民众获得更优质的服务，而且不必担心租税和费用的过度膨胀，这就是责任政府的文化变革。[8] 这一理念在潍坊社区得到了充分的体现。一元化的领导权力被淹没,公共服务提供中的多元主体在一定程度上起到了竞争与监督的作用,它推动了中国基层的民主化进程。

注释

① 本论文是潍坊社区课题研究的成果之一。本课题得到了浦东新区组织部和潍坊街道(社区)的资金支助和支持。

② Janet V. Denhardt and Robert B. Denhardt, *The New Public Service*, *Serving*, *not Steering*, M. E. Sharpe, New York, 2003, p. 98.

③ Jeffrey Luke, *Catalytic Leadership*, San Francisco, CA: Jossey-Bass, 1998.

④ 2006 年 4 月 17 日作者对原潍坊街道党工委书记王家桢的访谈资料。

⑤ Thomas, John Clayton, *Public Participation in Public Decisions*, 1995 San Francisco, CA: Jossey-Bass.

⑥ 2006 年 3 月 10 日,笔者对潍坊四村的调研资料。

⑦ 2005 年 12 月 10 日,对于潍坊群文科科长余广信的访谈材料。

⑧ 顾丽梅:《信息社会的政府治理》,天津人民出版社 2003 年版,第 97 页。

参考文献

① Cornelius M. Kerwin, *Rulemaking*: *How Government Agencies Write Law and Make Policy*, third edition, CQ Press, 2003.

② Theodore J. Lowi, *The End of Liberalism*: *the Second Republic of the United States*, second edition, W. W. Norton &Company.

③ Lawrence Pratchett and David Wilson （eds）, *Local Democracy and Local Government*, St. Martin's Press, New York, 1996.

④ Richard Heeks （eds）, *Reinventing Government in the information Age*, Routledge, New York and London, 1999.

⑤ Robin A. Johnson, Norman Walzer （eds）, *Local Government Innovation*, Quorum Books, 2000.

⑥ Sidney Verba and Norman H. Nie, *Participation in American: Political Democracy and Social Equality*, The University of Chicago Press, 1987.

⑦ Kenneth, M. Goldstei, *Interest Groups, Lobbying, and Participation in America*, Cambridge University Press, 1999.

⑧ *Public Participation in Public Decisions: New Skills and Strategies for Public Managers*, Jossey-Bass Publishers, San Francisco, 1995.

⑨ Richard C. Box, *Citizen Governance: Leading American Communities into the 21st century*, Sage Publications, Inc, 1998.

⑩ E. S. Savas, *Privatization and Public Private Partnerships*, Chatham House Publishers, New York, 2000.

⑪ John D. Donahue, Joseph S. Nye Jr. （eds）, *For the People: Can We Fix Public Service*, Visions of Governance in the 21st Century.

⑫ Guy Peters and Donald J. Savoie （eds）, *Governance in the Twenty-First Century: Revitalizing the public service*, the McGill-Queen's University Press, 2000.

⑬ Janet V. Denhardt and Robert B. Denhardt, *The New Public Service, Serving, not Steering*, M. E. Sharpe, New York, 2003.

⑭ John J. Dilulio, Jr (eds), *Deregulating the Public Service: Can Government be Improved*? the Brookings Institution, Washington D. C. , 1994.

⑮ 2005 年 12 月潍坊社区的访谈资料。

⑯ 2006 年 3 月金桥的访谈资料。

社会保障代理：农村社区体制的变革与政府职能的渗入

——对皖南农村基层治理的实证分析

华东政法大学政治学与公共管理学院 吴新叶

[**内容提要**] 在村民自治制度安排下，政府直接介入基层公共生活会遭遇到制度排斥的尴尬。时下，农村社会保障的实施是以社区为组织载体，以政府委托—社区代理的方式实现的。这一变革对农村社区和政府作用的方式都产生了重大影响，在提高社会保障管理绩效的同时，也存在着潜在的风险。在农村基层民主建设和提高公共管理绩效水平的角度，现实的对策是渐进地推进农村社区体制改革，把社会保障代理延展到更广的公共事务领域，避免使社区成为一级管理机构。

农村社会保障需要解决的重大问题之一是资源供给及其运作，而资源运作的方式对于资源的开发利用和提高社会保障管理的绩效具有直接关联性。时下，政府作为农村有限社会保障资源的供给者，其行为却遭遇到制度排斥的尴尬。在村民自治体制下，农村基层的公共事务属于村民自我管理、自我服务的范畴，政府的作用局限于监督、指导和协调。在理论界，一般认为农村发展的现实需要政府的有效介入，尤其是在公共福利领域，政府的主导作用是必不可少的。对于刚刚起步的农村社会保障而言，政府作用怎样才能得以体现呢？笔者在皖南农村的调研发现，以农村社区组织为载体的委托—代理模式提供了一个思路。以下是对这种模式的实证分析和理论思考。

一、农村的社区：从社会细胞到组织样式的嬗变

社会学理论把社区视为社会的细胞，系指生活在某一个特定区域的群体所形成极为密切关系的共同体，地域、人口、组织结构和文化是社区结构的基本要素，追求守望相助的社区认同感。笔者经过对皖南农村调查的分析发现，农村"社区"已经超越了共同体的范畴，演变为治理意义上的组织体制。

笔者所调查的皖南农村是安徽省宣城市宣州区的狸桥镇。这是位于苏皖交界的一个富庶小镇，也是宣州区经济发达的集镇之一。近年来，由于经济发展的推动，以及农村基层民主政治建设的需要，狸桥镇根据安徽省"农村综合改革"的统一部署，合并了三个村委会和一个居委会，组建了狸桥镇"社区"组织。同旧体制下的村（居）委会相比，新的社区组织体制架构发生了一定的变化，原村（居）委会下的"党政"两个机构（即俗称"两委"的党支部和居委会）扩展为三个，增加了"就业和社会保障工作站"组织。本文借用学术界对城市社区组织体制的概括，用"三驾马车"①一词来描绘这种社区体制的结构模式。同城市社区不同的是，农村社区的"三驾马车"是由党支部、居委会、就业与社会保障工作站组成的。显然，农村的社区已经超越了社会学的范畴，演变成为一种组织样式，成为农村基层管理的主体。

一是社区党的支部组织。这是中国共产党在基层的领导组织，负责社区内党的思想、组织、作风建设，加强党的教育、管理，努力提高党员的素质，充分发挥党支部的战斗堡垒作用和党员的先锋模范

作用;保证、监督社区居委会主任正确贯彻执行党和国家的方针、政策、法规,实行依法行政;对社区公共管理中的重大问题提出意见和建议,参与决策;领导社区党员的思想政治工作,发挥党员以身作则、骨干带头作用;根据党章规定,做好发展党员工作,做好党员的评议、鉴定工作等。

二是社区居委会。这是党领导下的社区居民的自治性机构,是实行自我教育、自我管理、自我服务、自我监督的群众性自治组织,由社区居民会议或者居民代表会议选举产生。社区居委会的主要职责有:支持和组织居民依法发展各种形式的合作经济和其他经济,承担社区生产经营的服务和协调工作,促进社区各项事业生产建设和经济发展;尊重集体经济组织依法独立进行经济活动的自主权,保障集体经济组织、居民、承包经营户、联户或者合伙的合法财产权及其他合法权利和利益;依照法律法规,管理社区属于居民集体所有的土地和其他财产,管理社区财务;制定并实施本村建设规划,办理社区的公共事务和公共事业;教育居民爱护公共财产,依法合理开发利用自然资源,保持和改善生态环境;宣传宪法、法律、法规和国家的政策以及社会主义道德教育,推动居民履行法律规定的义务,督促居民遵守居民自治章程、村规村约,维护居民合法权益;发展文化教育,普及科技知识,开展多种形式的社会主义精神文民建设活动;调解民间纠纷,促进家庭邻里和睦;协助维护社会治安,促进社会稳定;召集居民会议、居民代表会议,执行居委会、居民代表会议的决定、决议;向乡、镇人民政府反映居民的意见、建议和要求;法律法规规定的其他职责等。②

三是社区"就业与社会保障工作站"。社区就业和社会保障工作站的工作职责有:贯彻落实国家、省、市的劳动就业、社会保障方面的法规和政策;负责建立社区内下岗失业人员就业档案(包括基本情况、家庭收入、就业情况、培训情况、就业愿望等),并做好跟踪服务;负责发布用工、培训信息,做好求职人员应聘登记、就业培训登记工作，并及时将有关情况反馈；负责为辖区内的下岗失业人员开展职业指导、职业介绍、家政培训、创业培训等项就业服务，并督促辖区内各类经济组织、个体劳动者参加社会保险；负责上报社区的就业服务和社会保险有关的统计数据等。③

从社区组织体制角度看，狸桥镇社区的"三驾马车"模式有三个不同的权力和资源的源头：一是作为执政党的权力和资源在基层的体现，以社区党支部为载体在农村基层发挥作用；二是作为基层民主机制的公共权力与资源在农村基层的体现，以居委会自治组织为载体履行公共管理的职能；三是作为政府职能的体现，由"社区就业和劳动保障工作站"组织代理行政管理的职能。通过对狸桥镇社区调研资料的进一步整理分析，笔者发现这一社区体制的自主创新成分并不多，基本是按照宣州区的统一部署展开的，是一种自上而下的制度创新。无论如何，在安徽省的农村，社区概念的外延已经发生了变化，我们可以发现具有政府权力和资源的因素，这也表明农村基层治理的范式正在发生着变化。

二、政府委托—社区代理：农村社会保障实施的机制

经过对调查资料的深度分析，我们发现狸桥镇的社区实质上已经具备了双重性：一方面，社区仍然保留着传统的社会属性，是村民们心理归属的港湾；另一方面，社区又兼备了管理的属性，成为一种参与社区治理的公共组织。而体现后者特征的载体便是社区"就业与社会保障工作站"机构，它履行着宣州区人民政府委托的公共事务（社会保障）管理的职能，接受宣州区劳动与社会保障局的垂直领导，本质上是宣州区政府的代理机构。与此同时，"工作站"的全部工作人员身份却是社区"干部"，而不是公务员。以社区自治组织代理政府委托的公共事务管理职能，是否说明社区的性质已经发生了变化呢？以下试图以委托代理理论作展开分析。

委托—代理理论源于私人部门的管理，是股份制公司的管理体制之一。这一理论强调利益与制度两个管理要素，其核心内容是如何进行制度设计，使经理层在按自身利益最大化行动时，最大限度地实现股东利益。委托—代理理论涉及委托人和代理人两个参与主体，其行为逻辑是：一个参与人（委托人）想使另一个参与人（代理人）按照前者的利益选择行动，但委托人与代理人之间存在着信息不对称，即委托人不能直接观察到代理人采取了什么行动，能观察到的只是代理人行动的不完全信息。由于委托人希望的效用最大化只能通过代理人的效用最大化行为实现，因而委托人的任务就是根据这些观察的信息来进行制度设计，以激励代理人选择对委托人最有利的行动。④制度、行动、利益实现是委托—代理理论的三大关键词。

公共部门引进代理理论的依据是基于对管理绩效的追求，如更低的服务与管理成本、更高的服务与管理质量、精简的机构组织、效能的体制等，其核心的问题是权力下放，并通过特定机制对代理组织的职责履行进行监督，制度、行动与利益实现仍然是公共部门代理制的关键。以狸桥镇社区的"就业与社会保障工作站"为例，它作为代理人的相对委托人是县级的宣州区劳动与社会保障局。委托人（区社保局）设计这一制度的初衷也是为了实现效益最大化，即构建覆盖城乡的社会保障网络，实现社会保障的善治（good governance）目标。在政治体制改革的视角，在我国的纵向权力体系中，善治的实现将要求上级政府的合理分权以及权力向社会的回归。⑤狸桥镇的社区体制承载了区（县）级社会保障的职能，其权力属性具有代理的特征，但社区的"三驾马车"体制样式和社会保障代理制度却体现了这种分权和权力向社会回归的大趋势，符合基层公共管理的发展规律：一方面，社区"就业与社会保障工作站"代理了社会福利和社会保障的政府职能，社区接受的委托权力丰富了社区固有的权力格局；另一方面，社区承担的就业与社会保障职能是为社区居民谋福利的，在村民自治的框架下，社区管理公共事务的内容得以拓展，基层社会性的空间也因此得以不断成长。因此，无论是从社区功能的角度，还是在管理逻辑和管理的制度绩效层面衡量"就业与社会保障工作站"组织，尽管有其存在的合理性和必要性，但体现了政府及其职能向基层拓展的趋势。

在当前农村社会保障体系几乎处于空白的情况下，以代理方式实现政府职能在农村基层的渗透，其积极意义是不言而喻的。在安徽省宣城市农村，社会保障代理机制实现了"构建统一的城乡就业和社会保障工作机构、市场网络体系"的既定目标，并创新了农村基层公共管理的体制，主要体现在两个方面：一是打破了宪法和《村民委员会组织法》规定的基层组织制度框架，对农村治理体制必将产生深远的影响；二是拓展了农村社区服务的范畴，使社区层面的公共事务得以拓展到社会保障等关乎村民生活的诸多领域，较好地满足了社区居民的物质文化生活。但任何创新都有两面性，农村社区体制也不例外。社会保障代理的实质是实现政府进入农村基层公共管理过程，它不但改变了进入的方式和机制，更改变了农村基层社区的组织结构和职能体系，并将继续对社区体制产生功能性的影响。

三、社会保障代理可能带来的体制风险分析

作为一种治理工具，委托—代理的使用会有双重的影响。我国农村发展和农村治理的路径依赖表明，社区的权力只是相对的，社区的社会性空间也是相对的。农村社区体制下的就业与社会保障工作站的委托—代理关系，体现了社区社会性空间的双重性：一方面，基层社区要保持社会属性的相对独立性，以体现自治的民主性质；另一方面，社区还要承担政府委托的职能，要给上级政府权力的延伸留有空间。显然，这种机制的协调

并不是社区组织可以完成的。那么,怎样的代理关系更适合体制变革的需要呢?

有学者的研究发现,政府与社区还存在一种"代理合作关系"。这种观点认为,政府与社区组织的关系只要不是以前的命令与控制的关系,而是一种基于分工的契约关系,它们之间的关系就能够形成一种既有强烈的自我激励愿望,又具有监督机制特征的委托—代理模式。这种关系渗透了政府的监督机制特征,所实现的目的和功能也不尽相同。因此,讨论社区组织与政府的关系类型时,需要根据社区组织与政府的互动关系来确定。⑥但是,这一观点并未充分考虑作为委托方的政府的性质,以及政府的作用方式,如委托方组织行为的惯性、政治偏好的传达等。在社会保障代理的层面看,当区(县)政府的强势地位充当委托方,其资源优势和权力优势可能会使社区的服务代理方产生"逆向选择"(adverse selection)和"道德风险"(moral hazard)。这有多种表现,如服务公众向服务政府的"逆向选择",有可能倾向于成为区(县)级机构代理,而不是社区居民自治性机构的冲动等。如果出现这一后果的话,在农村开展社会保障的目的将无法达到。

即使仅从委托—代理的管理机制而言,社会保障代理的体制风险也是存在的,可能会改变代理组织的属性。作为社区的自治组织,社区就业与社会保障工作站的利益倾向是本社区居民,它是本地居民公众委托的代理人。但是,政府委托具有行政的强制性,如果制度设计和技术设计不合理,政府机构也会有信息偏在的优势,可能会出现扭曲社区体制固有属性的后果。这是因为社区就业与社会保障救助站的资金来源主要依靠区级劳动与社会保障局和政府的财政拨款,政府虽然不能完全左右救助站工作人员的任命和奖励,但可以通过评定管理绩效而影响他们,政府权力中心完全可以设计出有效的机制,以资源配置权力,并通过控制资金运行的信息流来控制社区机构运转的其他信息。如果出现这一后果的话,农村基层社区组织有演变为县级政府派出机构或准政府机构的可能性。这显然同基层民主的发展趋势是背离的，是农村社区管理体制的后退。

从国家政权建设的角度看，依托社区组织的委托—代理机制可能会对乡镇政权产生重大冲击。在狸桥镇的社区"三驾马车"体制下，就业与社会保障工作者直接接受宣州区（县级）政府的委托，对区级政府负责，绕开了狸桥镇政府一级组织。这对乡镇基层政府的影响是微妙的，它显示了两个明显的制度信号：一是原本由乡镇政府承担的社会保障职能正在被社区组织所承担，乡镇政府的公共事务执行职能开始弱化或者转移；二是县级政府职能下渗的方式和途径已经发生变化，越过了乡镇一级基层政府，出现了直接委托—代理的趋势，减少了管理的层级，科层制度的"权力等级链"有所松动和变化。这两个制度信号表明，新的农村社区体制正在撼动着乡镇作为联系基层桥梁的地位，[⑦]农村基层的乡镇管理体制正在发生重大的变革。

四、几点政策建议

第一，农村社会保障代理的改革宜采取渐进式推进的策略。

自 20 世纪 80 年代以来，世界范围内的公共管理出现一种权力下放的趋势，政府组织通过在下级建立分支机构，或者以委托的方式同代理机构建立关系。根据发达国家的经验，后者的代理机构在运作中既有提高绩效的积极一面，也存在着代理的风险，如政府职能和代理机构的责任机制不明确、管理能力不足、缺乏透明度等。[⑧]对于刚刚起步的农村社会保障来说，这些经验是不可多得的借鉴。

总体上，我国的改革具有渐进式有序推进的特征。这种以增量为主的改革模式对原有体制内的存量部分保持原有格局或稍作变革,而主要对原有体制内的增量部分和体制外的部分进行改革,并最终实现质的突破。⑨农村综合改革所实行的社会保障代理制,是在对农村基层体制稍作变革的基础上展开的,分权也是渐进展开的。社区作为一种基层组织具有开拓的意义,但它并未彻底改变农村基层的治理体制。在没有得到改革成果检验的前提下,应充分展开,其改革的得失成败经验可以为后来的农村改革提供借鉴。目前的任务是充分实践"社区就业与社会保障工作站"的代理服务,以获取可靠的治理绩效数据,从而测定这一改革的效用。总之,社区组织来代理政府职能、代理居民的公共诉求,这是值得肯定的改革尝试,改革只要能够体现社会进步和公共利益,就会为绝大多数村民所自觉认同。

第二,从战略管理的高度规划社区代理组织的发展。

在狸桥镇社区的社会保障代理经验中,宣州区为了激发社区就业和劳动保障工作站的积极性,除了委托授权管理本社区居民的社会保障事务之外,还给予社区组织一定程度的自由裁量权,如对特殊困难个体的补助裁决等。从组织管理的层面看,这一做法为常规性管理和应急性管理,显然还不能够满足农村公共事业发展的需求。作为代理组织,社区就业和劳动保障工作站应考虑设立自身的组织战略目标,使组织政策的制定、组织结构的调整、资源的配置等方面,能够更好地达到代理的目标。因此,作为委托方的宣州区劳动与社会保障部门应该加快公共事务管理代理的制度建设,促进农村社会保障的制度化进程,对于尚待完善的不足之处,可以通过合同性的计划进行增补。有了社区代理组织的战略规划和管理,并有上级委托部门的制度化机制,农村社区体制与社会保障代理机制的风险将大大降低。

第三,将社会保障代理模式延展到农村公共服务的其他领域。

我们在宣城市农村的调研发现,基层社区实行的社会保障代理制度还是比较有效的:首先,社会保障的信息来源更加真实而全面,为上级政府的科学决策提供了可靠的支撑;其次,有效协调和沟通了县级社会保障部门同基层民众的关系,增加了政治互信;第三,减少了上级政府的社会保障管理成本,提高了管理绩效,等等。因此,考虑到农村资源不足的现实,以及处理社区公共事务仍然需要政府资源供给的前提下,可以适当拓展委托—代理的范围,可以借鉴社区"就业与社会保障工作站"的代理模式,组建更多的处理社区公共事务的工作站,如文体活动、民事调解、社区环境卫生、青少年社区参与等工作站,以全面履行农村社区的公共事务管理职能。目前,农村社区在此方面的工作基本没有启动,还有很多工作要做。

第四,在社会保障代理的组织体制上,不要使社区演变成为政府管理的一个层级。

理论上,代理组织存在"机构化"(agencification)的趋势,会要求把委托的职能法定化。[10]同时,根据政府管理的组织惰性,在设立新的部门前,政府总是要设立代理机构,因为政府需要一个对该项工作负责的组织。这两个因素是导致政府扩张的动因和主观因素,并有可能影响到社区体制的走势。根据我国基层政治制度的安排,现有的基层治理体制是"乡镇政府—村(居)委会"两级结构模式,乡镇是国家政权机构的最底层,村(居)委会是群众自治的社会性组织。从狸桥镇的社区公共服务的代理体制考察,我们发现这一体制有演变为"乡镇政府—社区—居委会"的三级结构模式的趋势。如果不加以规范,社区可能会演化成为介于乡镇和居委会之间的一个"准政府组织",成为一个新的管理层级,即在乡镇政府和居委会之间会多出一个管理层级。在这种情况下,政府职能将会延伸到社区,尽管只是以委托—代理服务的方式实现,但也很可能产生负面效果,使社区组织演变为政府的"腿",从而削弱农村社区的自治色彩和自治能力。显然,这同我国的宪政制度和村民自治制度是背离的。

如果出现这样的结果,农村基层社区管理实际上走了一条社区在过去走过、现在正在改革的路。因此,在没有确定社区中的政府职能的边界之前,应慎重确定社区发展的走向,对有些同现行法律法规相悖的做法要适当地紧一紧,不要走得太远。首要的"紧"体现在法治的框架之内,社区体制度创新不能同国家的法律法规产生根本的冲突;同时,要厘定政府委托和社区代理的权力边界,尤其要界定彼此的权利与义务,使政府的行为方式具有服务性的特征,而不是实行组织的替代,从而达到社区治理的目的。

注释

① 城市社区的"三驾马车"由上海大学李友梅教授提出并使用,这是一个社会学范式的分析模型。她在对上海市康健街道社区的调研中发现,对应于传统体制下的"街居制"(街道居委会体制),新的城市社区的权力秩序是由居委会、业委会和物业公司的"三驾马车"模式所维系,它们在社区层面的合作、竞争、妥协等构成了基层社区组织社会生活的样式。参见李友梅:"基层社区组织的实际生活方式:对上海康健社区实地调查的初步认识",载《社会学研究》,2002 年 4 月。

② 狸桥镇社区居委会:《居民委员会的主要职责与任务》,2005 年 4 月。

③ 狸桥镇社区居委会:《社区就业与社会保障工作站的主要职责与任务》,2005 年 4 月。

④ 张维迎:《博弈论与信息经济学》,上海:上海三联出版社,1996 年版,第397—408 页。

⑤ 俞可平:《治理与善治》,北京:社会文献出版社,2000 年版,第 103—108 页。

⑥ 王中昭:"社区政府与社区组织的委托代理关系模型",载《统计与决策》,2006 年 2 月。

⑦ 很久以来,学术界就有一种声音要求废止乡镇以扩展农村基层自治民主。可以想象,如果县级机构管理的公共事务职能绕过乡镇政府而直接下沉到农村社区,乡镇的未来便可想而知。关于乡镇废止的讨论请参考吴新叶:"基层自治扩展:农村治理的困境与出路",载《内蒙古社会科学》,2005 年 2 月。

⑧ Rob Laking，"Agencies：Their Benefits and Risks"，Preliminary Draft prepared for the OECD (PUMA) and World Bank，2002.

⑨ 徐湘林："以政治稳定为基础的中国渐进政治改革"，载《战略与管理》，2000 年 5 月。

⑩ Derek Gill，"Signposting the Zoo-Form Agencification to a More Principled Choice of Government Organizational Forms"，in *OECD Journal on Budgeting*，2002.

初探技术流转法律制度与建设
创新型国家战略之关系

复旦大学法学院 马忠法

[内容摘要] 在我国,技术流转法律制度由技术转让法律制度和技术转化法律制度两部分构成;创新型国家是把科技创新作为基本战略,以大幅度提高科技创新能力,形成日益强大的竞争优势;技术流转对创新型国家的建设意义重大。历史上技术后进国多是通过引进、模仿、再创新及促进技术流转之路径来实现技术能力提升,进而步入创新型国家行列的;近代美国、德国、日本和当代的韩国,无一例外。对于发展中的中国而言,要实现建成创新型国家之战略,就需要在总结近三十年来的经验教训基础上,借鉴他国成功做法,完善技术流转法律制度,解决创新型国家建设过程中的瓶颈问题,提高国家创新能力,更好地落实科学发展观。

科学发展观、自主创新、知识产权及建设创新型国家等已成为我们这个时代的关键词。在知识经济年代、在经济全球化下,国家间、企业间的竞争已由外在型(以低成本的劳动力、廉价的原材料和农产品等建立的竞争优势为基调)发展模式转为向内涵型(以核心技术为基础的知识产权建立竞争优势)发展模式;粗放型发展转向集约型发展,劳动密集型、资本密集型发展转向知识或技术密集型的发展模式,特别对向中国这样一个人口众多而资源相对匮乏的大国,走全面、协调、可持续发展之路,是利国利民、行在今日利于千秋万代的必行之事。以胡锦涛为总书记的中共中央提出科学发展观和建设创新型国家战略是意义深远、高瞻远瞩、利在千秋的决策和举措。

发展目标和思路有了,关键在于找到实现的路径。当然首先想到的是,我们应加强自主研发,以开发出拥有自主知识产权的核心技术。但是,纵观历史上诸多的技术后进国发展成功的经验,作为技术后进国,绝大多数的技术从原创开始已不可能,更无必要;纯粹依赖国外进口,形成自己的核心技术,也不可能。近代资本主义后进国如美国、德国、日本,以及当代后进国或地区如韩国、新加坡及我国台湾所走过的工业化道路证明:先获取开发核心技术所需的相对先进或基础的技术,然后进行消化、吸收、改进、再创新,形成核心技术能力,是一条必由之路。当然,最初这些国家获得技术的手段可能各不相同,特别是在当时知识产权制度不太完善的时代,以侵权或盗窃的方式获取技术一度成为常用的手段,但多数或正常情况下是通过合法途径获取的。在人类法治文明日益提高和知识产权制度日益完善的时代,采用违法手段获取技术已不现实,如何通过合法途径获取技术或将技术转化为现实生产力是当今时代国家或企业发展的主题。作为技术后进国,建立和完善技术流转法律制度,促进技术转让和转化来提升技术创新能力,实现建设创新型国家战略目标,是一条较为现实的追赶发达国家之路。

一、技术流转的内涵

(一) 技术流转的定义和种类

技术流转是指技术专有权的转让或使用权的许可,或技术由潜在的生产力变为现实生产力等的行为或活动;它可以比照有形财产权制度中的物权流转之行为,不过,后者多为所有权的转让,而前者多为使用权的许可或转化行为,技术专有权的转让目前还未能成为主流。与技术流转相关的法律法规构成了技术流转法律制度。

一般认为,技术流转法律制度包括两方面的内容,即技术转让和技术转化。技术转让指技术成果所有权或使用权的转移和让渡,而其中以使用权的转让(技术许可交易)为主要形式;它不同于技术贸易,更不同于货物贸易。[①]技术转化指为提高生产力水平而对科学研究与技术开发所产生的具有实用价值的科技成果进行的后续试验、开发、应用、推广直至形成新产品、新工艺、新材料,发展新产业等活动。[②]国外学者多将两者合在一起,称为"技术转移或转让"(technology transfer)。[③]

(二) 技术转让与转化之间的内在关系

在我国,技术流转法律制度由技术转让和技术转化法律制度构成,它们之间的关系十分紧密。两者都是技术转移的种类;转化指从科研成果进入商业化的过程,与我国建设创新型国家有着密切的关系,解决了提高自主创新能力的去向问题;这部分自主创新主要来自大型科研院所或其他的独立研发机构,其技术转移有它特定的规律。转让有人称之为横向的技术转移,即技术扩散的过程,就是技术如何能够为经济发展服务,为国家建设作贡献,提高生产效率。它们对建设创新型国家的作用是一致的。但在两者的关系中,又可看出明显的区别:技术转让多为商务性的,一般是指不同主体间的交易,即多发生在不同企业之间、研发机构或高校的科研部门与生产性企业之间;而技术转化则内部性或合作性较强,多发生在企业内部或研发机构与生产企业之间,商业化色彩不像技术转让那么浓,它以合作为基础,以实现产业化为目标。

技术转化法律制度对促进非生产企业的科研创造性有着积极

意义,通过转化,将潜在的生产力变为现实的生产力,创造更多的物质财富,既调动了创新人员积极性,又为进一步创新提供了较好的物质前提,使创新—转化—再创新进入一个良性循环的轨道。

国内外学者对技术流转法律制度多有研究,多建立在本国立法的基础上,对技术流转与创新关系的研究较为充分;而国内研究由于现实技术流转发生得不多,多限于政策、经济或管理层面,法律及技术流转与创新之关系方面的研究有待进一步加强。

(三) 技术流转法律制度与知识产权制度

技术流转法律制度与知识产权制度密切相关:后者为前提和基础,前者为后者的目的和归宿。TRIPS 协议的"目的"和"原则"之规定阐释了它们的关系。其"目的"条款规定:知识产权的保护和实施应有利于促进技术革新、技术转让和技术传播,有利于生产者和技术知识使用者的相互利益,保护和实施的方式应有利于社会和经济福利,并有利于权利和义务的平衡。[④] 它清楚地给出了知识产权制度设计的目的。其"原则"部分规定:缔约方可以通过制定或修改其国内法律和规则,采取必要的措施来保护公众的健康和营养,维护在对于其社会经济和技术发展来说至关重要的领域中的公众利益,其条件是这些措施与本协议的规定相一致。为了防止权利所有者对知识产权的滥用,防止不合理地限制贸易或反过来影响技术的国际性转让的实施行为,可以采取适当的措施,其条件是这些措施与本协议的规定相一致。[⑤] 以上规定可以看出,世界贸易组织对技术转让的重视。因此,我们不能过分强调保护,甚至把保护看做知识产权制度的惟一目的;保护是手段,而在保护条件下利于技术转让和扩散才是其目的。[⑥] 如 4 月 26 日为世界知识产权日,而非"世界知识产权保护日",也能在一定程度说明问题。

林肯有一句名言:"专利制度是为天才之火添加利益之油。"这为知识产权制度目的作了一个注解:知识产权制度的目的在于促进、激发天才的发明家们创新的积极性,这种创新的积极性又依赖于利益的实现。利益实现有两种途径:发明人自己使用,并通过专利制度取得合法垄断权来获利,或者发明人通过技术转让来实现。处于不同的时代,技术权利人实现其权利的方法也不同:在早期,技术权利人多通过自己发明、自己应用、自己销售等渠道来实现技术的价值,后来随着社会分工的日益细化,营销逐渐分离出来,企业着重于研发和生产。到了知识经济时代,随着独立研发机构和研发组织的出现,技术似乎也完全可以独立于设备等,成为一种商品;随着研发工作者成为一个独立阶层,技术转让和转化活动会日渐频繁。[⑦]

二、创新型国家的内容、标准及有关观点

(一) 创新型国家的含义及其标准

到底何为"创新型国家",目前无人给其进行定义,也无法形成统一的认识,但一般认为创新型国家的内容如下:国家把科技创新作为基本战略;大幅度提高科技创新能力,形成日益强大的竞争优势。但这里会留下很多疑问:对于第一点,如果国家只停留在政策层面,或虽已执行,并未产生实际上的高新技术之效果,该战略又有多大意义? 至于第二点,"大幅度"到何种程度? "日益强大"的衡量标准是什么? 可见,对该概念的认识,目前还停留在界定不明的探索阶段。但目前世界上公认的创新型国家有 20 个左右,包括美国、日本、芬兰、韩国等。

对于其具体指标,目前有以下几点:创新综合指数明显高于其他国家(这里又留下可供探索的空间:高到什么程度才算明显? 高于其他国家的"其他"到多大比例?);科技进步贡献率在 70% 以上;研发投入占 GDP 的比例一般在 2% 以上;对外技术依存度指标一般在 30% 以下。此外,还需看该国所获三方(美、欧和日)授权专利

数占世界数量的多大比例(当然还得看质量,即该技术在同行业的地位、作用和影响,是基础性主体还是配套性附件)。

(二) 国内外学者对国家创新体系的观点

创新型国家目标的实现依赖于国家创新体系。为此,我们先分析国家创新体系的内涵,再来认识创新型国家实现的途径。

1. 国外学者对国家创新系统的见解

不同学者构建的国家创新体系各不相同。弗里德曼认为,国家创新体系就是"公私部门的机构组成的网络,它们的活动和相互作用促成、引进、修改和扩散了各种新技术"。[⑧]朗德威尔认为,"国家创新体系就是由在新且经济有用的知识的生产、扩散和应用过程中相互作用的各种构成要素及其相互关系组成的创新体系,而且这种创新体系包括了位于或者植根于一国边界之内的各种构成要素及其相互关系"。[⑨]有些国际组织也提出了自己的观点,如经济合作与发展组织认为,国家创新体系的核心问题就是知识流动,该流动可以分为四类,即企业之间的相互作用(主要是合作研究活动和其他技术合作);公私相互作用(主要指企业、大学与公共机构之间的相互作用,含合作研究、专利共享等);知识和技术的扩散(包括新技术的工业采用率和通过机器设备采购等途径的扩散,此为创新系统中最传统型的知识流动);不同部门之间的人员交流(主要指技术人员在公共部门和私营企业内部的流动及两者之间的)。这四类知识或技术的流动成为计量和评估国家创新体系的核心。[⑩]可以看出知识或技术流转是该观点的中心之所在。阿齐布吉和米奇认为,国家创新体系的概念应包括如下内容:教育和培训,科学技术能力,产业结构,各国科技的强势与劣势,创新体系内部的相互作用及引进国外先进技术。[⑪]

2. 我国学者的观点

国内有学者认为,典型的国家创新体系应包括四大部分,即创新人才与基础知识生产、创新方案与思路生产、创新过程的实施和创新成果的扩散与创新需要的反馈。围绕上述内容,产生六个子系统:教育培训系统,科技基础研究系统,应用研究与开发系统(将基础研究成果转化为新技术、新产品,向产业部门扩散,此为枢纽),民用企业系统即产业系统,军事国防开发系统和市场需求与开发系统等。[12]也有学者认为,国家创新系统由以下四个方面构成:国家科研机构和高校(其职能是向社会提供新知识、向企业提供技术源),企业(其职能主要是应用知识,并且最终在市场上实现技术创新,推出新产品、新工艺和新服务),教育部门和中介服务机构(如技术转移中心、生产力促进中心、工程技术中心等,其职能是进行技术传播和转移),政府相关部门(其职能是支持知识生产和战略研究,引导企业创新和产业发展,提供科技基础设施)。[13]在此基础上,他们提出针对中国目前的状况,理想的国家创新体系应包括:以国立公共研究所和国家重点实验室及高校为主体的基础研究体系,以企业和国家使命性开发型研究机构为主体的开发型研究体系,以企业为主体的知识应用体系,以高校为主体的基础知识和应用知识生产与传播体系,以政策为主要手段的国家调控体系,以教育培训等中介服务机构为主体的创新支撑体系,以国家科技计划和创新战略为引导的国家创新引导体系。

另外有些学者认为,国家创新体系可以分为内圈因素和外圈因素两个层次。前者包括作为科技知识提供者的科研机构和研究型高校,作为技术创新主体的企业,作为科学技术知识转移和扩散的教育培训和中介机构;后者包括作为国家创新体系协调机构的政府、相关的金融体系及历史文化因素等。[14]

通过对国内外学者有关国家创新体系的分析可以看出,它们有一个共同特点,即十分关注科学技术知识在国家经济体系中的流转及其应用,恰如有学者指出的那样:从某种意义上说,所谓国家创新体系就是一国疆界之内有关科学知识在国民经济体系中循环流转的制度安排。所谓国家创新体系的结构事实上主要是指参与科学技术知识循环流转的各组成部分之间的相互关系的架构，即科技知识的生产者、使用者与扩散者之间的相互作用。⑮ 为此，我们可以理解，为什么西方发达国家在立法上都比较关注技术流转法律制度，如美国自 1980 年代起，已先后制定了有关技术流转的法律十多部。

3. 创新型国家与国家创新体系及中国建设创新型国家目标之构成

创新型国家目标的实现完全建立在国家创新系统的基础上。没有完善的国家创新体系，就无从建设创新型国家，而创新系统的核心又依赖于技术流转。可以说，技术转移是构成国家自主创新体系的关键环节，而如何运用技术经营手段打通技术转移过程中存在的诸多瓶颈，加速实现科研成果的技术转移，已成为我国科技和经济政策面临的一个重大课题。⑯ 为此，技术流转法律制度的完善与否直接关系到创新型国家的目标的实现与否。

国务院在其发布的《国家中长期科学和技术发展规划纲要(2006—2020 年)》中提出：到 2020 年，我国科学技术发展的总体目标是：自主创新能力显著增强，科技促进经济社会发展和保障国家安全的能力显著增强，为全面建设小康社会提供强有力的支撑；基础科学和前沿技术研究综合实力显著增强，取得一批在世界具有重大影响的科学技术成果，进入创新型国家行列，为在 21 世纪中叶成为世界科技强国奠定基础。在科学技术的若干重要方面实现以下目标：一是掌握一批事关国家竞争力的装备制造业和信息产业核心技术，制造业和信息产业技术水平进入世界先进行列。二是农业科技整体实力进入世界前列。三是能源开发、节能技术和清洁能源技术取得突破，促进能源结构优化，主要工业产品单位能耗指标达到或接近世界先进水平。四是在重点行业和重点城市建立循环经济的技术发展模式，为建设资源节约型和环境友好型社会提供科技支持。五是重大疾病防治水平显著提高,艾滋病、肝炎等重大疾病得到遏制,新药创制和关键医疗器械研制取得突破,具备产业发展的技术能力。六是国防科技基本满足现代武器装备自主研制和信息化建设的需要,为维护国家安全提供保障。七是涌现出一批具有世界水平的科学家和研究团队,在科学发展的主流方向上取得一批具有重大影响的创新成果,信息、生物、材料和航天等领域的前沿技术达到世界先进水平。八是建成若干世界一流的科研院所和大学,以及具有国际竞争力的企业研究开发机构,形成比较完善的中国特色国家创新体系。

在具体指标方面,体现如下:经济增长的科技进步贡献率要从39%提高到60%以上,全社会研发投入占 GDP 比重要从1.35%提高到2.5%以上,对外技术依存度降低到30%以下,本国人发明专利年度授权量和国际科学论文被引用数均进入世界前5位。⑰

4. 技术流转法律制度在促进技术创新方面的作用

人类自古至今的所有技术进步都是站在前人的肩膀上取得的,技术转让对受众而言可以是提高创新的起点,对供方而言,可以对原先技术提供新的视角,又能相互促进供受双方的技术水平。技术流转有利于研发人员投资的回报,取回资金或更高报酬可以再进行新的投入,开发出新的技术。特别是通过转化或转让,将潜在的生产力变成现实的生产力,激发人们更大的创造激情。弗里德曼认为,私人以盈利为目的厂商是所有创新体系的核心;国家创新体系就是"公私部门机构组成的网络,它们的活动和相互作用促成、引进、修改和扩散了各种新技术"。技术流转法律制度对一国创新能力的形成、发展和提升至关重要。

对技术后进国而言,在公平合理的基础上获取技术,可以花较小代价取得较大成果,为自己创新能力的形成提供条件。上述诸多作用只有在符合规律的法律制度的保障和促进下才能完成;所以,制度优越将促进一国的创新能力。

三、历史经验：技术后进发达国家发展之路径

后进国家走模仿之路是不可避免的选择。技术转让，但同时消化、吸收再创新及技术转化是关键。

（一）美国

跟英国相比，立国时美国是一个相对在技术上落后的国家。但美国政府建国伊始就非常重视科技对国家经济发展的作用，并充分利用它与英国等国之间的渊源关系，发展本国科技。杰弗逊认为：经济和社会的发展很大程度上取决于科学技术的进步；其宪法规定为促进科学和实用技艺的进步，对作家和发明家的著作和发明，在一定期限内给予专利权的保障。[18]

在实践中，美国重视高等教育，并在西点军校设立军事技术研究，此后有关政府机关和企业也开始设立科研究构。由于客观原因，虽然它注重本土的研究和开发，但企业非常注意引进先进技术；企业主要从英国引进系列技术，用了不到30年的时间，解决自己发展所需的基础技术。如纺织、钢铁、火车等领域，在引进技术的基础上，很快形成了自己的技术能力，不但解决了自己的发展所需，还将有些技术回流到英国，如钢铁技术。

当然，这种情况的发生是基于当时的时代背景而产生的：技术权利人对技术保护的重视程度没有今天这么高，权利人甚至为了卖出设备而对买方技术人员进行培训。可以说，当时技术受方和技术供方是在相对公平合理的基础上完成技术转让的，在定价方面既不漫天要价，也没把核心技术保留下来作为要价的杀手锏；[19]在条款方面不但无限制性条款，还提供许多优惠条件，如造船方面，买方买船后可在8年内付清款项，为买方提供造船工程师指导技术及对外国引进技术的造船商提供培训和教育等。[20]虽然当初是受利益驱

动,在政府并不干预的条件下,英国企业采取种种措施销售自己的船舶:对国外买主提供优厚的信用条件,举办船舶制造技术培训学校培训外国学员,欢迎外国工程师到本国的造船厂观摩学习,甚至派人到买方国进行技术指导等,客观上为他国低成本获得技术提供了便利。它们还积极与外国造船商进行国际合作,通过自己书刊杂志对技术的演示、讲解等来推动世界造船技术的提高。许多船舶买主买回国后模仿最新设计,通过技术知识的转让走进口替代之路,使美国等二十多个国家的造船术迅速发展起来。[21]

英国拜斯么钢铁厂在 1863 年 12 月 31 日就通过许可合同形式,采取收取使用费的方式将炼钢技术转让给了美国的特洛依集团,同时约定后者有完全买下专利权的选择权;后来由于特洛依集团经营的成功,它们决定完全买下拜斯么的专利权,并于 1865 年 12 月 7 日达成买下专利的协议。1877 年特洛依集团成立拜斯么钢铁公司,并在其运营的头十年里将技术许可给 11 家生产者使用。[22]这是该段时间国际技术转让的典型之例:既有许可协议又有技术所有权转让的活动。美国的铁路及火车头技术在不到 13 年的时间里就赶上英国,以至在 1841 年美国进口最后一辆火车头后,在美国,英国制造的火车头数量不到其总量的 1/4。[23]

美国政府还通过制定特别的法律来鼓励引进、吸收、消化、改进和推广某种有重大意义的技术:如宾夕法尼亚州 1836 年制定特别掺入法,[24]就旨在鼓励发展无烟煤生铁产业;1861 年美国通过联邦关税保护[25]来帮助所有美国幼稚钢铁产业度过生存难关,并促进其在后半叶成熟起来;同时用关税保护本国相关产业。美国还通过自己的领事官员和商务代理来帮助国内企业获取技术和信息,为技术转让开辟道路。

经过近 100 年左右的发展,虽然经历了南北战争,但其技术水平在许多领域已居于领先地位。而且发明家与企业自身通常是结合在一起的,发明家以自己的技术设立企业,将技术研发和生产经营结合了起来。企业普遍重视科研究构设立,如 1876 年爱迪生投资建立的研究所就为 GE 研发机构的前身。如此使研发的技术能够得到及时转化,大大促进生产力的发展。同时,欧洲掌握先进技术的人员流动对推动美国技术发展也起到了积极作用。

另外一个不可忽略的因素是美国很长时间对国外发明人、著作权人保护的忽视及本国发明人保护的不力,在一定程度上刺激技术的流转和扩散。

(二) 德国、日本的技术发展

1. 德国

德国是一个从技术后进国变成先进国的典型代表。在 19 世纪 70 年代之前是一个容克的、王国林立的落后国家。但其中的普鲁士王国自 1840 年代起,从英国输入蒸汽机、钢轨、轮船、大炮等技术,并于 1860 年代可自行生产,并在德国统一后工业发展十分迅速,曾一度成为世界科技的中心,两次世界大战的策源地及战后经济奇迹的创造者。[26]产生这种效果的因素很多,但务实的德国科学家对此作出了巨大贡献,他们集科学家、工程师和商人于一身,如西门子(他于 1847 年建立西门子公司)就善于把思想产品变成可以利用的实物,在理论研究、技术开发和产品销售之间建立起良性循环。[27]德国人善于将科学技术与经济相结合,并将官、产、学、研密切地联系起来,特别是把科技研发和生产链巧妙地结合起来。德国统一后,加强了科技投入,由于生产上所需的技术发明与革新能被授予发明专利而长期被垄断,大企业均设立了大规模的实验室和研究所,投入巨资进行技术研发。[28]在魏玛共和国时期,科学界与工业界的联系更为紧密,创立了旨在了解工业界对科学之需求的研究所,企业也相应建立相关的研究部门。[29]

政治权威和科技精英的良性互动有助于国家的发展。[30]德国早在普鲁士时期,政府就注重将个人研究与教学结合起来,以推动技术产业化和扩散。政府在大学里专门设立席位,提供优厚待遇,让研究人员发现问题,进行研究和教学,并与学生一道探讨实验科学中新出现的问题,教给学生一些方法和程序,共同寻求技术的实际应用。研讨班的活动和实验室的建立,让学生学会了研究并能将自然科学知识、技术等应用于工业领域。这种近似于职业训练的研究培养了大量的药剂师、医生和工程师。[31]

前文已述,德国的发展离不开对当时的技术先进国的技术引进与吸收。比如在造船方面,德国从英国学到很多,以至德国不得不承认英国造船技术对它们的帮助,称"必须发自内心地承认英国的造船技术自始至终都是非常好的,我们毫不犹豫地在最大程度上使用了这些技术"。[32]

2. 日本

日本是世界上另一个由技术后进国变为先进国家的典型。明治维新前,日本是一个封建落后的专制国。但明治维新后,它重视教育和法律制度,认识到技术对一国发展的重要性,特别重视从国外引进技术,但要把技术变成自己的能力,依赖于法律制度和教育。它先后从英国、德国、法国、美国引进了纺织、轮船、钢铁、通讯等技术,并于1890年代就可以自行生产。与德国不同,日本缺少科学家将科学与实务结合起来的传统,但它们善于学习特定时期他国先进的文化和技术。从某种程度上说,日本更多地依赖于技术引进和消化吸收来提高自己的技术能力,像德国那样可以内生一些先进的技术,它们难以做到。日本也承认英国造船技术对它的意义,并称"没有英国的帮助,日本的造船业不会发展得如此迅速,取得这样令人满意的成就"。[33]

在当时的高新技术领域,日本人花了较大精力。如在1898—1909年间,日本 Nippon 电子公司、东京电子公司和 Shibaura 公司分别与美国西部电子、通用电气等签订有关电学技术方面的许可合同,不过它们还伴有直接投资方面的内容;这种通过正式合同形式

引进技术开创日本在电子机械方面制造的新时代。㉞

此外,德、日两国政府也通过一些优惠政策和法律来鼓励技术引进、加快新技术的吸收和使用速度,如造船技术方面,它们采取积极有效的优惠措施,对航运和造船业给予补贴、降低铁路税率和返还航运税等。㉟

(三) 现代韩国

韩国是二战后由技术落后国变成先进国的典型。韩国在 20 世纪 60—80 年代之间完成技术创新的关键步骤,用 20 年多年的时间完成了 100 年工业化路程,其成功之路对我们有一定的参考意义。

韩国在 1971 年前,劳动力密集型产业占主导地位,1972—1980 年资本密集型产业渐呈主流,1980 年以后形成了技术密集型产业;在 1986 年实现贸易顺差, 1991 年进入发达国家行列。其崛起始自朴正熙时代(1961—1979),自身技术力量积累起来。韩国人积极引进先进技术,并促进引进技术的消化和吸收,引导和推进企业的主体技术研发活动,派遣科技人员到发达国家现场学习"源泉技术";同时促进收集尖端技术信息并积极普及,加大与发达国家的技术合作。此外,政府还重点扶持国内据点企业、大学和政府主管的研发机构并培养他们的研发能力,出台扶持尖端技术研发的法规政策,并建立民间主导型科技开发体制。

在政策和立法方面,确定其目的是提高产业发展和科技能力(含技术转化),将原先的"技术立国"向"尖端技术立国"发展。从 1960 年代起,先后制定了各种有助于技术引进和转化的法律。1960 年代制定了外资引进法,科技振兴法,个别产业发展法,技术力量发展法等。1970 年代制定的法律有:技术开发促进法,其宗旨是促进产业技术的自主开发和引进技术的消化改良并使其成果得到普及;技术服务扶持法(实行国内服务只能由已注册的服务企业来实施的注册制度;在向外国的服务企业预订服务时,需得到科学技术处的许可);技术应用发展法和技术劳务培育法。1980年代颁布了新法促进技术革新,引导企业参与科技研发事业,加强技术国际合作,如国家技术资格法,中小企业支援法,《租税减免规制法》等。1990年代出台了《技术开发促进法》、《软件开发促进法》、《工程技术振兴法》。21世纪初,提出了"科技立国战略",颁布了《科学技术基本法》,目的在于促进经济向知识化、信息化方面转变。㊱

韩国注意加强合理技术引进、消化、吸收和改进,并将技术引进、消化等与教育结合在一起。其技术引进可分为三个阶段:控制阶段(1960—1969):外汇问题较为突出,通过《外资引进法》,明确技术引进合约的要点和审查标准,税额减免;控制缓和期(1970—1977):取消合同3年限期,简化手续;统一支付变为可根据引进的内容及开发利用情况灵活处理;自由化时期(1978—1996):10次修改外资法,引进技术自由化、资本自由化。此外,韩国还注重开展各种形式的广泛技术合作,如单方面技术引进合作(引进日、美、德的先进技术),双边平等开发合作或参与合作(与掌握高新技术的美、日、法、德、英、意大利、瑞士、以色列、俄罗斯等),并积极与发展中国家进行合作。

韩国对作为技术转让最充分的方式人才流动给予高度关注,它充分利用海外科技人才,形式不拘一格,有永久引进的,也有暂时引进的(招聘海外人才);同时还积极推进海外研修工作,资助涉外项目研发。设立海外研究所,注重研究开发的国际化(1987年始),以便及时收集海外信息和学习技术,展开技术协作,培养本土人才。

韩国各界普遍重视将产业与技术研发结合在一起,企业内广设研发机构;鼓励民间投资研发,将研发与企业的经营结合起来,政府直接指导产学研合作开发等事宜。在科技文化的形成方面,注重思考方式的科学化和科学技术的实用化。韩国在1980年代崛起之后,美日等国的先进技术之转让对韩国也开始进行控制,从一定角度说,对韩国自身核心技术的发展也有积极意义:迫使它进行研发。

我们以韩国的信息技术为例：它1960年代引进外国机种整套配置和运用，1970年代进行组装、销售，1980年代政府支持下研发积累基础，将单纯的装配技术引进发展至1980年代的源泉技术特惠权的引进(50%以上)，在1980年代中期为个人电脑、监控器等可生产销售打下基础；1990年代实现新机种的高级化和普及化。在政府实际行为中，国家和公共机构的计算机实现国产化，鼓励企业开发出大型计算机。此外，韩国企业在移动电话技术方面，如CDMA已取得领先地位，并可依此项技术的许可等获取高额利润。

韩国技术发展起来后，也开始了技术输出贸易，利用技术梯度差原理输出一部分相对先进的技术到东南亚，而对于发达国家，则输出有一定技术含量的元器件、器材等，同时还可进行交叉许可。

韩国政府在企业的具体运作中给予它们的支持也是十分明显的。如对供给方的技术开发支援政策，政府在技术开发执行过程中采取金融、租税上的支援，引导企业在引进技术的基础上进行技术研发；对需要方的政策是：给予技术研发成功的企业以相应新技术产品的市场保护或通过给予需要的促进政策来间接支援企业技术开发；保护新技术产品市场，在价格上保护差价，保护新技术开发的个人与企业利益，这是鼓励企业引进、消化、吸收再创新式的开发之最好导向。而且政府还促进技术引进自由，保护国内优秀技术开发成果；对新技术开发者给予保护形成制度(禁止重复制造，政府优先购买、资金支持、租税支援等)。

以上所有行为，对韩国的发展起到了至关重要的作用。

(四) 结论

通过对几个国家的技术发展方面的分析，可以看出：技术后进国通过引进技术可获取技术能力的一般时间为20年左右；核心技术通过转让是不可能获得的，上述后进国多是在引进的基础上开发获得自己的核心技术；高新技术保护在哪里都一样，美日等对韩国开始不提防，后来美日开始封锁新技术，是一个例子。

技术后进国走模仿发展战略之路是一个基本点，但不是永久的；在引进、消化、吸收、改进和创新的基础上，提高自己的技术创新能力，才是根本出路。

技术能力的形成是一个学习的过程：靠引进、模仿、改进、积累等来形成、提高学习能力。结合发达国家对知识产权的态度在国际、国内层面是不一致（国内积极促进转让，国际上要求保护）的现实，再考虑到比较优势的贸易理论，放弃核心技术的开发，对有些国家或地区是可以的，但对中国这样的国家而言，我们必须要有自己的技术。

四、中国建设创新型国家之条件

（一）问题的提出

类似文化背景下的中国近邻之经济成功应引起我们的深思：近代日本的崛起（明治维新后到 1895 年甲午战争打败清王朝），其前后不过 20 多年的时间；而当代韩国的"汉江奇迹"（二战后历经朝鲜战争，李承晚王朝，军人政治）也是在 20 年左右的时间内完成。我们周边沿海一带的国家或地区，发展迅速，"四小龙"（韩国、新加坡、中国台湾、中国香港）腾飞，"四小虎"（泰国、马来西亚、印尼和菲律宾）逞强，都给我们提出了严峻的挑战。

对照反思我们改革开放约 30 年来的成就与问题，我们似乎也能得出一些结论。我们的成就是显著的，如已成为世界制造大国，GDP 每年以约 8% 的速度在增长，全球第六；目前是世界上第三号贸易大国；外汇储备数量巨大。但我们也必须看到问题：历史先例表明，技术后进国一般 20 年左右可形成自己的核心技术，我们做到了吗？我们自主创新能力如何？我们拥有多少自主知识产权的核心技术和驰名世界的民族品牌？我们发展付出的代价如环境污染、能源耗费情况又怎样？这些是无需明言的，简单一句话：问题是较严重的。

（二）原因分析

1. 以"市场换技术"策略分析

以"市场换技术"的目标没有实现，市场丢了，核心技术并没有得到；长期以来是加工厂或原料的提供地；没有自己的技术和品牌；对外开放变成了"对外依赖"。

汽车工业中外合资已经 20 年，90%的轿车市场已经让给外方，而绝大部分合资企业没有开发过像样的新车型、新发动机，未能生产出一个拥有自主知识产权的品牌。汽车制造业花费了大量金钱搞引进，并没有换来有国际市场竞争力的核心技术，反而形成了依赖引进的被动局面。市场换来的不是先进技术，而是进入成熟期、衰退期，甚至马上就要淘汰的技术；外方倾销技术。1985 年，中德合资的上海大众汽车公司开始生产桑塔纳轿车，而外方母公司德国大众随即就淘汰了这种车型。汽车工业技术引进应可以带动装备制造、钢铁、有色、电子等相关产业的发展，而没有带动；事实是上海大众连货架、扫地用的清洁机都从德国进口。北京市与韩国现代合资生产索纳塔后，中方原有的装备全部弃置，需要的基本设备全部从韩国进口，只有四个轮胎和一个电瓶由中国制造。㊲

再比如，一双在我国生产的耐克鞋，我们只挣一个多美元。但经拥有品牌的耐克公司出售，就值上百美元。用我们廉价的劳动力，用我们的土地、厂房和其他资源，污染了我们的空气和水，却让国外的企业家占领中国市场，挣了大钱；我们获得了什么样的技术？

2. 没有知识产权，中国与高利润无缘

引进技术的产品及其零部件的国产化率较低，国产化过程漫长，难以形成规模经济，更难以形成自己的知识产权；至于高利润，

根本就无从谈起。2003年,德国大众在中国合资生产的产量,只占全球的14%,但是其利润80%来自中国。德国大众的许多零部件长期都在欧洲价格的基础上加价卖给中国国内合资厂商,加价30%是常事。通用汽车公司每辆车在美国国内赚145美元,在中国却赚2 400美元。本田公司在广州生产的雅阁牌轿车,售价高出日本国内价格约6成左右。⑱

像原来的上海贝尔有限公司,在国产化和国内知识产权和市场方面,经营较为成功的企业,多又被迫为外方控股收购,获取稍微较高的利润转化为外方的资源,同时原先的品牌也被改造了。

3. 技术贸易视同货物贸易,我国多数企业陷入了"引进—落后—再引进—再落后"的泥潭

我国企业在合资中,不能对知识产权和技术贸易有深刻的认识,听从外方的摆布。由于知识产权能够给外方带来高利润,在合资企业中,不但中方,整个合资厂都没有开发、设计权,"改一个螺丝钉都必须得到外方母公司的批准","合资轿车厂连一个零部件都无法改造"。中国的合资工厂好比跨国公司的手和脚,没有知识产权的中方很像"丫鬟管钥匙,当家不做主"。在"跨国公司糊弄中国人的局面"下,"中国本土企业的技术创新活动普遍受到控制和打压"。

20多年来,我国经济发展实行"三段式":引进外方技术—消化吸收—自主开发;但我们总在做第一段,一次又一次引进;而第三段总是遥不可及。所以有人痛心地指出:中国20多年来对外开放,并没有在创新这个核心问题上取得令人满意的结果。

中国很多企业消化吸收再创新能力弱。我国企业消化吸收费用平均不到引进项目费用的7%。韩国、日本等国却要花比引进项目费用多3—10倍的钱来消化吸收,形成了"引进—吸收—试制—自主创新"的良性循环。想通过合资的方法拿到核心技术,不现实,往往没学到技术,反而把品牌和市场贴了进去。我国发明专利授权中四分之三为外国人拥有;申请专利数量最多的10家电子信息企业,5年申请之和仅相当于美国 IBM 公司1年申请的专利数量。用钱去买技术、单纯依赖引进,会导致国内技术人才惊人地流失。清华大学培养了大量芯片专业的研究生,百分之八九十跑到国外去了。于是就有一个这样的逻辑:中国花高代价培养的人才流失到国外,给外国企业搞科技创新,然后这些跨国公司再来到中国,利用其创造的知识产权大发其财。

从芯片生产可见端倪。1950年代中国自行研制出第一台大型电子计算机时,比美国只差十几年。但改革开放后,国内不重视芯片的自主开发,而是不断买进生产线,这条落后了,又买新的,接着落后。尽管先后引进了3英寸、6英寸、8英寸、12英寸的硅单晶生产线,但在研发和生产的若干关键环节却出现了短期内无法弥补的空缺。如今,我国在计算技术方面同国际先进水平相比,差距比50多年前还要大,而且这种差距在继续增大。⑳

4. 企业多不重视自主研发,科技成果转化率较低

有数据表明,至2004年,全国只有近25%的大中型企业有研发机构,仅3成企业有研发活动,而高新技术的研发经费还不到发达国家的1/10。"我们喜欢天天打鸣的公鸡,而不是'三年不飞,一飞冲天'的雄鹰"。研究急功近利、经费胡花乱用、鉴定一团和气。短平快项目及适应政策需求的项目居多;基础研究、重大理论研究的项目相对较少。

制度设计上的"短视"和"急功近利";国有企业领导人的任命制度,对研发造成严重障碍。重复引进(冰箱、彩电流水线等的引进是典型例子)除了造成外汇损失外,也对企业的研发构成极大的消极影响。

科研人员转化意识淡漠。不论是接近科技成果转化环节的科研人员(从事设计、技术推广和科学普及工作),还是离科技成果的转化环节较远的科研人员(从事基础研究和教学),对科技成果的转化评价都不高。权威机构披露:在自然科学领域,2004年教师的

人均论文产量是2000年的260%,而重点高校应用型科技成果转化的专利均价,2004年比2000年减少了近50%,技术合同均价则减少了1/3。《全国科技工作者状况调查报告(2003年)》显示:科研成果转化为产品或者应用于生产的项目数,人均为0.78件;其中成果转换为产品或者应用于生产的项目数为零的占74.5%。[40]

科技部火炬中心主任梁桂批评国内的科研—应用转化过程说,很多企业甚至院校,都把产学研一条链从头做到尾,这种"小而全"的模式分散了社会资源,难以产生重大突破和规模效应。

5. 崇尚科学技术、创新的文化氛围缺失

从事科研的市场价值及其在社会中的竞争力往往靠后;有关社会评价、评估体系,对科学技术研发和创新不能形成正向的激励、引导作用;衡量成功的标准多通过外在的如金钱、别墅等来形成。如赫赫有名的学界泰斗在公众中默默无闻,其影响还比不上一个三流的歌星。甘肃一位教师因为自己的女儿迷恋刘德华(13年)而在港跳海自杀;如果有人如此迷恋科学家,更多的人不追星而追科技,中国的发展会更快更健康。市场经济条件下价值评估体系对人们的人生观、世界观也产生了一些不利影响。

(三) 结论

中国近30年的对外开放,引进技术没有实现预期的目标;根本原因在于:没能在引进技术的基础上实行改进、创新;这是我们与日、韩能够腾飞的差别之所在。[41]我们在技术创新制度上存在严重缺陷:重转让,轻转化;重引进,轻改进;重数量,轻质量(引进许多技术含量不高的技术如酱菜、酱油等污染环境、重能源耗费的技术);重分权,轻集中。执行制度不力。有些法律严重滞后,如环保法,违法责任最高罚款额度30万人民币。

我们把技术转让看成了货物买卖,没有注意到两者的本质区别。核心技术是市场换不来也是钱买不来的;技术转化就如同将商

品推向市场一样;技术转让形式上同买卖商品一样,但本质不同。

知识经济时代的国家分为两种,一种是"躯干国家",另一种是"头脑国家";"头脑国家"生产知识、输出知识,而"躯干国家"接受知识、应用知识。中国是躯干国家,制造大国。当"中国制造"摆满全球超市的货架,中国不再满足于做一个"躯干国家"。㊷

我国人均资源占有量偏低,只有依靠自主创新才能实现可持续发展。建设创新型国家是历史的必然。

五、为实现创新型国家目标,在技术流转法律制度方面的举措

(一) 完善我国现有有关技术流转法律制度,制定统一的技术转让法

创新分三类:原始性创新、集成创新及引进技术消化吸收与再创新。三类都需坚持自主之路,现在实施建设创新型国家战略,标志着我国将从引进技术为主转向自主创新为主;但是针对中国这样的发展中国家,通过引进技术再创新应是主流,一切通过原创不可能也无必要;民族自尊是需要的,但能拿来时,无需为了过分的尊严而浪费宝贵的资源。

我国现有有关技术流转法律体系大体由以下几部有关技术流转的规定构成:专利法(2000年修改)、促进科技成果转化法(1996)、科学技术普及法(2002)、中小企业促进法(2002)、科学技术进步法(1993)、技术进出口管理条例(2001)、对外贸易法(2004)和企业所得税法(2007)。从体系的层次上说:有一般法律也有行政法规,但多比较分散,而且有些法规间还有冲突。㊸我们比较一下美国自20世纪80年代以来有关技术流转法律制度就可以看出我国在该方面有待发展和完善的空间。

早在1980年代,美国国会通过立法允许联邦实验室转让和商

业化它们的技术。国会先后通过的有关技术转让的法律及其主要内容如下：《史蒂文森—威德乐技术创新法》(1980)，该法的立法目的主要是促进美国技术创新，以在国家经济、环境、社会目标和其他方面取得成就。它规定技术转让是联邦政府的一项使命，并规定为促进技术转让活动，建立研究和技术应用政府机关。《拜杜专利和商标法》(1980)。该法允许大学、非营利组织和小企业对它们通过合同从政府获得资助而研发出的发明持有一定的权利。《国家合作研究法案》(1984)鼓励相互竞争的私人企业之间共同合资研发以加强美国的产业竞争力，经过注册的合资企业将免除它们可能因违反反垄断法而遭受的三倍处罚。《联邦技术转移法》(1986)。该法案是创新法的补充，它授权政府所有和政府运营的实验室可签订"合作研发协议"（Cooperative Research and Development Agreements，简称CRADA），并为了便于技术转让，组织成立联邦实验室联合体；同时还规定该联合体应当与发明人（科学家和工程师）分享技术转让提成费。《国家竞争力技术转移法案》(1989)也是作为创新法的补充法案，规定技术转让是联邦实验室的使命，允许政府拥有的和承包运营的实验室签订合作研发协议。《国家技术转让和进步法》(1995)，提供激励机制，以对在合作研发协议下研发的新技术及时进行商业化，并对试图进行CRADA谈判提供指导意见。该法允许合作伙伴对于一项源自CRADA发明，就谈判前的使用领域，采用排他的还是非排他的许可进行选择，并确信商业信息的保密性。《技术转让商业化法案》(2000)，它对联邦发明的技术许可程序进行了详细规定，并为私营企业创造了较强的激励机制，鼓励它们与联邦实验室进行合作，以提高美国的国际竞争力。根据该法，联邦实验室可以许可现存的专利技术给作为CRADA一部分的合伙人，只要先前的专利发明与协议下的研发范围直接相关。可以看出政府在技术成果转化中的作用是十分巨大的。在科技管理体制中，需引入科学价值评估体系，以形成正确的导向。

立法应是一个立体性的架构。目前我国税法已对技术流转和创新作出了相对合理的规定,如规定:国家对重点扶持和鼓励发展的产业和项目,给予企业所得税优惠;企业符合条件的技术转让所得的收入,可以免征、减征企业所得税;企业因开发新技术、新产品、新工艺发生的研究开发费用等的支出,可以在计算应纳税所得额时加计扣除;创业投资企业从事国家需要重点扶持和鼓励的创业投资,可以按投资额的一定比例抵扣应纳税所得额;企业的固定资产由于技术进步等原因,确需加速折旧的,可以缩短折旧年限或者采取加速折旧的方法。㉔

但在融资方面,就如何促进技术流转和相关机构制度还有待建立和完善。通过立法,可以实现促进技术流转及研发经费投资来源多元化。我国目前融资体系不利于创新,企业间接融资比重过大,应积极发展直接融资。

企业进行自主创新和流转技术有两种形式:现有企业自身的研发流转积累;风险投资企业的开发创业与流转模式。建立多层次的金融体系:一是构建一种商业银行对于科技研发、自主创新和流转活动贷款风险补偿机制;二是用好财政贴息、财政支持之下的政府目标信用担保体系等政策性金融金融工具。科学研究机构已经成为一种重要的社会发展组织,通过立法,可以使其经费不能只来自政府,还可有其他渠道,如企业、民间及技术转让后的回报。

我们还必须进一步完善合资企业法。合资企业必须有先进技术引进,有自己的研发机构,多聘请中国的技术人员,且尽量采购国产设备。技术引进一般不在于是否是最先进的(但不能是进入公有领域的技术),而在于是否适合国情。引进的技术关键在于能否在此基础上改进、创新出属于自己的技术;这是中国企业的薄弱环节。但有些技术必须具有先进性;如 IT 类产品(大家的起点差不多),发达国家转让的技术多为落后两三代的技术(5—10 年)。如英特尔于 2007 年 3 月 26 日决定在华投资 25 亿美元于大连建厂,其引进的技术落后最新技术两代,理由是美国政府实行技术出口控制。弥补管理制度方面的漏洞,比如地方自主权太大,如在引进外资、提供税收优惠、技术要求等方面过于放任。

我们应进一步完善知识产权制度,它是技术转让和转化的前提。重新定位知识产权制度设立的目标,不能过于强调"确权保护"而忽略"转让和扩散",而应提倡与《与贸易有关的知识产权协定》目的相适应的制度:即推动技术扩散和转让。我们也应当在这方面与发达国家在国内对知识产权持相同态度:即在国内强调转让和转化。我们不能人云亦云。同时,应努力制定一部统一的技术转让或转移法,不分转化与转让。在国外,实际上只有一个词"TRANSFER"。国内这种分法,显然人为地给人造成错觉:科研成果可以不转化,实际上技术类的研发最终都有变为现实生产力的要求,实用性决定了其本质为转让。我们应制定一部统一的技术转让法,尤其要完善技术产业化方面的法律制度,成立技术交易中介机构,规定不同机构在技术转化不同阶段的任务。让不同层次的机构专注于产业链上、中、下游某些环节的研发、产业化和市场营销,分工明确,因而做得更专业。

(二) 建立有利于创新型的企业家形成的法律制度

经济发展是一个以创新为核心的演进过程,其表现形式是企业采用新产品或者某产品的一种新特性,或采用一种新方法,或开辟新市场,或控制、开拓原材料或半成品或拓宽元件的新来源,或形成一种工业上的新组织。[45]创新的动力主要来源于企业家和企业(企业的研发机构),其活动的成败主要取决于他们活动于其中的社会经济环境。而技术创新政策的主要目标是创造一个有利的创新环境和制度机制,并非只是资助科学基础研究和政府给予企业研发活动的补贴。[46]英国沃尔什和菲利普斯在熊比特的创新理论基础上提出企业家创新模型(外生的科学和发明及来自创新的利润或亏损,促使企业家活动及对新技术的创新性投资,形成新的生产模式,带动或适应变化了的市场结构)和大企业创新模型(内生的科学技术即主要是企业内部研发活动的结果及来自创新的利润或亏损,促使企业家活动及对新技术的创新性投资,形成或适应变化了新的生产模式,进而影响市场结构;内生的技术可以和外生的科学技术互动)。[47]早期企业家创新较多,如西门子、爱迪生、福特分别创立的西门子、通用电器和福特汽车等公司便是例子。此为创新之本意。

目前竞争环境不"公平",民营企业与国有企业、内资企业与外资企业它们所享有的政策和待遇不同,对民营企业的企业家及相应的企业模型提供的创新机制和环境不同,显然不利于整体的创新。现在有了鼓励中小企业创新的《中小企业促进法》,规定政府给予一定扶持,但在现实中执行还有很大的发展空间。在一般市场情况下,中国企业与发达国家企业无法竞争,这些需要国家的政策和法律来调整。

政府制定法律应当按照科技含量的高低而非企业的身份或股东的来源来确实政策优惠导向。此外,国有企业领导人与行政级别脱钩,培养真正与企业一道成长的企业家。

(三) 完善国内科研管理体制

针对政府等公共机构投资的项目,技术应当在国内通过一定的法律制度既得到保护,又能运用、扩散;实用技术项目验收时以可产业化为合格标准;投资机构应加大管理力度,通过技术转移中心或机构将技术进行扩散和产业化。在美国拜杜法案里面明确规定,科研人员在政府投入的计划项目里面,验收项目时,如其所在的大学和科研院所没有提出商业计划书,或者没有实行技术转让等,政府有权把这个项目权收回来。[48]我们可以将这些合理的做法吸收到我国的立法中。

（四）政府和民众的上下支持

政府、民众应鼓励、扶持民族企业的发展。奇瑞、吉利、哈飞等为代表的民族品牌，打破了"中国汽车工业不能自主开发轿车"、"必须与外商合资"的神话。这表明我国企业有创新的潜力，我们不能妄自菲薄；同时民众也不能对国产产品百般挑剔。韩国的汽车为什么能够做出来？关键是有政府和民众的上下支持。

重点领域、关键环节，创新研发必须由政府主导，集中力量，整合各方面资源，力争取得关键性突破。比如药品行业：制药是一个"先行者"行业，先行者技术、市场等方面取得的优势，后来者是很难超越的。发达国家及跨国公司越来越注重技术保护，以维护自身利益，我国高新技术产业面临日益严重的知识产权壁垒。而每研制出一种新药，平均需要10年时间和10亿美元的投入，政府必须给予支持。印度药品业的成功（惟一进入发达国家市场的发展中国家）就曾得到政府的强有力的支持，政府通过专利法保护期限短的规定，鼓励印度药厂走模仿创新之路，形成自己的核心竞争力。

为企业提供服务平台，引导国有大企业意识到：不可能什么都由自己开发（小技术、次要的可由小企业开发）。如某跨国公司销售大量新药，但总体看，其40%的销售是卖其他公司的药品，而且多是一些小企业的产品。这些药品多是该公司本身没有研发出来的，或是研发某些环节缺失的。如此大公司节省了大笔研发费用，而小企业则利用了大公司的品牌和销售渠道。这体现了一种科学的合作机制，双方在价值链上有效地整合了资源，提高了创新转化效率。

中小企业创新研发的效率常高于大企业，但有研究显示，创新不仅仅是小企业在种子发芽过程中产生的，分工合理、结构流畅的产业链才是技术创新的温床。竞争者之间、采购商和供应商之间、产学研之间互相推动，发挥的效益远远高于一个孤岛式的企业。

我国很多行业的产业链支离破碎,有大量空白没人填补,另一些环节却是大家蜂拥而至。盲目投资,自主创新需要多方面的客观条件,不是单凭冲动和"烧钱"就能达到的。各地必须实事求是,对自身的能力和特点有清醒的认识,明白自己能做什么。这些需要政府的协调。

扶持国内企业,特别是中小企业,鼓励它们走引进创新之路;这是其他后进国家的经验,也是目前的竞争现实所致,因为国内中小企业无法与发达国家的跨国公司在很多方面与之相抗衡。

(五)培养创新文化,教育与培训:特别是技术教育十分重要

通过政策引导、培养民众创新意识;如果没有创新意识,引进的技术再好,也会化为乌有。中国近代史的传统上,创新文化较为缺乏;现实中,不少合资企业的研发员工只知道执行别人的东西,未想过改进、革新、创新。这与中国文化传统有关。1949 年前的中国历史,技术多是发明人根据自己的兴趣艰难完成的,多被认为是"不务正业",政府支持的甚少;与传统的"重农抑商"有关,社会才智被引向以儒家思想为核心的社会科学上,"修身齐家治国平天下",而自然科学被视为旁门左道。

中国的四大发明得到当时政府的支持,尚无明确的官方文字记载。深宫中的蔡伦发明造纸术,平民毕昇创造了活字印刷术,指南针的发明不知是谁,最后推定为是中国人民群众智慧历代积累的结果,而火药更是一帮道家中误入歧途的炼丹道士弄出来的。明清以后更无引以为豪的技术。为此,培养创新意识,鼓励热爱、重视自然科学和技术,是当今的使命之一。

技术形成的过程是一个学习的过程;引进技术的基础上,学习、创新,技术能力才可形成。而教育是基础,是培养学习能力和学习

习惯的摇篮。新技术企业化直接对国家经济发挥作用,但其实现要经历研发、技术研讨、试验、生产再到市场开拓等阶段;这个过程中的每一阶段都离不开经过教育特别是受过技术教育和培训的人的工作。

在当代,发达国家的技术在研发后进入企业或外部专门机构,进行技术检验、实验、生产及进入市场,该活动以研发为中心来进行。而发展中国家的工业化进程多通过引进生产线,从培养进口替代产业开始,它以生产为中心;它们通常在起步阶段的做法:引进和利用外国资本和技术,购进外国设备和原材料,与本国廉价劳动力相结合,发展加工出口工业,建立自由贸易出口区。但成功的后进国家会在引进的基础上改进、创新,提高技术能力;其中它们要求合资企业对员工的技术培训之规定十分重要,因为培养本地技术个人是技术溢出的最重要方式,也是提高东道国技术能力的重要途径。

六、结　　论

技术流转法律制度对创新型国家制度的建设意义深远。我们已经有相对健全的技术流转法律制度,但需进一步完善。创新型国家建设是一个系统工程,技术流转法律制度只是服务该系统的一个组成部分,它与其他的法律制度及国家的政策和有关文化相结合才能实现创新型国家之战略。

注释

① 可惜的是,我们国内的企业将技术转让看做货物贸易的很多,没能看到两者的区

别，后文会有相关论述。

② 《中华人民共和国科技成果转化法》第2条。

③ 在笔者接触的材料中，很少见到技术转化对应的英文表达。

④ 参见 TRIPS 协议第7条。

⑤ 参见 TRIPS 协议第7、8条。

⑥ 有关详细论述可参见马忠法："知识产权制度设立之目的"，载《电子知识产权》（2006年第11期）。

⑦ 参见马忠法著：《国际技术转让法律制度理论与实务研究》，法律出版社，2007年版，第309页。

⑧ 转自王春法著：《国家创新体系与东亚经济增长前景》，中国社会科学出版社，2002年版，第46页。

⑨ 同上，第49页。

⑩ OECD［1997］：National Innovation System，pp. 11－12.

⑪ Daniele Archibugi and Jonathan Michie，"Technological Globalization or National System of Innovation?" in *Futures*，Volume 29，No. 2，1997.

⑫ 齐建国："技术创新——国家系统的改革与重组"，载中国社会科学院研究生院与中国科学院研究生院：《知识经济与国家创新体系》，经济管理出版社，1998年版。

⑬ 柳卸林："国家创新系统的由来和结构"，载石定寰等主编：《国家创新系统：现状与未来》，经济管理出版社，1999年版。

⑭ 同注解⑧，第61—65页。

⑮ 同注解⑧，第60页。

⑯ 参见《技术转移与技术经营圆桌会议》，http：//www. chinahightech. com/chinahightech/ztzl/zt_20060815_24. htm. 2007年4月23日查阅。

⑰ 参见中华人民共和国国务院：《国家中长期科学和技术发展规划纲要（2006—2020年）》，参见科技部网站：http：//www. most. gov. cn/zfwj/zfwj2007/zf07yw/zf07kjzc/200704/P020070420297127503011. doc。

⑱ 参见《美国宪法》第8条第1项。

⑲ 如为鼓励新技术的推广，当时冶炼铁轨方面技术所有人对被许可使用人的许可

使用费的标准是：制造铁轨的铸块每吨收费＄5，其他产品是＄10。参见 Charles K. Hyde，"*Iron and Steel Technologies moving between Europe and the United States before 1914*"，in David J. Jeremy（eds.），*International Technology Transfer，Europe，Japan and the USA*，1700－1914，p. 64.

⑳ 参见 Simon Ville，"*Shipping Industry Technologies*"，in David J. Jeremy（Editor）*International Technology Transfer，Europe，Japan and the USA*，1700－1914，pp. 74－94。

㉑ 如日本、德国、挪威、意大利、希腊、法国、西班牙、俄国、奥匈帝国和巴西等无不受益。同上，第74—94页。

㉒ 许可使用费为铁轨铸钢5美元/吨；其他产品10美元/吨。同注解⑲，第62—64页。

㉓ David J. Jeremy and Darwin H. Stapleton，"*Transfers Between Culturally-Related Nations: The Movement of Textile and Railroad Technologies between Britain and the United States，1780－1840*"，·in David J. Jeremy（eds.）*International Technology Transfer，Europe，Japan and the USA*，1700－1914，Edward Elgar Publishing Company，1991，pp. 42－43.

㉔ 在冶炼过程中掺入矿物燃料的公司将被允许享有相当价值的特权。同注解⑲，第55页。

㉕ 1861年莫利尔关税法案通过，它本国钢铁产业以实质保护，免遭外国钢铁产业的冲击，同时允许钢铁制造者改善质量。这对美国的钢铁产业发展非常重要。同注解⑲，第59页。

㉖ 戴继强，方在庆编著：《德国科技与教育发展》，人民教育出版社，2004年版，第1页。

㉗ 同上，第48页。

㉘ 同上，第47页。

㉙ 同上，第53页。

㉚ 同上，第46页。

㉛ 同上，第45页。

㉜ 转自 Simon Ville，"*Shipping Industry Technologies*"，in David J. Jeremy（eds.），*International Technology Transfer，Europe，Japan and the USA*，1700－1914，p. 76。

㉝ 同注释㉜,第 76—77 页。

㉞ See Hoshimi Uchida, "The Transfer of Electrical Telegraphiesfrom the United States and Europe to Japan 1869 - 1914", in David J. Jeremy (eds.), *International Technology Transfer, Europe, Japan and the USA, 1700 - 1914*, pp. 233 - 237.

㉟ 如日本 1896 年通过《鼓励造船法案》,对 700—1 000 吨位的钢铁结构船每一吨给予 12 日元的补贴,更大吨位的为 20 日元/吨;德国对运输出口物品的铁路以优惠税率,免去造船材料的进口税。参见注释㉜,第 88—89 页。

㊱ 参见孙启林、安玉祥编著:《韩国科技与教育发展》,人民教育出版社,第 62—67 页。

㊲ 参见周盛平:"经济观察:中国离创新型国家到底有多远?",www. xinhuanet. com,2007 年 4 月 26 日查阅。

㊳ 同上。

㊴ 同上。

㊵ 参见"全国科技工作者调查:七成以上成果转化率为零",载《科技日报》2006 年 5 月 23 日。

㊶ 比如中、韩两国都从与跨国公司进行过 OEM 合作,但韩国人经过该方面的合作,获得了技术能力的提升,形成了自己的核心技术,而我们仍停留在制造大国的阶段。具体内容可参见马忠法著:《国际技术转让法律制度理论与实务研究》,法律出版社,2007 年版,第 333—349 页。

㊷ "成思危详解从'躯干国家'到'头脑国家'的艰难转型",2006 年 3 月 6 日,http://news. xinhuanet. com/misc/2006 - 03/06/content_4264140. htm。

㊸ 参见马忠法:"我国专利法存在的问题及其完善",载《上海财经大学学报》,2004 年第 2 期。

㊹《中华人民共和国企业所得税法》第 25 条、第 27 条、第 30 条、第 31 条和第 32 条。

㊺ 参见熊比特:《经济发展理论》,商务印书馆,1991 年版,第 73—74 页。

㊻ Rudi Kurz, "Enterpreneurship, Innovation and Growth: the Role of Innovation Policy in West Germany", see Frederic M. Scherer and Mark Perlman [1992], *Enterpreneurship, Technical Innovation and Economic Growth*, The University of Michigan Press.

㊼ 同注释⑧,第35—38页。

㊽ 参见北京市技术市场管理办公室主任林耕2006年8月在北京技术转移圆桌会议上的发言,http://www.chinahightech.com/chinahightech/ztzl/zt_20060815_24.htm。

财政、住房、医疗、教育改革

中国式分权与财政支出结构偏向：
为增长而竞争的代价[*]

复旦大学中国社会主义市场
经济研究中心　傅　勇　张　晏

[内容提要]　经济分权同垂直的政治管理体制紧密结合是中国式分权的核心内涵,本文在此背景下讨论地方政府支出结构偏向的激励根源,并通过构造财政分权指标和政府竞争指标、利用 1994—2004 年的省级面板数据对我们的推断进行实证检验。本文主要结论是：中国的财政分权以及基于政绩考核下的政府竞争,造就了地方政府公共支出结构"重基本建设、轻人力资本投资和公共服务"的明显扭曲；并且,政府竞争会加剧财政分权对政府支出结构的扭曲,竞争对支出结构的最终影响则取决于分权程度,而 1994 年之后包括科教兴国、西部大开发在内的现行重大政策并没有缓解这种状况。这意味着,中国式分权在推动市场化和激发地方政府"为增长而竞争"的同时,与之伴随的成本可能正在上升。

＊　感谢"复旦大学 985 中国经济国际竞争力创新基地"的资助和复旦大学中国社会主义市场经济研究中心数据库提供的部分数据支持。此外,傅勇感谢上海市社会科学规划青年课题(KBH3246523)和复旦大学研究生创新基金优秀论文(EYH3246037),张晏感谢教育部人文社会科学一般项目(批准号：05JC790090)对该项研究的资助。感谢第六届青年经济学者论坛与会代表的有益评论,尤其感谢复旦大学中国社会主义市场经济研究中心张军教授、北京大学光华管理学院龚六堂教授、复旦大学经济学院陆铭副教授、封进副教授和上海财经大学经济学院夏纪军副教授的宝贵建议。当然,文责自负。

一、引　言

有关财政支出的大量文献认为,为了吸引要素尤其是资本的流入,地方政府会竞相削减税率(Zodrow and Mieszkowski,1986),同时溢出效应(spillover)和地方政府的非合作行为也使得公共品的供给偏离最优水平(Cremer,Marchand and Pastieau,1997)。在中国的财政体制下,公共投入的责任更多地落在地方政府身上,然而,至少在基础设施上,中国演绎出了一个罕见的有效机制,大大领先于同水平发展中国家。[①]即便是在内地城镇,宽广的马路、开阔的市容规划常常令人吃惊。与此同时,中国人力资本投资和公共服务投入却存在着令人尴尬的不足。1995 年,中国(包括各级地方政府)的教育投资大约占国民生产总值的 2.5%,同时,国民生产总值中大约 30%用于实物投资,在美国,相应的数字分别是 5.4%和17%;虽然中国近年来教育投入略有提高,但不平衡状态仍然显著(Heckman,2005)。在转型和财政分权的文献中,俄罗斯通常被当作是中国的一个反面参照系;然而,从财政支出结构的角度,是俄罗斯而不是中国更接近经典分权理论所蕴涵的图景。Zhuravskaya(2000)提供的俄罗斯 35 个大城市的数据显示,1992—1997 年间教育在其财政总支出的比重从 19.4%稳步上升到 22.9%,在教育、卫生和文化体育三项上的支出比重一直维持在 40%的水平。相形之下,中国地方政府同期支出在教育和科教文卫上的比重分别仅为15%左右和不足 25%。[②]

除跨国比较之外,1994 年以来中国地方财政支出结构的扭曲甚至还有持续加剧的趋势。其间,虽然出台了一系列旨在扭转这种态势的政策,但收效甚微。以教育为例。依据 1986 年施行的《义务教育法》,义务教育经费主要由地方财政承担,逃避责任、挪用教育经费等一度成为地方政府简单的集体选择。针对这一情况,在

1980年代末,国家确立了财政预算内教育拨款占GDP的比重在1990年代中期或到2000年应达到发展中国家4%的平均水平的目标,该目标并被正式列入1993年印发的《中国教育改革和发展纲要》,之后又在1995年颁布的《中华人民共和国教育法》中作了明文规定。此外,保障教育经费的"三个增长"③的要求也在《纲要》和《教育法》中得到同步强调。1996年国家进一步将"科教兴国"立为基本国策,要求加大教育投入。④然而,仅从"教育经费占GDP4%"这个目标看,无论是用预算内教育经费抑或是全部财政教育经费计算,这个目标至今没有达到过。1992年以来,预算内教育经费占GDP的比重从没有超过3%,全部财政性教育经费占GDP比重也一直在3.5%以下。

如上比较分析表明,与分权理论和国际实践不同,中国地方政府在安排支出结构上存在明显的偏向:在基本建设上热情高涨甚至过度供给,而在人力资本和公共服务上则缺乏动力、供给不足。人力资本投资和一些公共服务的投入对经济增长和提升居民福利的重要性不言而喻。那么,究竟是什么原因导致中国教育和科教文卫的支出比重无法提高,又是什么使得中国的财政分权在公共支出结构上有如此特别的表现呢?

本文试图从中国式分权⑤的视角对这些问题给出合理解释,并利用分税制改革以来的面板数据分析为我们的推断提供经验支持。本文的第二部分从中国式分权的视角揭示地方政府支出结构扭曲的内在逻辑,并对相关文献予以梳理;第三部分说明实证研究中的指标选取、计量模型和数据来源;第四部分讨论实证结果;最后是本文的结论和政策蕴涵。

二、中国式分权、为增长而竞争与财政支出结构

对于教育和公共服务投入不足的流行看法是分税制改革财权

上收之后出现的收支责任的缺口使然。这个简便的解释远远不是问题的全部答案。如果注意到分税制改革设计中明确以基数法保证了地方政府的财政收入,而 1994 年后地方预算内财政支出增幅没有明显下降,那么至少从中央和省之间的分税制改革来看,收支权责的不对等只是省级政府的借口。更为重要的原因是,由于科教文卫投资的短期经济增长效应不明显,在中国以 GDP 考核为主的官员晋升体制下(Li and Zhou,2005),地方政府存在忽视科教文卫投资、偏向基本建设的制度激励。

中国式财政体制的核心内涵是经济分权与垂直的政治治理体制的紧密结合。经济分权最重要的积极意义在于,中国式的财政分权向地方政府和企业提供了经济发展的激励。如果说家庭联产承包责任制解决了中国农村和农民在 1980 年代的激励问题的话,城市和非农业人口的激励则是和对地方政府的放权紧密结合在一起的。从 1970 年代的放权让利到 1980 年代的分灶吃饭,再到 1990年代的分税制改革,如何合理划分中央和地方的利益关系、调动地方政府的积极性,不仅始终是我国财政体制改革的要点,也是整个经济和政治体制改革的突破口。在分散的财政体制下,由于要素流动下的财政竞争增加了政府援助国有企业的机会成本,地方政府不再有激励向经营绩效不佳的国有企业提供援助,结果是所谓"市场维持型联邦主义(market-preserving federalism)"的确立(Weingast,1995;McKinnon,1997;Qian and Roland,1998)。这一演绎结论得到了基于 1982—1992 年省级面板数据实证研究的支持(Jin,Qian,and Weingast,2005)。

经济分权还不足以构成中国经济发展的全部激励。有关中国式分权的文献习惯将中国和其他国家尤其是俄罗斯的分权绩效进行比较。然而,多数情况下,无论是在发达国家(如美国),还是在发展中国家(如印度、玻利维亚),抑或是转轨国家(如俄罗斯),与财政分权相伴随的是政治上的联邦主义;而中国却是在垂直的政治管理体制下,演绎出的财政联邦主义。Blanchard and Shleifer(2001)认为,在其"蹩脚的民主"机制下,俄罗斯的中央政府缺乏对地方政府的控制力,地方政府不存在主动推动经济发展的动力;而在中国,中央政府有足够的能量来对地方进行奖惩,地方政府官员因而不得不追随中央政府的政策导向。[⑥]Tsui and Wang(2004)支持了类似的观点。除了我们比较熟悉的以 GDP 为主的政绩考核机制(周黎安,2004)外,Li and Zhou(2005)的实证工作还证实,中央的确是在按照一种相对经济增长绩效的指标来提拔官员,即将地方官员的政治升迁与当地经济增长绩效挂钩,并且在绩效考核时采用相对绩效评估的方式,尽可能消除评估误差,加大激励效果。

具体来说,经济分权和垂直的政治管理体制对地方政府最重要的影响渠道是政府之间的标尺竞争(Yardstick Competition)。文献通常所说的标尺竞争对应于对下负责的政治体制,指的是由于分权构造了一种类似多部门平行的 M 型组织结构,处于信息弱势的选民会参考其他地方政府的行为评价自己所在地区的政府行为,从而节约行政管理成本,防止权力滥用,同时地方官员知道其选民会以其他地方为标尺,从而会效仿其他地方的相关政策,相互监督和学习能够提高政府部门的运作效率(Besley and Case,1995;Baicker,2005;Martinez-Vazquez and McNab,2003)。与这种自下而上的标尺竞争不同,中国地方政府是对上负责,从而形成了一种基于上级政府评价的"自上而下的标尺竞争"(张晏等,2005;王永钦、张晏、章元、陈钊、陆铭,2006)。

研究分权对财政支出结构影响的少量文献大都集中在理论层面上。Keen and Marchand(1997)证明,在资本自由流动而劳动力不可流动的假设下,对于公共支出的总体水平,生产性的公共品(基础设施等)并不一定供给不足,而仅仅服务于当地居民福利的公共服务一定供给不足;但从居民福利最大化的角度看财政支出存在扭曲,降低前者的支出比重提高后者的比重将提升整体福利水平。这些结论在最近的文献中得到进一步延伸。Bucovetsky(2005)指出，由于公共基础设施投资能够带来规模经济并吸引要素流入，地方政府之间非合作竞争的纳什均衡可能是破坏性的；比 Keen and Marchand(1997)的研究更进一步，基础设施的投资不仅在各个地区是过度的，而且，当考虑更多的地区而不仅仅是两个地区时，投资于基础设施的地区也多于最优数量。在实证方面，Mauro(1998)考察了腐败对政府支出结构的影响。他发现，由于从不同支出中获取贿赂的难易不同，腐败的政府会将更大的比重支出在基础设施，而降低支出于教育的比重。研究财政支出结构本身的中文文献比较少见。[⑦]总的来看，至今为止，相对于财政支出结构这个问题的重要性，相关的研究投入还显得远远不相称。

　　基于如上分析，本文的研究集中在财政分权以及地方政府之间的竞争对政府支出结构的影响上。我们的假说是，由于不同类型的财政支出对推动地区经济增长（尤其是任期内的增长）作用不同，[⑧]地方政府为增长而竞争[⑨]的努力必然反应在财政支出结构上，并造成偏重见效快、增长效应明显的基本建设投资、忽视科教文卫投入的扭曲。虽然现有研究对中国政府支出偏向有过一些关注，但很少有人把它归结到中国式分权的制度层面；[⑩]另外，从规范的实证角度较为严格地考察政府行为对支出结构的扭曲程度是我们的另一个贡献。财政分权本身也蕴含着多级政府之间的收支权责划分，在1994年分税制改革之后，2002年实施并于2003年调整的所得税分享改革具有适度集权的效果，我们也将考虑这一财政体制安排本身的变化对地方政府支出结构的影响。此外，在我们的样本范围内还出台了一些重大的综合政策，1996年全面推广的科教兴国战略试图提升研发和教育投入并加快落后地区发展，2000年实施的西部大开发战略也强调了西部教育和科技事业的重要性，然而这些重要举措是否会使地方政府支出结构出现期望的变化尚是有待考量的问题。文章还考虑了可能影响政府支出结构的其他细节问题。

三、指标选择、计量模型与数据说明

Mauro(1998)关于腐败与政府教育支出结构的跨国实证研究是解释公共支出结构的少数文献之一。[⑪] 在他的文章中，除了腐败指数和一些克服内生性的工具变量外，解释变量还控制了人均GDP、学龄(5—20 岁)人口比重、政府消费性支出占 GDP 的比重等。基于 Mauro 的工作和本文的研究重点，我们建立如下回归模型：

$$RPCAP_{it} = \alpha_i + \beta X + \gamma_1 FD + \gamma_2 FD \times COMPE$$
$$+ \gamma_3 COMPE + \rho M + \eta D + \varepsilon_{it} \qquad (1)$$

$$RPCUL_{it} = \alpha_i + \beta X + \gamma_1 FD + \gamma_2 FD \times COMPE$$
$$+ \gamma_3 COMPE + \rho M + \eta D + \varepsilon_{it} \qquad (2)$$

这里使用的是 1994—2004 年的省际面板数据。其中，下标 i 和 t 分别代表第 i 个省份和第 t 年，我们的样本包括了除西藏和重庆(重庆 1997 年以后的数据并入四川省)以外的 29 个内地省、自治区和直辖市。β、ρ、η 是系数矩阵，γ_1、γ_2、γ_3 是系数，ε 是残差项。被解释变量 RPCAP 和 RPCUL 分别是省级预算内财政支出中基本建设和科教文卫支出所占的比例。应该指出，对于考察财政分权对地方政府行为模式的影响而言，更好的指标应该包括地方政府有更大灵活性的预算外支出。遗憾的是，我们无法获得预算外支出结构的数据。不过，这一替代做法的潜在好处是：如果我们发现管理较为严格的预算内财政支出也存在某种扭曲，我们就应该对结论更有信心。

显然，财政分权(FD)是本文最重要的解释变量之一。财政分权作为中央—地方关系的制度安排从一个角度上表征了地方政府的财政自主性的大小,财政越分权,地方政府的自由度就越大,就越有可能按激励方向改变财政支出的结构。分权指标的构造存在一定的争议(Bird,1986;Martinez-Vazquez and McNab,2003),基于此前的工作(张晏、龚六堂,2005)和本文的研究目的,这里采用预算内本级政府财政支出指标,并且,为控制政府支出规模与人口数量之间可能存在的正向关系,我们进一步对该指标进行人均化,即 FD=各省预算内人均本级财政支出/中央预算内人均本级财政支出。该指标可以看做是实际分权程度的一种度量。另外,我们也辅助性地采用了人均财政收入分权指标和扣除净转移支付的人均支出分权指标。

影响财政支出结构的另一重要渠道是竞争,地方政府竞争的努力程度越高,就越会形成偏向生产性支出的支出结构。而没有竞争激励的政府对公共支出的偏向可能不同,例如同样分权的俄罗斯地方政府的基本建设投资热情较低。尽管中国不是标准意义上的财政分权国家,但地方政府在少数税种(如屠宰税和筵席税)上拥有一定的自主权,尤其是对企业有一定程度的税收减免权。[12]在减免税上,由于内资的流动受信贷体制等限制较大,吸引外资成为地方政府及其官员的重要任务。除了依据《中华人民共和国外商投资企业和外国企业所得税法》及其实施细则中的有关规定对涉外企业按地域(是否沿海经济开放区、经济特区)、落地区域(是否经济技术开发区、高新技术产业园区等)、产业、项目类别等差异确定所得税优惠之外,各地方政府也存在一些在国家统一税收政策之外越权制定地区性所得税优惠政策的现象,运用财政竞争手段吸引 FDI 是地方政府的主要竞争行为。基于这些考虑以及数据的可得性,这里我们通过构造各地区外资企业的相对实际税率来刻画地方政府竞争(COMPE)的努力程度。众所周知,外商投资企业长期以来享受着超国民待遇,负担的实际税率与名义税率差别很大。为此,我们先估算外资企业实际负担税率,[13]再逐年计算各省份的实际税率均值,最后用该均值除以该年各省的税率得到 COMPE。这样,相对税率越低(COMPE 值越大),地方政府的竞争强度越大。另外,竞争和财政分权对政府支出结构可能存在相互影响:一方面政府竞争在分权程度不同的地区对支出结构可能会有不同的影响,另一方面分权对公共支出结构的影响可能随着政府竞争强度的增加而发生变化。为了捕捉这种机制,我们有必要借助两者的交互项(FD×COMPE)。有关 FD 和 COMPE 的三项是我们关注的核心解释变量。

X 中包含了人均实际 GDP 及其平方项。Mauro(1998)在跨国的横截面研究中采用了 1980 年各国的人均 GDP 来检验瓦格纳(Wagner)定律,我们在面板数据研究中对应地采用了各省各年实际人均 GDP(PERGDP, 亿元),并且,为了检查财政支出结构是否随着经济发展水平而出现不同的非线性特征,我们还加入了实际人均 GDP 的平方项。

M 中是一组控制变量。类似 Mauro(1998)用学龄人口比重刻画有关教育支出的需要,我们用小学、义务教育中学和其他中等学校在校学生人数占年底总人口的比例(PRIMARY、JUNIOR 和 UNINCUN)来控制小学教育和中等教育对财政支出的约束。我们细分教育对象的结构主要基于以下两个原因。一是教育的总量结构指标(中小学和高中在校学生比重)在相应的计量模型中不显著,我们进一步细分以度量各类教育对象对政府支出结构的影响。第二个原因在于中国教育财政支出模式的独特性。中国的教育法规定,基础教育必须要达到一定标准,而普九教育的财政支出基本由地方政府负责,我们区分义务教育和非义务教育来研究它的影响。除了教育对象结构指标,鉴于本文关注的焦点是分权和竞争,我们还引入净移民率(NETMIG,‰,为年底人口增长率与人口自然增长率之差)[14]来考察蒂布特(Tiebout)机制在中国的表现。在 Tiebout(1956)所阐释的"用脚投票"机制下,居民会通过选择居住地来显示自己对地方公共品组合的偏好,而地方政府的公共品供给也将作出相应的反应。中国人口向东南沿海(包括新疆)迁移已经持续 20 年左右的时间,如果该机制起作用,对于有大量劳动力移出的中西部省份来说,就没有进行人力资本投资的激励,因而会降低在科教文卫上支出的比重;对于净移民率为正的地区,则会增加在科教文卫上的支出投资人力资本并借此进一步吸引人才流入。

中国经济还有一些重要的转型特征,剧烈的体制变革伴随着 1978 年以来中国经济的成长。体制变革集中体现在各地区的所有制结构差别,这种差别可能使地方财政支出结构发生不同程度的倾斜。我们用国有经济单位职工在总职工人数中的比重(SOU)来捕捉经济体制结构的信息。另外,简单的数据分析表明地方政府的支出比重在样本范围内有一些波动,基本建设比重总体呈上升趋势,科教文卫比重则处下降通道;2000 年之后西部省份的基本建设支出比重出现一个明显的跳跃,随后又有大幅下降。由于我们无法先验地判断这些波动是由于政策影响还是由于时间趋势,为了剔除与时间有关的因素,我们添加了时间虚拟变量(T),并在后文中增加一组刻画政策影响的虚拟变量 D。D 中包括 DUM96、DUM02、DUM03 和西部开发虚拟变量 DUMEXP。在前面控制时间趋势(T)的基础上,我们尝试用这三年的虚拟变量来刻画科教兴国战略和所得税分享改革影响。其中时间虚拟变量均对相应年份之后赋值 1,之前为 0。DUMEXP 对 2000 年以后享受西部开发政策的省份赋值 1,其余为 0,用来分析 2000 年起中国全面推广西部大开放战略的影响。

四、实 证 结 果

接下来我们具体考察影响政府支出结构的因素。如前所述,在中国式分权的激励下,地方政府对基本建设和人力资本投资及公共服务可能表现出截然不同的积极性。因而，我们把实证重心集中在财政分权和政府竞争是否造成了支出结构的显著偏向。由于三资企业实际税率只在1994年以后有相应数据，我们在1994—2004年样本区间内研究我国29个大陆省份公共支出结构的影响因素。

（一）财政分权、政府竞争与政府支出结构

在我们的计量模型中，分权对支出结构的影响从两个角度得到了考察：一是分权本身的直接效应（FD），二是分权与政府竞争交叉项的间接效应（FD×COMPE）。分权及交叉项系数的联合检验在下表报告的前四列中在1%的水平下显著正，后四列在1%的水平下显著负。因而，1994年以来的财政分权显著推升了政府基本建设支出份额（RPCAP），而减少了政府科教文卫支出份额（RPCUL）。重要的是，分权对两者的影响不仅在方向上完全相反，而且随着竞争的升级影响还在加强。对于基本建设支出，表中1-4列表明，地方越分权，政府基本建设投资份额越大；同时竞争越激烈的地方分权对基本建设投资比例的正面影响越强。具体来说，以第2列为例，地方政府的竞争强度每增加1单位，分权带来的基本建设投资比重的上升将增加0.95个百分点。在政府竞争的均值1.21处，分权程度增加0.1，政府基本建设支出比重将增加0.184个百分点。这是相当可观的影响。相形之下，分权对科教文卫支出的影响则有些微妙。一方面，尽管地方政府在科教文卫支出方面存在责任和收入不对等的现象，但由于分税制改革对支出分权的影响较小，加上科教文卫支出具有一定刚性，分权本身并没有减少地方科教文卫支出的比例，财政分权对RPCUL的直接影响不显著；另一方面，竞争越激烈的地方，财政分权对RPCUL的负面影响越大，在第6列中，地方政府的竞争强度每增加1单位，分权导致的地方科教文卫支出比重的下降将增加0.62个百分点。这意味着，地区竞争的升级使得地方政府更倾向于忽视在人力资本和公共服务上的支出。

在政府竞争的均值处,分权程度增加 0.1 将使政府科教文卫支出比重减少 0.11 个百分点。

关于异质地方政府之间的竞争,Cai and Treisman(2005)描述了一种不同于 Qian and Roland(1998)的机制:如果禀赋差距过大,弱势地区可能不加入竞争,反而破罐子破摔、放弃竞争。我们的研究发现,竞争对政府公共支出结构的影响取决于分权程度。[15]当地方支出分权较小,自主性较低时,竞争会使地方政府减少基本建设投资比重,只有当财政分权超过临界水平时,竞争对基本建设支出比重的影响为正。同时,随着地方自主权的继续上升,竞争才会降低科教文卫支出比重。[16]以列 2 和 6 为例,当分权程度小于 2.158 时,地方政府会减少基本建设投资,加大科教文卫支出份额;当分权程度介于 2.158 和 3.355 之间时,自主性提高的地方政府会加大基本建设投资比重;随着分权的进一步提高,地方政府会削减科教文卫支出的份额。进一步看,在我们的样本中,24.45%的样本分权程度小于 2.158,32.29%的样本分权程度介于两者之间(如山东、山西、陕西、广西、湖北的大多数年份),43.26%的样本分权程度处在加大竞争使地方政府加大基本建设投资比重、减少科教文卫投资比重的区间。对于河北、安徽、江西、河南、湖北、湖南、广西、陕西、四川、贵州(除 2001、2004 年)、甘肃等省份,竞争的激励并没有使他们增加基本建设投资的比重,这与 Cai and Treisman(2005)的发现是一致的。而在广东(除 2000 年)、北京、上海、天津、辽宁(除 1999—2003 年)、青海(除 1998—2000 年)这些有较高人均财政分权的省份,竞争激励导致地方政府减少科教文卫支出比重、加大基本建设投资。如果我们扣除直辖市,仍然得到类似的结果,但科教文卫支出分析中相应的分权临界值会下降。[17]

如上对分权(FD)和竞争(COMPE)在两个比重上的对照分析强有力地表明,中国式分权及其架构的地方竞争塑造了显著的政府支出偏好,并且这种“重增长、轻人力资本和公共服务”的扭曲随着

表：财政分权、政府竞争与财政支出结构：实证结果（1994—2004）

解释变量	RPCAP				RPCUL			
	(1)	(2)	(3)	(4)	(5)	(6)	(7)	(8)
PERGDP	−0.122 7*** (0.030 2)	−0.073 0* (0.037 8)	−0.129 1*** (0.035 6)	−0.037 (0.039 6)	0.081 7*** (0.028 4)	0.078 9*** (0.028 9)	0.105 0*** (0.029 3)	0.068 2** (0.031 2)
PERGDP²	0.044 1*** (0.011)	0.025 9** (0.013)	0.041 1*** (0.013)	0.012 5 (0.013 4)	−0.034 6*** (0.009 6)	−0.030 5*** (0.011 1)	−0.032 5*** (0.010 8)	−0.021 7* (0.011 3)
FD	0.005 6** (0.002 8)	0.006 9** (0.003 1)	0.012 3*** (0.003 3)	0.009 0*** (0.003 2)	−0.000 7 (0.002 2)	−0.003 1 (0.001 9)	−0.003 8** (0.001 7)	−0.003 1 (0.002 4)
FD*COMPE	0.003 0* (0.001 8)	0.009 5*** (0.002 7)	0.005 0** (0.002)	0.009 2*** (0.002 7)	−0.007 0*** (0.001 6)	−0.006 2*** (0.001 4)	−0.006 9*** (0.001 3)	−0.007 2*** (0.001 8)
COMPE	−0.005 7 (0.004 9)	−0.020 5** (0.008)	−0.011 7** (0.005 9)	−0.020 0** (0.008 1)	0.027 1*** (0.005)	0.020 8*** (0.004 5)	0.023 9*** (0.004 2)	0.022 5*** (0.005 8)
SOU	0.001 2*** (0.000 3)	0.000 3 (0.000 3)	0.070 1** (0.033 4)	0.007 2 (0.034 6)	−0.001 4*** (0.000 3)	−0.000 5** (0.000 2)	−0.075 2*** (0.023 8)	−0.077 2*** (0.028)
T	0.006 5*** (0.000 9)	0.010 2*** (0.001 5)	0.012 5*** (0.001 3)	0.011 2*** (0.001 6)	−0.009 0*** (0.000 7)	−0.010 8*** (0.000 8)	−0.013 6*** (0.001)	−0.012 5*** (0.001 1)
DUMEXP	0.039 3*** (0.005 6)	0.042 0*** (0.006 3)	0.038 2*** (0.005 3)	0.042 3*** (0.006 2)	−0.010 6*** (0.004 1)	−0.008 4*** (0.003 2)	−0.009 1*** (0.003 4)	−0.004 5 (0.004 2)

（续　表）

解释变量	RPCAP				RPCUL			
	(1)	(2)	(3)	(4)	(5)	(6)	(7)	(8)
DUM96		-0.016 0*** (0.005 4)	-0.015 1*** (0.003 7)	-0.017 4*** (0.005 5)		-0.000 6 (0.002 7)	0.000 1 (0.002 8)	0.001 8 (0.003 8)
DUM02		-0.011 5* (0.005 9)	-0.008 8** (0.003 7)	-0.008 3 (0.005 8)		0.015 7*** (0.002 8)	0.013 9*** (0.002 7)	0.011 9*** (0.003 9)
DUM03		-0.034 3*** (0.005 4)	-0.015 1*** (0.004 3)	-0.024 8*** (0.006 2)		0.011 4*** (0.002 6)	0.010 2*** (0.002 8)	0.010 3** (0.004 2)
PRIMARY			0.290 5** (0.116)	0.408 8*** (0.1217)			-0.113 1 (0.087 9)	-0.109 5 (0.101)
JUNIOR			-0.536 7** (0.211 2)	-0.281 9 (0.256 4)			0.820 1*** (0.168 1)	0.522 0** (0.206 1)
UNINCUN			-1.205 4*** (0.340 9)	-1.406 7*** (0.406 7)			0.459 3* (0.241 4)	0.500 2 (0.316 8)
NETMIG			0.000 1 (0.000 1)	-0.000 1 (0.000 2)			-0.000 2 (0.000 1)	-0.000 1* (0.000 1)
Obs.	319	319	319	319	319	319	319	319
R^2	0.764 3	0.667	0.816 7	0.687 6	0.833 2	0.856 1	0.863 2	0.534 9
备注	FE	RE	FE	RE	FE	FE	FE	RE

***、**、*分别表示 1%、5%、10%以下的显著水平，括号中为标准误(se)。每组第二、三列在第一列的基础上分别添加了政策时间控制变量和其他结构性控制变量。相应的 F 检验均在 1%的水平下拒绝设有组别效应，White 检验均在 1%的水平下拒绝同方差，Hausman 检验对包含时间控制变量的基本建设支出分析，包含全部控制变量的科教文卫分析不能拒绝零假设，其它均拒绝随机效应假设，为便于比较，我们在第 3、4 列以及第 7、8 列分别同时报告固定效应和随机加权回归结果。本表中 FE 和 RE 均是加权回归结果。常数项省去。

分权的深入和竞争的加剧会进一步恶化。我们的研究还暗示，1994 年以来的分权本身并没有直接导致科教文卫支出比重下降，官员的晋升激励压力才导致政府的短视行为。有些具有资源禀赋优势的地区，如直辖市，他们本身的竞争强度并不高（北京、上海的COMPE 均值排名居中），分权对这些地方政府预算内支出结构的扭曲要小于其他竞争激烈的地方。

（二）重大政策对政府支出结构的影响：西部开发、科教兴国及所得税收入分享

2000 年起国家在西部 11 省市（这里没有包括西藏）实施西部大开发战略。添加的虚拟变量 DUMEXP 表明，西部开发政策显著增加了这些地方政府的基本建设投资比重，从这个角度说，西部大开发起到了一定成效。不过，西部开发战略同样强调了对科学技术教育的投入，但是西部开发涉及省份在政策实施以来，科教文卫投资比重显著低于其他地区。如果在上表的回归中增加分权和DUMEXP 的交叉项，则 2000 年以来这些地方财政分权对政府公共支出结构的扭曲明显高于其他地区，交叉项系数（最高达 3 个百分点左右）在两组回归中分别显著正和显著负。对此，可能的解释是，随着国家对西部地区经济发展重视程度的提高，原本在全国竞争格局下处于弱势的地区，可以利用政策倾斜弥补其在初始禀赋上的不足，并在相互间展开标尺竞争，政府更倾向于将增量资源投资于见效快、政绩显著的基本建设投资，科教文卫投资虽然在总量上有较大幅度提高，但在相对意义上仍然落后于总支出和基本建设支出增长的速度。[18]我们用收入分权和扣除净转移支付的支出分权指标也得到一致的结论（此时上表 DUMEXP 的系数在对科教文卫的回归中不再显著），这进一步说明，即使中央政府用增加对应性转移支付的办法来改善西部地区的科教文卫状况，但只要中国式分权的激励机制不改变，西部地区总的科教文卫支出比重仍然不会上升，

甚至可能下降。

我们在分析中用时间变量 T 控制了时间因素，并在两个基本模型的后三列中添加了刻画科教兴国战略、所得税收入分享改革的时间虚拟变量。在控制了随时间而变化的不可观测因素之后，这些政策变量仍然显著。这表明我们的回归结果并不是共同趋势造成的。2002年开始启动的所得税收入分享改革（DUM02）将地方所得税的50%上收中央，并全部用于主要面向不发达地区的转移支付，2003年继续将这一比例提高到60%（DUM03）。2002的分享改革使得地方基本建设投资比重在该年下降了0.88%，科教文卫支出比重上升了1.39%，2003年新增的10%政策调整对基本建设投资和科教文卫投入比重的边际影响分别为1.51%和1.02%（分别以列3和列7为例）。这表明，所得税收入分享改革以及转移支付力度的加强对于减缓分权和政治竞争导致的公共支出结构扭曲效果明显。肇始于1996年的科教兴国战略（DUM96）虽然显著降低了地方政府的基本建设投资比重，但对科教文卫支出比重并没有显著的影响。一种可能的解释是，这是政府行为激励的另一体现。由于地方官员与中央政府在支出偏好存在异质性，地方虽然认同国家重视教育和长远发展的战略思想，但受部门利益、政治博弈和任期周期的影响，地方更倾向于短期生产性投资，科教文卫支出虽总量上升，但在结构上仍然不被地方政府重视，地方教育事业费所占比重持续下降，仅在2002年略有回升。[19]

（三）其他因素

Mauro(1998)在跨国研究中发现人均GDP在解释政府支出结构时不显著，与此不同，中国面板数据的分析却发现经济发展水平是影响支出结构的重要变量；[20]更重要的是，人均GDP对基本建设比重和科教文卫比重的影响可能是非线形的，并且对两者影响的方向上再次形成对照。在上表中，人均GDP对政府基本建设支出份

额的影响呈 U 型(联合显著负)，对科教文卫支出份额的影响呈倒
U 型(联合显著正)。这样，在经济发展水平比较低的地方，随着人
均 GDP 的提高，地方政府将增加科教文卫支出比重，减少基本建设
支出比重，只有当经济发展水平超过相应的临界值后，人均 GDP 高
的地方才会加大基本建设支出比重、降低科教文卫支出比重。这种
非线性影响可能是由于在普九教育达标的压力下，地方政府必须有
相应的经费支出，而当经济水平发展到足以满足普九财政资金要求
时，边际上增加的收入就会以更大的比例投向基础设施。[21] 从具体
分布上看，三个直辖市以及其他极少数的沿海省份在考察样本中的
最后若干年份中，已经进入基本建设支出比重随人均 GDP 稳步增
长、科教文卫支出比重稳步下降的通道。值得指出的是，除了说明
政府支出结构与经济发展阶段有关之外，这也可能意味着一个不太
乐观的趋向：即随着经济的发展，地方政府在支出结构上的倾向并
不会自然而然地得到缓解，而可能进一步激化。与此相对，非国有
化进程(SOU 的对立面)的推进则会有效纠正政府支出结构的
扭曲。

最后，小学在校学生人数比重对科教文卫支出比重的影响不显
著，初中在校学生人数比重的系数显著正，非义务教育中等学校在
校学生人数比重的系数在固定效应回归时显著异于 0。这表示，小
学在校学生人数比重的上升不会使政府增加科教文卫支出份额，中
等教育吸引了地方政府教育投入的主要注意力。政府支出结构对
教育对象结构的反应还有待更细致的分析。[22] 在人口净迁徙率
(NETMIG)在基本建设支出比重分析中不显著，而对科教文卫比重
显著负。这表明，地方政府主要是竞争资本尤其是 FDI，而对于劳
动力流动尚缺乏合理反映，人口尤其是高水平人才(他们的流动性
更强)流动对地方政府行为尚缺乏约束力。因而，我们没有发现
Tiebout(1956)有关保证分权有效性的证据。个中原因可能是中国
的体制使然。正像乔宝云等(2005)指出的，中国严格的户籍制度使

得"用脚投票"机制受到很大的限制,虽然人才流动已经有了较大的松动;另外,土地制度的性质也使得我国至少在省市的层面上还没有出现明显的针对教育的 sorting 机制迹象。㉓

五、结论与政策讨论

本文在中国式分权的背景下讨论了地方政府支出结构偏向的激励根源,并利用 1994—2004 年的省际面板数据对我们的推断进行了实证检验。我们的主要结论是:中国的财政分权以及基于政绩考核下的政府竞争,在支出结构上造就了地方政府"重基本建设、轻人力资本投资和公共服务"的严重扭曲;并且,政府竞争会加剧分权对政府支出结构的扭曲,而竞争对公共支出结构的最终影响取决于分权程度,后者对 Cai and Treisman(2005)对地区禀赋差异的强调有所突破。这些结论在控制了时间趋势和其他一些因素之后,仍严格成立。这意味着,中国式分权在为地方政府推动经济增长注入强大动力的同时,与之伴随的成本可能正在迅速上升(王永钦、张晏、章元、陈钊、陆铭,2007)。

在政策含义上,我们的研究表明,1994 年以来财权的相对集中本身并没有导致科教文卫支出比重的下降,官员的晋升激励压力才是问题的关键;同时,我们还发现,地方政府的支出结构扭曲并不会随着经济发展而自动得以纠正。这表明,只要中国式分权的激励结构不变,地方政府就没有内在动力提升在教育和公共服务上的支出比重,一些意愿良好的政策就缺乏"自动实行"的机制。从这个意义上说,在认同加强转移支付对于改善地方公共服务提供具有积极意义的同时,我们更想强调的是,中国的政绩考核机制有促使地方政府减少科教文卫支出比重的潜在激励,单纯依靠理顺收支关系、健全转移支付体制无法根除此种扭曲。

从政府支出结构合理化的角度看,现行政策的效果喜忧参半。

1996 年实施的科教兴国战略虽然显著降低了地方政府的基本建设投资比重，但对科教文卫支出比重并没有显著的影响；而 2000 年以来的西部大开发虽然提升了西部地区发展经济的积极性，但是，该战略对西部科技教育投入的强调却事与愿违，西部大开发在整体上实际加剧了西部省份支出结构的扭曲。不过好的迹象正在出现。2002 年和 2003 年的所得税收入分享改革显著改善了财政分权和政府竞争导致的扭曲。我们认为，这其中包含了重要的政策蕴意：随着中国的分权体制经历了近 30 年的演变，适度的财政集权并加强中央政府在社会公共服务上的职能，或许是一个明智的选择。

最后，如何从根本上改变地方行为的激励应该成为未来政策的主要着力点。本文的研究显示，科教文卫支出比重对小学在校学生人数比重和人口流动或者没有反应，或者反应方向相反。这表示经典分权理论揭示的分权能够改善地方公共服务的机制在中国严重失灵。除了应逐步放开限制"用脚投票"机制发挥作用的户籍制度以外，进一步推进市场化进程也将提供有效约束政府行为的外部环境。此外，改善政绩考核的机制是必然的一步。时下的主流意见认为，不能以 GDP 论英雄，应该加入其他方面的考核指标（比如构造绿色 GDP）。可是，指标复杂之后考核就会变得没有效力。其实，更为有效的考核是"自下而上"的考核，因为没有人比辖区里的居民对当地官员的表现更关心且更有发言权的了。我们认为，虽然政府间的竞争整体上具有诸多积极意义，但是其竞争的内容需要从简单的增长导向转为公共服务导向。本质上，如何保持地方政府的适度积极性同时实现由生产型（功能型）财政向公共型财政的转型是我们近期必须面对的重大挑战之一。

需要说明的是，由于我国预算内支出分类中将教育、科学、文化、卫生领域涉及的基建支出都纳入了基本建设支出科目，而我们又无法获取按功能性质分类的省级财政支出数据，从功能支出分类的角度来看,我们低估了地方政府的科教文卫支出比重,进而可能高估了财政分权对科教文卫支出比重的负面影响以及财政分权对政府支出结构的扭曲。本文有关政府竞争激励的直接实证证据采用了以外资企业实际税率为基础的政府竞争指标,尽管相应结论在我们采用外资实际税率时没有明显改变,如何更好地刻画地方政府竞争仍然是一项富有挑战性的工作。

注释

① 最近中国和印度之间引人注目的比较研究展示了中国在基础设施建设(硬件)上的优势(黄亚生,2005)。与印度类似,拉丁美洲也存在着基础设施建设的困境,并且与中国形成反差的是,正是这些国家的政府成了基础设施建设的绊脚石(Calderón and Servén,2004;Economist,2006)。张军等(2006)新近完成的一项研究对中国 1978 年以来地区基础设施的存量和投资机制进行了详尽的考察。

② 正文中出现的数据未经说明,均来自《中国统计年鉴》(各年),中国统计出版社,北京。由于科教文卫支出主要由地方政府负责,因而这类指标在整个国家财政层面上更低;2004 年国家财政中用于教育和科教文卫的比重分别仅为 11.8% 和 18.1%。

③ 即"中央和地方政府财政预算内教育拨款的增长要高于同级财政经常性收入的增长,在校学生人均教育费用要逐步增长,保证教师工资和学生人均公用经费逐年有所增长"。

④ 这个方向的努力仍在加强。经十届全国人大常委会第 22 次会议审议通过的新修订的《中华人民共和国义务教育法》已于 2006 年 9 月 1 日正式实行。新修订的教育法规定,国家将义务教育全面纳入财政保障范围,义务教育经费由国务院和地方各级人民政府根据职责共同负担。同时,中央将规定学校的学生人均公用经费最低标准,再次明确了教育经费的"三个增长",并从 2006 年开始用两年时间免除农村地区义务教育阶段的杂费,进一步回归义务教育免费的本质。

⑤ 钱 颖 一 等 (Qian and Rolan,1998) 是 较 早 提 出 " 中 国 式 分 权 (fiscal decentralization, Chinese style)"概念的学者。中国式分权最初主要是指中国分散

化的财政体制，它的积极意义在于分权使得软预算约束不再可行。最近，Blanchar and Sheleifer(2001)将中国的政治集权和经济分权结合在一起，强调中国与俄罗斯等国家财政体制的不同激励。因而，虽然我们这里仍使用"中国式分权"这个概念，但是所指内涵已经突破了前者的内容，强调中国分散的财政体制和集中的政治管理体制的紧密联系。具体论述参见下文。

⑥ 长期以来，保证 GDP 增速是官员政绩考核体系中具有一票否决地位的内容，追求经济高增长也就成为地方官员竞争的主要目标。一个证明是，部分地区有时甚至不惜采用消极抵制中央宏观调控政策的办法来保证地方 GDP。不过，最近中央倡导的节约型社会、和谐社会等理念也开始发挥一定的引导作用。

⑦ 平新乔等(2006)是较为接近的研究。通过研究人均财政支出对公共需求的敏感性，他们发现，预算内支出主要负责教育、城市维护和支农；预算外支出是基础设施建设和应对自然灾害的主要来源。另外，乔宝云等(2005)以小学义务教育为例，说明财政分权和地方政府竞争忽视了地方的一些社会福利。

⑧ 张晏(2005a)发现，我国地方政府科教文卫支出比重对经济增长的影响不显著；同时，地方支援农业支出比重、基本建设支出比重显著促进了地方经济增长。对1992 年之前中国政府支出结构与经济增长的研究可以参考 Zhang and Zou(1998)。

⑨ 张军曾多次强调地方政府"为增长而竞争"对于解释中国经济成功的重要意义，我们这里的提法直接来自他的启发，虽然其他著述也有类似蕴涵。参见张军(2005)。

⑩ 中国式分权带来的成本近来才开始受到关注(周黎安，2004；王永钦等，2007)，但研究主要集中在地方保护(陆铭和严冀，2003)、地区差距(Zhang，2006；张晏和龚六堂，2005)和城乡分割(陆铭和陈钊，2004)方面，中国式分权对政府支出结构和政府公共品供给的负面影响较少有规范的研究。

⑪ 与我们不同，Mauro(1998)还采用了教育支出占 GDP 的比重作为被解释变量，由于我们专注于财政支出结构本身，后文的计量研究中仅报告了相应类型财政支出占预算内财政支出比例的回归结果。我们所做的辅助性回归(限于篇幅未报告)表明，用财政支出占 GDP 的比重不会改变主要结论。

⑫ 由于屠宰税和筵席税等税种的税基流动性较差，这类税收的差别性政策不足以构成税收竞争。有关税收竞争的详细分析，参见张晏(2005b)、张晏等(2005)、张晏、夏纪军(2005)。

⑬ 由于没有现成的外资实际税率，我们用《中国税务年鉴》(各年)中的"港澳台投资经济"和"外商投资经济"所缴纳的税收总和除以两类企业总产值计算得出。由于只

有三资企业工业总产值(来自《中国统计年鉴》,各年)的数据,这个指标可能低估了三资企业中服务业比重较大的省份的竞争程度。不过,我们没有报告的辅助性回归表明,如果把三资服务业比重相对较高的直辖市样本删除,我们的主要结论没有改变。

⑭ 人口迁移率没有现成的一致性的时序数据。我国在 1990 年、1995 年和 2000 年分别进行过第三、四、五次人口普查,提供了口径较为统一的人口迁移数据,我们曾分别计算后两个时间节点上的净迁移率,并构造了 1994 年和 1995—2004 年的净迁移率数据,回归的结果与下文报告的结果完全一致。

⑮ 表中竞争及交叉项系数的联合检验仅列 2、4、5 在 5%的水平下显著异于零,其他各列不显著。

⑯ 这也可能是由于科教文卫支出具有刚性,尤其在普九的压力下,地方政府必须首先保证普九达标,只有当财政自主权达到一定程度后,地方政府才能增加其他支出比重。

⑰ 人均分权在某种程度上也度量了地方财力的大小,它对支出结构的影响与我们此前对该指标的分析是可以统一的。自主性低,财力有限,科教文卫支出又有一定刚性,这些地方在预算和自主性的综合约束下,竞争激励也难以使他们增加生产性投资比重。而在自主性增强的时候,地方政府才有财力和能力按竞争激励投资基本建设,同时抑制科教文卫的增加幅度。因而,对人均分权指标的这种理解辅助了我们的结论。

⑱ 如果我们在表中考虑 FD、COMPE 与 DUMEXP 的交叉项,则它的系数在两组回归中分别显著正和显著负(其中列 3 中 FD×COMPE 项、COMPE 项的系数不再显著)。这说明,竞争加剧分权对支出结构的扭曲效应在实施西部开发战略的省份更强,对科教文卫支出比重的压低效应尤为明显。

⑲ 由于刻画科教兴国政策使用的是时间虚拟变量,DUM96 可能还包含了其他信息,科教兴国战略是否对提高地方政府科教支出文卫比重效果不显著还有待更细致的研究。

⑳ Mauro(1998)使用的是截面数据而不是面板数据。他考虑的被解释变量政府各项支出比重有两类:一是 1970—1985 年的均值(使用的是 Barro 的数据库);二是 1985 年的水平值(IMF 和其他数据库),在这两种情况下,他控制的都是 1980 年各国的人均 GDP。我们在表中类似采用了 1980 年各省人均 GDP 指标,发现(加权 PLS 方法)它的系数在政府基本建设投资比重回归中显著负,而初始经济发展水平高的地方的科教文卫支出比重更高。我们也尝试添加了 1980 年人均 GDP 的平方

项,在基建投资分析中同样发现了 U 型,说明初始经济发展水平足够高的地方(如上海)会加大基建支出比重。

㉑ 如果这个解释成立的话,那么中国的普九政策的确起到了促进穷地方加大人力资本投资的作用。但由此带来的问题是,由于人力资本是流动的,这实际上造成了穷地方补贴富地方。

㉒ 这也可能是由于我们限于数据没有单独考虑教育事业费比重,但对 1998—2004 年地方教育支出结构的分析同样没有找到正面的证据。我们计划在对人均(预算内)财政性教育经费的后续研究中,深入考虑地方财政支出是否对教育对象特征作出反应。

㉓ 在部分社区和区镇已经能够找到政府通过建立高质量的学校和医院等吸引房地产投资的案例。丁维莉和陆铭(2005)提供了教育的一般均衡理论对于中国教育问题的洞见。

参考文献

① Baicker, K. , 2005, "The Spillover Effects of State Spending", *Journal of Public Economics*, 89, 529 - 544.

② Besley, T. and A. Case, 1995, "Incumbent Behavior: Vote-Seeking, Tax-Setting, and Yardstick Competition", *American Economic Review*, 85, 25 - 45.

③ Blanchard, O. and A. Shleifer, 2001, "Federalism with and without Political Centralization: China versus Russia", *IMF Staff Papers*, 48, 171 - 179.

④ Bird, R. , 1986, "On measuring fiscal centralization and fiscal balance in federal states", *Government and Policy*, 4, 384 - 404.

⑤ Bucovetsky, S. , 2005, "Public input competition", *Journal of Public Economics*, 89, 1763 - 1787.

⑥ Cai, Hongbin, and Daniel Treisman, 2005, "Does Competition for Capital Discipline Governments? Decentralization, Globalization and Public Policy", *American Economic Review*, 95, 817 - 830.

⑦ Calderón, César and Luis Servén, 2004, "Trends in Infrastructure in Latin American: 1980—2001", *Central Bank of Chile Working Paper*, No. 269.

⑧ Cremer, Helmuth, M. Marchand, and P, Pastieau, 1997, "Investment in Local Public Services: Nash Equilibrium and Social Optimum", *Journal of Public Economics*, 65, 23 - 35.

⑨ Economist, 2006, "Slow! Government obstacles ahead: Infrastructure in Latin America", *The Economist*, Jun, 15th.

⑩ Heckman, James J. , 2005, "China's human capital investment", *China Economic Review*, 16, 50 - 70.

⑪ Jin, H. , Y. Qian, and B. Weignast, 2005, "Regional Decentralization and Fiscal Incentives: Federalism, Chinese Style", *Journal of Public Economics*, 89, 1719 -1742.

⑫ Keen, M. and M. Marchand, 1997, "Fiscal Competition and the Pattern of Public Spending", *Journal of Public Economics*, 66, 33 - 53.

⑬ Li, Hongbin and Li-An Zhou, 2005, "Political Turnover and Economic Performance: The Incentive Role of Personnel Control in China", *Journal of Public Economics*, 89, 1743 - 1762.

⑭ Martinez-Vazquez, Jorge and R. M. McNab, 2003, "Fiscal Decentralization and Economic Growth", *World Development*, 31, 1597 - 1616.

⑮ Mauro, P. , 1998, "Corruption and the Composition of Government Expenditure", *Journal of Public Economics*, 69, 263 - 279.

⑯ McKinnon, R. , 1997, "Market-Preserving Fiscal Federalism in the American Monetary Union", In Mairo, B. and T. Ter-Minassian (eds.), *Macroeconomic Dimensions of Public Finance*, Routledge.

⑰ Qian, Y. and G. Roland, 1998, "Federalism and the Soft Budget Constraint", *American Economic Review*, 77, 265 - 284.

⑱ Tiebout, Charles, 1956, "A Pure Theory of Local Expenditure", *Journal of Political Economy*, 64, 416 - 24.

⑲ Tsui, K. and Y. Wang, 2004, "Between Separate Stoves and a Single Menu: Fiscal Decentralization in China", *China Quarterly*, 177, 71 - 90.

⑳ Weingast, B. , 1995, "The Economic Role of Political Institutions: Market-

Preserving Federalism and Economic Development", *Journal of Law and Economic Organization*, 11, 1–31.

㉑ Zhang, T. and H. Zou, 1998, "Fiscal decentralization, public spending, and economic growth in China", *Journal of Public Economics*, 67, 221–240.

㉒ Zhang, X., 2006, "Fiscal Decentralization and Political Centralization in China： Implications for Regional Inequality", *Journal of Comparative Economics*, forthcoming.

㉓ Zhuravskaya, E. V., 2000, "Incentives to Provide Local Public Goods： Fiscal Federalism, Russian Style", *Journal of Public Economics*, 76, 337–68.

㉔ Zodrow, G. R. and P. Mieszkowski, 1986, "Pigou, Tiebout, Property Taxation, and the Underprovision of Local Public Goods", *Journal of Urban Economics*, 19, 356–370.

㉕ 丁维莉、陆铭，2005，"教育的公平和效率是鱼和熊掌吗？——基础教育财政的一般均衡经济学"，《中国社会科学》，2005 年第 6 期。

㉖ 黄亚生，2005，"经济增长中的软硬基础设施比较：中国应不应该向印度学习？"，《世界经济与政治》，2005 年第 1 期。

㉗ 陆铭、陈钊，2004，"城市化、城市倾向的经济政策与城乡收入差距"，《经济研究》，2004 年第 6 期。

㉘ 陆铭、严冀，2003，"分权与区域经济发展：面向一个最优分权程度的理论"，《世界经济文汇》，2003 年第 3 期。

㉙ 平新乔、白洁，2006，"中国财政分权和地方公共物品的供给"，《财贸经济》，2006 年第 2 期。

㉚ 乔宝云、范剑勇、冯兴元，2005，"中国的财政分权与小学义务教育"，《中国社会科学》，2005 年第 6 期。

㉛ 王永钦、张晏、章元、陈钊、陆铭，2006，"十字路口的中国——基于经济学文献的分析"，《世界经济》，2006 年第 10 期。

㉜ 王永钦、张晏、章元、陈钊、陆铭，2007，"中国的大国发展道路——论分权式改革的得失"，《经济研究》即将发表。

㉝ 张军，2005，"中国经济发展：为增长而竞争"，《世界经济文汇》，2005 年第 3 期。

㉞ 张军、傅勇、高远、张弘，2006，《中国经济设施的基础研究：分权、政府治理与基

础设施的投资决定》,复旦大学中国社会主义市场经济研究中心工作论文。

㉟ 张晏,2005a,《分权体制下的财政政策和经济增长》,上海人民出版社,2005 年版,上海。

㊱ 张晏,2005b,《FDI 竞争、财政分权与地方政府行为》,复旦大学中国社会主义市场经济研究中心工作论文。

㊲ 张晏、龚六堂,2005,"分税制改革、财政分权与中国经济增长",《经济学(季刊)》,Vol. 5,No. 1。

㊳ 张晏、夏纪军,2005,《税收竞争理论和实证研究评介》,复旦大学中国社会主义市场经济研究中心工作论文。

㊴ 张晏等,2005,《标尺竞争在中国存在吗?——对我国地方政府公共支出相关性的研究》,复旦大学中国社会主义市场经济研究中心工作论文。

㊵ 周黎安,2004,"晋升博弈中政府官员的激励与合作——兼论我国地方保护主义和重复建设问题长期存在的原因",《经济研究》,2004 年第 6 期。

数据附录:

1. 本文中 1986—2004 年财政和经济发展数据取自各年《中国财政年鉴》、《中国统计年鉴》及各省、自治区、直辖市统计年鉴。国有经济比重、小学和中等学校在校学生人数 1986—1998 年取自《新中国五十年统计资料汇编》,1999 年之后取自各年《中国统计年鉴》。

2. 人均 GDP 的消涨以 1986 年为基期,1986 年为名义值。四川和重庆的合并办法是,先分别算出两省的实际 GDP,再以各自的人口规模进行加权平均。

3. 在计算外资企业的实际税率时,分母"外资企业的工业总产值"数据来自《中国统计年鉴》(各年)中"'三资'工业企业"的数据。其中 1995 年、1996 年的年鉴只提供了乡或者乡以上单位工业企业单位关于"外商投资经济企业"和"港澳台投资经济企业"的数据;1999 年的年鉴提供的是规模以上企业的情况,也是分上述两类企业。由于"三资"企业在这些约束下影响不大，我们就使用上述数据。《中国统计年鉴》中缺少的 1994 年、1997 年数据来自《中国工业经济统计年鉴》，是"外资"和"港澳台"两项数值的加总。税收数据来自《中国税务年鉴》(1995—2005)，是"外商投资经济"和"港澳台两类企业"税收的加总。工业总产值和税收额都是名义值。

4. 净迁移率指标为年底总人口增长率减去人口自然增长率。年底总人口增长率由年底总人口数据计算得来。年底总人口和人口自然增长率(1994—1998)来自《新中国五十年统计资料汇编》，1999 年之后取自各年《中国统计年鉴》。

中国城镇住房体制市场化
改革的回顾与展望

陈钊　陈　杰　刘晓峰

[内容提要]　当前,住房领域的一系列问题已成为中国社会与经济发展的重大挑战,人们对政府进行大规模的住房市场干预寄予厚望。但是,为什么政府要干预房地产市场? 如果干预是必要的,干预应当明确怎样的目标? 干预政策应如何实施? 政府干预房市,是否就意味着一定程度的"逆市场化"?

　　本文认为,住房制度的市场化改革大方向应该受到完全肯定。但在原福利分房制度下享有更多好处的群体,在市场化过程中也受益较多,即改革前的权利结构在改革中仍然得到承认,这成为加剧住房不平等的重要原因。因而,政府对住房市场的有效干预应该以对改革中利益受损的弱势群体的补偿为目标。尽管如此,任何政策干预都应尽可能地以不干扰价格机制发挥作用为前提。

一、引　言

　　"安得广厦千万间",早在唐朝,诗人杜甫就曾提出过增加住房供给的问题。在中国城镇住房制度改革经历了 20 多个年头之后,这个问题已经大为缓解。而诗的后面一句——"大庇天下寒士俱欢颜"——涉及的改善低收入群体住房条件、减轻住房不平等状况等问题,至今仍有待解决。

事实上,当前住房领域产生的一系列问题已经成为中国社会与经济发展的重大挑战。住房体制的市场化改革扩大了收入差距(Xin Meng,2007),社会的不稳定因此加剧;居住区分割的现象开始出现,给城市治理带来困难;一些大城市房价的过快上涨也使城市的集聚效应不能充分发挥。这些问题交织在一起,就有可能出现住房拥有不均、市场化的财富效应使财富在人群与地区间的差距扩大、社会分化加剧、收入差距进一步扩大这样的恶性循环。

然而,在房价大幅上涨、住房拥有不平等加剧等现象受到社会公众严厉批评或抱怨之时,我们似乎已经淡忘了实物福利分房年代里的住房供给严重不足和普遍短缺造成的痛苦。即使住房市场化的改革目前还没有受到根本上的质疑,眼前的种种不如意也开始使人们对政府进行大规模的住房市场干预寄予厚望。但是,为什么政府要干预房地产市场?如果干预是必要的,干预应当明确怎样的目标?干预的政策到底应如何实施?政府干预房市是否就意味着一定程度的"逆市场化"?为了回答上述问题,我们需要对住房市场化改革的得失加以评判,特别是需要考察不同的人群在改革中受到的影响,分析政府尝试干预市场的各种措施能否真正达到应有的效果。这将有助于我们对现有的房地产政策有个客观和全面的认识,也为未来住房市场的政策制定提供有价值的参考。

在梳理城镇住房制度改革的相关事实和历史经验教训的基础上,本文认为,住房制度的市场化改革大方向应该受到完全肯定。但是,一个不容否认的事实是,在原福利分房制度下享有更多好处的群体在市场化过程中同样也受益较多,即改革前的权利结构在改革中仍然得到承认,这成为加剧住房不平等的重要原因。因而,政府对住房市场的有效干预应该以对改革中的利益受损的弱势群体的补偿为目标。但是任何对住房市场的政策干预都应当尽可能地以不干扰价格机制发挥作用为前提。本文第二部分分析住房市场化改革的得失,第三部分评论现有的住房政策,第四部分指出未来住房政策的方向与措施,最后是一个简短的评论。

二、住房市场化改革的得失

(一) 城镇住房制度改革的历史进程

新中国建立以来一直到 20 世纪 80 年代初开始实施经济改革之前,中国在城镇范围内对住房实行的是实物福利性质的供给分配模式。这种以计划手段为主的分配方式存在着严重的弊端,不仅造成了政府沉重的财政负担,同时也因扭曲了住房的供给与需求机制而造成了尖锐的供需矛盾。这集中体现在城镇居民普遍性的住宅面积狭小,居住条件恶劣。20 世纪 50 年代末,全国人均居住面积为 4.5 平方米,到了 1978 年反而降为 3.6 平方米(人均建筑面积 6.7 平方米)(陈伯庚等,2003:26)。1978 年当年全国新建住宅建筑总面积只有 1 亿3 800 万平方米,其中城镇只有 3 800 万平方米,这意味着当年人均新增住房建筑面积仅为 0.1 平方米,如果再考虑到房屋折旧,人均的住房条件实际上是基本没有得到任何改善反而可能下降。1985 年的调查数据显示,超过 27% 的城市居民必须与其他人公用住所,7.4% 的居民人均居住面积少于 4 平方米,37% 的城市居民必须与他人公用厨房,76% 的居民家里没有独立的卫生间(Ho and Kwong,2002)。面对重重困难,以邓小平 1978 年、1980 年关于住宅问题的谈话提出"出售公房,调整租金,提倡个人建房买房"的改革总体设想为房改开始的标志(侯淅珉等,1999:37—38),中国政府启动了住房体制改革。

从 1978—1985 年这一阶段的房改采取的是向职工出售公房试点的方式。先后试行过按土建成本全价出售以及补贴出售两种形式。如 1982 在郑州、常州、四平、长沙等四个城市试行按标准价由职工个人、所在单位和国家(当地政府)各负担1/3 的办法补贴出售新建公房,即所谓的三三制售房。收回的资金约占投资的 30%。截至 1985 年,全国约有1 000多万平方米的公有住宅出售给城镇职工(谢志强,1999)。随着住房投资资金回流的加快,城镇住房建设步伐明显提高,1985年新建城镇住房面积为1.88亿平方米,为1978年的4倍多。尽管1980年6月中共中央、国务院批转的《全国基本建设工作会议汇报提纲》中已经提出实行住房商品化的政策,准许私人建房、买房和拥有自己的住宅,但是这一阶段改革出发点仍然是为了减轻政府对城镇住房的财政负担,比如要求按成本价出售公有住宅,并没有打算从根本上触及住房的福利分配制度。然而,即使这一点的成效也不尽如人意。在1978年到1988年间,住房补贴的平均增长速度为每年28.6%,而同时期GNP的平均增长速度为每年14.5%,前者比后者快14.1个百分点,1988年全国住房补贴总额高达583.68亿元(王育琨,1991)。

1986—1990年之间,住房制度改革开始转向研究和设计租金制度改革方案,形成了以提租为核心的"提租补贴"房改新方案。1986年1月,成立了国务院住房制度改革领导小组,从此我国城镇住房制度改革工作在国务院领导下直接开展起来。1986年起,烟台、唐山、蚌埠等三个城市开始试点,在提高房租的同时以发放住房券的形式规定增加的工资只能用于交房租、购房或建房。在总结这些试点经验基础上,1988年8月第一次全国住房制度改革工作会议上通过了《关于全国城镇分期分批推行住房制度改革实施方案》。实施方案中明确提出,我国城镇住房制度改革的目标是实现住房商品化。从改革公房低租金制度着手,将实物分配逐步改变为货币分配,让住房这个大商品进入消费品市场,实现住房资金投入产出的良性循环,解决城镇住房问题,又要促进房地产业、建筑业和建材工业发展。国务院印发该方案通知(国发[1988]11号)中指出,"住房制度改革是经济体制改革的重要组成部分,在经济上和政治上都具有重要意义。这项改革可以取得很大的经济效益和社会效益"。由于出售公房速度相对放慢,住宅资金回流速度放缓,这一阶段住房建设速度出现停滞甚至下降,年新增城镇住宅面积徘徊在1.6—2亿平方米。

1991 年，上海市推出了包括分步提租补贴和出售公房、建立住房公积金制度、购买住房债券、成立房委会等内容在内的复合房改方案，明晰了住房负担由国家、集体、个人三方共同分担、住房供给责任由政府向市场转移的理念。这一方案为全国许多城市效仿，对全国的住房市场化改革深化起到了关键的促进作用。1991 年国务院《关于继续积极稳妥地推进城镇住房制度改革的通知》，强调实行"新房新制度"，新建住房不再进入旧的住房体制。1994 年 7 月，《国务院关于深化城镇住房制度改革的决定》的出台标志着中国城镇住房制度改革进入了全面深入的阶段。《决定》提出城镇住房制度改革的基本内容是，建立以中低收入家庭为对象、具有社会保障性质的经济适用住房供应体系和以高收入家庭为对象的商品房供应体系。《决定》的颁布为房改明确了发展方向和目标。到 1997 年，全国各大城市普遍建立了住房公积金制度，租金改革和公有住房出售速度加快，住房自有率迅速提高。这一阶段城镇住房建设年平均增加 30%，1997 年当年新增城镇住房建筑面积 4.06 亿平方米。

但商品住宅房市场一直在福利分房的夹缝中求生存。1997 年竣工的城镇住房中，只有 1.2 亿是商品住宅，不足住宅总量的三分之一。即使这部分"商品"住宅，也有相当一大部分实际上是被单位购买再作为福利品分配给职工，真正被居民个人出资购买的比重很小。即使在住房市场发育相对最充分的上海，商品住房在 1997 年也只有 54% 是被居民个人购买（陈杰、郝前进，2006）。"双轨并行"的局面成为制约房地产进一步深化改革最大的瓶颈。

1998 年是中国房地产改革划时代的一年。1998 年 7 月发布的《国务院关于进一步深化城镇住房制度改革加快住房建设的通知》明确提出停止住房实物分配，逐步实现住房分配货币化的目标，这才促使城镇住房制度改革真正触及核心，为彻底告别旧的福利分房制度创造了条件。这个通知的出台标志着中国房地产业进入了崭新的时代，住房供应体系和市场结构为之发生翻天覆地的变化。但现在回头来看,通知中强调了住房的商品性和住房问题中市场的机制作用固然正确,但对低收入人群的住房保障并没有明确的思路和方法,这是造成后期社会对住房问题十分不满的直接原因。

由于住房市场化过程中房价上涨过快,此后相当长的时期内,政策主要围绕如何抑制房价而展开。到了2007年8月13日,国务院办公厅发布《国务院关于解决城市低收入家庭住房困难的若干意见》(国发〔2007〕24号),把对城市低收入家庭的住房保障提升为住房政策的主要内容,显示了中央政府对这个问题开始加大重视,并第一次明确提出把廉租房作为住房保障体系的中心,同时对经济适用房实行有限产权。但住房保障的资金来源、动力机制等诸多问题仍有待进一步制度建设,廉租房、经济适用房的具体实施办法也还有很多争议之处。

(二)城镇住房市场化改革的成就

以1998年为起点,中国住房制度进入了全面市场化的历史新阶段。作为中国渐进式改革的重要组成部分,城镇住房市场化改革对于改善城镇居民的居住条件、促进房地产及相关行业与市场的发育起到了极大的推动作用。

1. 房地产业的发展

房地产业的蓬勃发展是中国住房市场化改革的一项重要成就。房地产业的年增加值在1990年时仅为325.3亿元,占GDP比重只有1.8%,1998年房地产业增加值占GDP的比重为1.72%,但到了2004年,该比重迅速上升到了4.5%[①](如图1所示)。1986年全国房地产开发企业仅1 991家,到2005年已发展到56 290家。2006年全国房地产投资为21 446亿元,占全社会总投资的23%,其中仅商品住宅投资就达13 612亿元,真正成为拉动经济的重要力量。

与此同时,全国商品住宅的销售量逐年攀升(如图2所示)。2005年全国商品房住宅实际销售面积为49 587.83万平方米,销售额为14 564亿元。

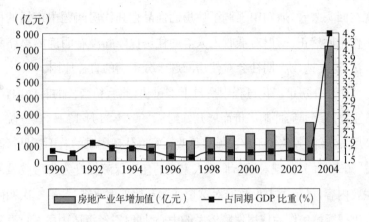

图 1　我国房地产业历年的增加值及其占当年 GDP 的比重

(1990—2004)

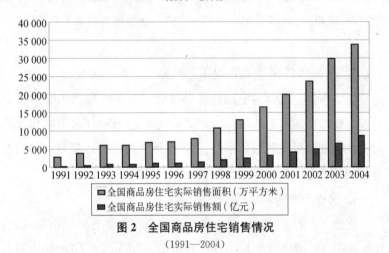

图 2　全国商品房住宅销售情况

(1991—2004)

　　房地产业的快速发展还体现在从业人员数量的增加上。全国房地产业的从业人数在 1985 年时仅为 36 万人,占当时城镇就业人数的 0.28%,到 2005 年则发展为 152 万人,接近城镇就业人数的 0.45%。

　　总之,在住房市场改革全面开始后的十年左右时间里,中国的房地产业取得了前所未有的发展。1985—1997 年 13 年间,中国城镇住房累计竣工面积为 35.16 亿平方米,年均 2.93 亿平方米。而 1998—2005 年 8 年间城镇住房累计竣工面积就达到 45.37 亿平方米,年均 6.48 亿平方米。这个快速增长的势头在近年依然得到保

持。根据 2006 年国民经济统计公报，2006 年房地产开发投资
19 382 亿元，比上年增长 21.8%，其中，商品住宅投资 13 612 亿元，
增长 25.3%。商品房销售额 20 510 亿元。其中，期房销售额为
14 366 亿元，所占比重为 70.0%。下表从房地产竣工面积、销售面
积、房地产价格等角度大致给出了改革以来房地产业的发展情况。

表1　中国房地产业的发展情况(1995—2005)

年份	房地产竣工面积(万平方米)		房地产销售面积(万平方米)		房地产均价(RMB/m²)	
	所有	住宅	所有	住宅	所有	住宅
1995	58 631.1	37 489.1	—	—	—	—
1996	61 443.4	39 450.5	—	—	—	—
1997	62 490.2	40 550.2	9 010.17	7 864.3	1 997	1 790
1998	70 166.1	47 616.9	12 185.3	10 827.1	2 063	1 854
1999	79 646.1	55 868.9	14 556.53	12 997.87	2 053	1 857
2000	80 507.9	54 859.9	18 637.13	16 570.28	2 112	1 948
2001	85 278.9	57 476.5	22 411.9	19 938.75	2 170	2 017
2002	93 018.3	59 793.6	26 808.29	23 702.31	2 250	2 092
2003	93 114.7	54 971.5	33 717.63	29 778.85	2 359	2 197
2004	101 033.8	56 897.3	38 231.64	33 819.89	2 778	2 608
2005	118 125.8	66 141.9	55 486.22	49 587.83	3 168	2 937

2. 房地产业的贡献

房地产业的快速发展显著改善了城镇居民的居住条件，也使得
相关的行业迅速发展起来，甚至还为劳动力市场注入了新的活力。

如图 3 所示，房地产改革市场化启动之后，全国城镇新建住宅
面积呈现明显的上升趋势，城镇人均住房建筑面积在 1985 年为
10.02 平方米，历经 13 年发展，到 1997 年增加到 17.78 平方米，年
均增加 0.65 平方米。但自 1998 年以来增速明显加快，1998 年以
后，基本上保持稳定的每年人均住房建筑面积增加 1 平方米，从

1998 年的人均 18.66 平方米增加为 2005 年的 26.10 平方米②。

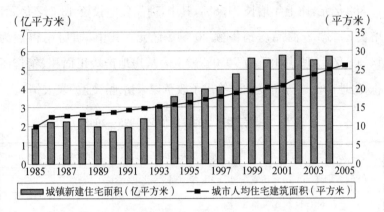

图3 全国城镇新建住宅面积及人均住宅建筑面积

(1985—2005)

2004 年,全国城镇户均成套住宅 0.84 套,成套住宅建筑面积达 79.27 亿平方米,住宅成套率为 82.44%;2005 年,全国城镇户均成套住宅 0.85 套,城镇成套住宅建筑面积 86.84 亿平方米,住宅成套率为 80.64%(叶红光,2005)。同时,城镇住宅配套设施也有了很大程度上的完善,居民生活用水、燃气等的供应量逐年提高(见表2)。应该说,居民住房条件的改善,是城镇住房制度市场化改革的直接成果,是在改革过程中获得发展的房地产业的直接贡献。

表2 全国城镇住宅配套设施发展情况

年份	城镇家庭生活用水供应情况		城镇家庭燃气供应情况		
	总供应量 (亿吨)	人均供应量 (吨)	煤气供应量 (亿立方米)	天然气供应量 (亿立方米)	液化气供应量 (万吨)
1980	33.9	46.8	8.3	—	27.0
1985	51.9	55.1	10.7	—	54.7
1990	100.1	67.9	27.4	11.6	142.8
1995	158.1	71.3	45.7	16.4	370.2
1996	167.1	75.5	47.3		394.7
1997	175.7	90.2	53.5		437.1

（续　表）

年份	城镇家庭生活用水供应情况		城镇家庭燃气供应情况		
	总供应量（亿吨）	人均供应量（吨）	煤气供应量（亿立方米）	天然气供应量（亿立方米）	液化气供应量（万吨）
1998	181.0	91.1	48.1	20.0	547.8
1999	189.6	94.1	49.4	21.5	499.0
2000	200.0	95.5	63.1	24.8	532.3
2001	144.8	56.0	49.4	30.0	553.1
2002	213.2	77.8	49.0	35.0	656.2
2003	224.7	77.1	58.4	37.5	781.7
2004	233.5	76.9	51.2	45.4	704.1

正如前文所述，在进行住房制度改革之前，对城镇住宅的建设投入与维修费用基本上由政府来承担（尽管企业也承担了一部分），因此给政府财政带来了沉重的负担。而市场化改革进程不仅极大地减轻了这部分财政负担，而且进一步创造了政府财政特别是地方财政的一大来源。

城镇住房的市场化改革也催生了住房金融业务，特别是住房抵押贷款市场的迅速发展。从开始个人住房贷款业务的 1998 年起，个人住房贷款占个人消费贷款的比重一直高达 75％—97％。1996 年个人住房按揭贷款只有 426 亿元，但到了 2006 年底个人住房按揭贷款余额已经达到了 1.99 万亿元，短短 10 年内增长了 52 倍。个人住房按揭贷款如今已经占到全部贷款的 8％，相当于中长期贷款的 16％。通过住房抵押贷款业务的大发展，商品房地产业的发展也带动了金融市场的深化和发展。

福利分房制度的打破使城镇居民对住房与就业都有了更多选择余地。在福利分房制度下，职工获得住房的主要（甚至可以说是惟一）途径是单位按职级、工龄等因素计划分配的公房，一旦离开原就职单位，住房也要交还原单位，这使得城镇居民在职业的选择以及再选择上面临极大的束缚。市场化改革则使居民打破了这种束缚,新建商品房市场、二手房市场以及租房市场规模的不断扩大使得人们能够更容易地找到合适的居住用房,于是,在不同地点,甚至是不同城市之间的职业选择变得更为自由。因此,城镇住房制度的市场化改革增强了劳动力市场的灵活性,由于职业与人口的流动变得更为容易,劳动力资源配置的效率得到了提高。尤为值得一提的是,正是租房市场的发达才使得大量来自农村地区的劳动力能够在城镇找到合适的居住地,城镇地区也因此而拥有了充足的劳动力供给,源源不断地满足当地工业的发展。

(三) 住房市场化改革的福利效应

总体而言,住房市场化改革带来了社会福利的改进。但对于中国城镇不同的社会群体,改革对他们的影响不尽相同。简单地看,在相当一部分社会群体的福利状况得到改善的同时,福利受损的社会群体也客观存在。通过分析住房市场化改革对不同社会群体的福利效应,既能够为我们判断改革的得失提供独特的角度,也能够为政府住房政策的目标提供合理的依据。

1. 福利改善的社会群体

住房市场化过程中较高收入群体的福利得以改善。由于原先计划体制下分配福利住房的配额约束不复存在,收入就成为住房市场化后住房消费的惟一约束。住房市场化改革在打破低质量的住房保障的同时为高收入群体提供了更多的住房选择,他们有能力购买更大、更多、更好的住房,从而改善自己的福利。

原福利分房体制下拥有较多福利房的群体也在住房市场化改革中改善了福利。通过以较低的价格买下原本公有的福利房的产权,他们能够以更高的市场价格出租或出售多余的房产。也就是说,市场化使他们原来据以获得更多福利房的权利得以实现,从而增进自己的福利。

住房市场化过程中,拥有土地审批等各种权力的政府官员也有了各种寻租的机会。由于相关法律监督的滞后,这部分权力拥有者在住房市场化改革中获取了大量不合理或非法的利益。

2. 福利受损的社会群体

除非具有较高的收入水平,否则旧体制下没有或较少享有福利房的群体就会成为住房市场化改革的福利受损者。由于住房市场化过程中的房价上涨给这一群体带来很少的禀赋收入效应,相反价格上涨造成的收入效应却极为显著,于是他们的处境反而变得更差了。

在住房市场化过程中,需要向较发达地区迁移的人群往往也会成为福利受损者。这是因为,较发达地区在住房市场化改革中的房价上涨通常更为明显,因而落后地区的居民即使享有一定的福利房,但当地房价上涨的禀赋收入效应往往不足以抵消发达地区房价上涨造成的收入效应的不利影响。一个可能的例外是如果向发达地区的迁移是内生选择的结果,那么迁移本身也很可能意味着收入的提高。然而即便如此,发达地区房价上涨过快对城市新移民的经济压力也是不言而喻的。

表 3 描述了北京市租住房屋的城镇家庭与外来家庭之间在住房条件上的较大差异,除了收入以外,对原有住房福利拥有量的不同成为城镇外来人口住房困难的重要原因(Sato,2006)。

表 3　1999 年北京市租住房屋的外来/城市家庭支出结构

家庭类型	外来家庭	城镇家庭
家庭规模(人数)	2.2	3.1
人均居住面积(平方米)	9.6	12.4
样本家庭数	89	355
年租金(元/平米)	345	12
住房支出占家庭总支出比例(%)	26	7
租金占家庭总支出比例(%)	18	2
平均家庭总支出(元)	16 804	23 826
住房困难率(%)	28	0
样本家庭数	82	355

资料来源:转引自 Sato,2006。

（四）城镇住房市场化改革的代价

住房市场化改革的影响不只是局限于住房市场本身。我们至少可以从扩大财富差距、加剧居住区分割、影响城市集聚效应等角度分析城镇住房市场化改革的代价。

1. 财富差距的扩大

首先需要强调，住房市场上的很多问题本身不是住房市场带来的，也不是在住房体制内部能解决的。比如高房价很大程度是由于收入差距过大造成的，以上海为例，在1997—2005年上海中低收入阶层对住房支付能力严重恶化的同时，高收入者对住房的支付能力反而改善了很多（陈杰、郝前进，2006）。但与此同时，住房市场本身的发展确实也会成为一个"助推器"，加速扩大不同人群的收入与财富差距，加剧社会分化。

这个论断有两个层面的含义：首先，从历史上看，计划体制下的福利住房分配由权力、身份、资历等因素主导。由此导致的福利房拥有量的不平等是计划体制下社会不平等的重要内容。为了使改革易于推行，住房市场化默认了既有的住房资源分配状况。房改初期福利房开始被廉价买断，不久售后公房也逐渐得以上市交易，于是伴随住房市场化过程中房价的快速上涨，住房资源的不平等就被进一步放大为收入或财富拥有的不平等。从以上分析中我们不难看到，计划体制下的权利拥有者并没有丧失他们的权利，相反，原有的权利在市场化过程中被转化为他们的收入，由于原有的权利更可能集中在高收入者手中，因而市场化加大财富分配不均的结果就难以避免。

其次，从现实上看，即使不考虑历史因素，住房市场化也会造成富者越富，穷者越穷。一方面大多数普通人群对当前房价高昂望而却步，无法改善住房条件，另一方面却有大量高收入者拥有两套、三套甚至好几套住房。随着经济发展，房价不断上升，拥有房产的人参与了城市财富增值，而低收入者却很少有这样的机会。最近的一项实证研究的确证实了上述观点（Xin meng，2007）。

住房金融市场也起到了进一步扩大财富差距的作用。通常银行的个人住房抵押贷款业务对于借款人的城镇居民身份、还款能力等都有相应要求，因而越是高收入者、拥有更多财富者就越有能力借助住房金融提高购房能力。在住房市场化改革中房价不断上涨的客观条件下，对住房金融杠杆的利用就进一步扩大了财富差距。

与城市相比，农村住房的可交易性大为下降。在法律上，房屋产权的交易被局限于本地的村民之间，这使得住房市场化改革中房价上涨的禀赋收入效应对农民而言并不明显。并且，由于政府只保证了农民在土地上从事农业生产的权益，因而城市化过程中的失地农民只能依照土地的农业产出而非实际市场价格获得相应的补偿。于是，伴随城镇住房的市场化改革，城乡之间的财富不平等也进一步加剧。

2. 居住区分割现象加剧

在福利分房时期，城镇居民住房大多按各自的就业单位集中分布。于是，不同收入以及不同社会地位的人很可能成为邻居。具体来说，同一就业单位里的最高级领导往往也会与该单位普遍员工成为楼上楼下，或至少一个小区里的街坊邻居。但1998年以后的住房市场化改革彻底打破了由单位统一分配住房的模式，城镇居民在获得自由选择居住地点权力的同时，客观上也出现了居住区分割的现象。也就是说，基于收入差距和对房价的不同承受力，城市居民逐渐出现了按收入的群分效应，高收入者开始聚居于高房价的高端社区，低收入者则聚居于低房价的贫穷社区。由于住房市场化进程不可避免和难以逆转地会一步步拉大房价分布的离差，居住区分割（residential segregation）的现象因此而加剧。这就加速了社会的分化。

从各国住房市场发展的经验来看，居住区分割都是难以避免的现象。但不同国家表现形式不同，比如美国主要表现为种族，尤其黑人和白人之间的居住分割,欧洲很多国家主要担心当地人和外籍人士的居住分割,由于发达国家的收入分配差距反而比发展中国家小,因为收入差距而形成的居住分割倒不是主要问题。尽管如此,很多国家政府积极应对居住分割或居住割裂可能带来的社会问题。一般认为,居住分割会造成不同阶层接触减少,降低社会凝聚力,妨碍社会和谐(social cohesion),是社会稳定的重要威胁。因此,像荷兰等国家的政府一直采取社区混居实验(residential mixing experiment)的积极干预政策,通过财税、法律等手段力图促进不同收入阶层人群的居住融合机会。

当前,国内不少社会学研究者如清华大学社会学系孙立平教授等已经对此开始着手研究,很多媒体也开始给予关注。一些话题如"该不该让穷人和富人分开住"、"该不该规划富人区"时常成为网络争论焦点。但住房和城市规划的政策层面对此问题却重视不够。

3. 地区差距拉大

由于大城市的公共设施集中程度远远高于农村乃至中小城市,住房市场化改革后大城市的房价上涨就更快。从表 1 我们可以观察到,全国城镇的房价 1998—2005 年上涨幅度为 58%,但城镇居民人均可支配收入也从 1998 年的 5 425 元上升到 2005 年的 10 493 元,上涨了 93%,收入增长幅度还大大高于房价增长幅度。可我们的经验和大量更深入研究都告诉我们,在沿海发达地区城市和大城市的房价增长幅度远远高于全国平均水平,如上海在这 7 年间上涨了 120% 之多(陈杰、郝前进,2006)。所以,一方面地区经济发展水平的显著差距是大城市房价过快增长的重要来源,另一方面,大城市房价的持续高涨增加了地方政府的财政收入,使地方政府有更多的财力投入到公共设施建设上,这就进一步拉大了与落后地区、中小城市在环境、职业发展机会等各方面的差距。也就是说,地区间发展水平的差距借助房地产市场而被进一步拉大。

4. 城市集聚效应发挥不足

尽管不同城市之间的房价落差较大,但大城市里的低收入居民却往往较少迁移到房价较低的中小城市,除了观念以及迁移的成本之外,一个重要的原因可能是来自售后公房的禀赋收入效应,使得他们能够依靠租金收入维持城市的生活。这也成为大城市房地产市场过热、房价畸高的原因之一。大城市房价的过高增加了外来移民的居住成本,这就不利于大城市充分吸引产业发展需要的劳动力,从而不利于大城市发挥更大的集聚效应。客观上,这也造成中国城市间的规模差异偏小。[③]

三、住房政策的目标、措施及评价

在分析了住房市场化改革的得失之后,住房政策的目标也就显得十分清楚了。那就是帮助住房市场化改革中的利益受损群体改善住房条件。然而,对于政策上应该采取怎样的具体措施,理论上的主张与实践中的做法却远远没有达成一致。一个基本上被大家接受的观点是,帮助住房市场化改革中的利益受损群体改善居住条件只是意味着能让人人拥有住房的最低保障,即人人有房住,但不是人人都买得起房。

从目前的实际做法来看,为了实现这一目标,相应的政策措施至少可以归为直接扶持与间接扶持这两个方面。

直接扶持的政策措施包括近来广受关注的廉租房或经济适用房制度。直观上,廉租房与经济适用房对于低收入者的福利改进是直接的,但是如何鉴别扶持对象就成为该政策实施中的棘手问题。正是由于这种信息的不对称,廉租房或经济适用房制度的实施也成为一些政府官员寻租的大好机会。

国外在实行廉租房或经济适用房政策中也有不少经验和教训值得我们注意(陈杰,2007a)。首先,经济适用房(国外往往称为

public housing)制度造成市场割裂,在一定程度上扭曲了住房市场的价格信号作用,也限制了居民对住房的选择,很难让居住者真正满意。其次,部分享受经济适用房制度的居民收入可能改善,但该制度并不能保证这些收入改善者及时退出。因而,该制度在实施中往往缺乏灵活性,调整周期较长。廉租房在这方面就相对好一些。此外,大规模的经济适用房政策也将进一步加剧居住区的分割,容易造成城市贫民窟现象。廉租房也存在这方面问题。

间接的扶持政策包括对中低收入者发放住房津贴,可以自由选择住房,但必须定向用于改善住房消费。更宏观一些的政策包括,住房消费的税收优惠、住房金融政策与房价控制政策。然而,住房消费的税收优惠、住房金融政策中无论是公积金政策还是住房商业贷款政策都是倾向于高收入者的,因而对于帮助住房困难群体的作用相对较小。

相对而言,控制房价的政策更被寄予厚望。看起来这是能让大多数人买得起房的立竿见影的政策措施。从 20 世纪 90 年代单纯依靠行政指令进行直接干预调控到近年来开始重视利率、房贷及税收政策、土地供应政策等间接手段,政府的房价控制政策从抑制价格上涨的角度而言逐渐变得更为有效。然而,房价控制政策的合理性需要以什么是合理的住房价格为依据。如果住房价格的上涨因为投机因素而导致,那么通过政策控制房价就是合理的。相反,如果房价上涨是需求的提高或成本的上升导致,那么控制房价的政策就会扭曲价格信号。联系中国的住房市场化改革,房价上涨的背后有着合理的因素。从需求方面而言,伴随着大学的扩招以及持续的城市倾向政策的实施,城市特别是大城市正吸引着更多的年轻人倾其家庭之财力到城市购买住房。从供给方面而言,住房质量的提高、土地转让方式转变导致的成本上升等因素都将使房价上涨。此外,也必须看到,中国的房价上涨并不单纯只是房地产市场的问题,例如资本市场的低回报就是导致大量资金流入房市的重要原因。

因此,如果不能真正有效打击到住房市场上的投机行为,反而损害了普通居民的自住需求能力,实施控制房价的政策就应当十分小心谨慎。特别如果意图通过行政手段来控制房价,比如限价房政策,则很可能既滋生了腐败,造成大量寻租行为,还打乱市场信号,造成资源配置效率下降,造成双重损失。同时有可能造成房地产开发商进一步哄抬房价以获得更强博弈地位(陈杰,2007b)。

四、未来住房政策的方向与措施

通过以上分析,我们可以对中国未来住房政策的方向以及相应可以采取的措施加以总结。简言之,我们认为中国未来的住房政策应继续坚持市场化的方向,同时,为了实现帮助住房困难群体的目标,政府应当积极实施防止投机的住房政策以及面向住房困难群体的扶持政策,然而,这些政策的具体措施都应当不违背市场化改革的大方向。

(一)继续坚持市场化方向

中国住房市场化的改革的成就是突出的,虽然市场化改革中也产生了一些住房困难群体,但并不能因此否定市场化改革的方向,也不能因此而加大政府对房市的行政性干预。只要住房市场的价格是合理的需求与供给导致的结果,那么对市场价格的干预就是不应该的。即使需要政府干预住房市场,也应当以市场化的手段为限,比如可以采取包括利率在内的住房信贷政策、税收政策等,并且此类政策应当保持一致性与可信性。

(二)大力发展租房市场

成熟的住宅房地产市场应该是销售房、租赁房两个市场并重,两条腿走路,都要有充分发展。然而目前我们基本上还是一条腿走路,租房这条腿基本还是瘸的。当前租房市场还很不规范,没有被纳入有效的登记管理和监督体系,住房租赁合同稳定性差,租户的合法利益很难保证。在这样的房地产市场结构下,即使不考虑社会文化和心理因素,人们也自然会把租房看做不得已的办法、劣一等的办法,绝大多数城市居民的住房消费需求就只能积压在新房销售市场,从而对新房价格持续产生难以释放的上涨压力。

在当前中国,大多数人一谈到租房认为这是穷人才考虑的方案,直接将租住房跟廉租房相联系。但在欧美发达国家中,大量中高收入阶层人士也长期租房。很多国家政府积极推动组建相当规模的私人或非赢利性公共房屋租赁公司(social rental sector),提供规范和优质的租房服务,让租户安心长期居住,使房地产市场更有弹性和灵活性。当前,大力发展规范的租房市场,推动租房服务产业化,是实现中国房地产市场健康和可持续发展的必要条件。说开一点去,房地产市场上存在一个规范发达的租房业,才能适应劳动力要素可以快速流动的市场经济要求,会有效促进城市劳动力市场的发展。围绕租房市场,完全可以形成一个很大的产业,通过信息中介、物业管理、维修服务等环节,创造相当可观的劳动力就业机会,实现丰厚的服务产业附加值。当前制约中国租房产业发展的一个瓶颈问题是户口制度。租房住的人,往往只能落个集体户口,并且将来子女的入学也十分困难。克服了这个户口瓶颈,租房市场在中国会有一个大发展。

(三) 抑制住房市场投机行为

抑制住房市场投机行为始终都是必要的。但相应的政策措施仍应当坚持市场化的手段,也不应当扭曲合理的供求行为。因此,诸如禁止别墅用地审批这样的政策是不明智的,这既限制了合理的供给与需求,还形成了别墅价格上涨的预期,反而助长了投机行为。相比之下,目前实施的限制住房转手的政策显然更为有效,虽然住房产权交易的流动性因此受到影响。此外,建立与土地审批相关联的政府土地储备制度,并且申明储备土地的供应以调节市场供求抑制房价的过大波动为目标,这样的承诺就能够极大抑制住房市场的投机行为,既杜绝了房价的过快上涨,又防止形成房价过快下跌的预期。

(四)针对住房困难群体的住房保障制度

针对住房困难群体的住房保障制度应当体现改变困难群体禀赋的原则,而非市场价格、依靠市场机制,以及政府行政力量的原则。前者能够保证市场价格机制发挥作用,后者在制度不完善的环境下有助于减少政府官员的腐败寻租行为。具体而言,这类政策可以从以下几方面入手。第一,强制性要求将土地拍卖所得部分补贴按固定比例分配给住房困难的低收入群体。与此同时,将现有的廉租房或经济适用房政策由定向的供给转变对收入补贴后让居民自己到市场上购买或租住房屋。新建经济适用房应只租不卖。已分配经济适用房不可转卖,只能由国家回购,如果出租只能定向出租给中低收入者。第二,在办理户口等方面给予租房者和买房者同等的待遇,而非有所歧视。第三,在住房税收政策上应当轻交易税而重持有税,积极考虑开征物业税以取代原有税种,从而抑制住房空置、打击炒房、加快二手房流转,便于住房困难群体拥有和改善住房条件。

五、简 短 的 结 语

改革离不开特定的历史起点,中国城镇住房体制的市场化也不例外。市场化改革难免触及既得利益者,这一群体在原有体制下往往拥有更多的权力。我们看到,力图平稳过渡的市场化改革为了获得这一群体的支持就不得不承认既有的权利结构。于是,权力伴随着市场化的改革而被"货币化"了——福利分房体制下能获得更多补贴或福利房的权利随着住房市场化中的房价上涨成了个人积累财富的源泉。

对既有权力结构的承认使得改革更可能具备"帕累托改进"的特点,然而,一个事前容易被忽略的后果是,由于改革前拥有更多权力的群体恰恰有着较高的收入,权力的"货币化"就直接造成了收入差距在改革过程中的扩大。这一点在住房体制市场化改革中尤为明显。于是,改革虽然静态地看起来可能是"帕累托改进"的,然而,动态地看,收入差距扩大产生的一系列后果很可能使低收入者的境况变得更糟。在我们分析的住房体制市场化改革中,较大的收入差距导致居住区分割、地区发展不平衡等问题将会给未来的经济、社会发展带来重大挑战。

不过,事情似乎正在朝着积极的一面转变,如何对改革中利益受损的弱势群体进行补偿已经成为政府面临的重要任务。然而,真正的问题在于,为了完成这一任务,政府可能偏离市场化的方向。例如,为了控制房价,所谓的"限价房"开始出现。既然改革承认了既有的权利结构,并且该权利结构又源于计划体制,那么,类似于"限价房"、"经济适用房"这样的政策产生新的利益,很可能只会成为权利拥有者谋利的新的渠道。

注释

① 数据来源:1996—2006 年历年《中国统计年鉴》,国家统计局网站 http://www.stats.gov.cn/tjsj/ndsj/。如无特别说明,本文以下数据来源均与此相同。

② 2005 年数据来源:建设部《2005 年城镇房屋概况统计公报》,2006 年 7 月。

③ 以城市规模的基尼系数来看,中国 2000 年的基尼系数是 0.43,远低于世界上许

多大国,包括巴西(0.65)、英国(0.60)、墨西哥(0.60)、法国(0.59)、印度(0.58)、德国(0.56)和美国(0.54)(Fujita, *et al.*, 2003)。

参考文献

① Fujita, Masahisa, J. Vernon Henderson, Yoshitsugu Kanemoto, and Tomoya Mori, 2003, "Spatial Distribution of Economic Activities in Japan and China", in V. Henderson and J.-F. Thisse (eds), *Handbook of Urban and Regional Economics*, vol. 4, North-Holland, pp. 2911 - 2977.

② Ho, M. H. C and T. -m. , 2002 "Speculation and property price: chicken and egg paradox", *Habitat International*, 26(3), 347 - 361(15).

③ Meng, Xin, 2007, "Wealth Accumulation and Distribution in Urban China", *Economic Development and Cultural Change*, 55(4), 761 - 791.

④ Sato, Hiroshi, 2006, "Housing Inequality and Housing Poverty in Urban China in the late 1990s", *China Economic Review*, 17, 37 - 50.

⑤ 陈伯庚、顾志敏、陆开和,2003,《城镇住房制度改革的理论与实践》,上海:上海人民出版社。

⑥ 陈杰,2007a,"经济适用房的弊端与住房补贴的优势",《中国房地产报》2007 年 2 月 5 日。

⑦ 陈杰,2007b,"限价房的双重福利损失",《中国房地产报》2007 年 4 月 16 日。

⑧ 陈杰、郝前进,2006,《上海住宅房地产市场 1993—2005》,中国留美经济学年会论文。

⑨ 侯淅珉、应红、张亚平,1999,《为有广厦千万间——中国城镇住房制度的重大突破》,广西师范大学出版社。

⑩ 黄怡,2006,《城市社会分层与居住隔离》,同济大学出版社。

⑪ 林拓、水内俊雄,2007,《现代城市更新与社会空间变迁——住宅、生态、治理》,上海古籍出版社。

⑫ 王育琨,1991,"我国城镇住房福利规模的测算及其意义",《改革》第 3 期。

⑬ 谢志强，1999，《突破重围：中国房改大行动》，社会科学文献出版社。

⑭ 叶红光，2005，《个人住房贷款：风险与控制》，载牛凤瑞主编，《中国房地产发展报告 No. 2》，北京：社会科学文献出版社。

我国高等教育公共管理中的
行为失范及其矫正

复旦大学高等教育研究所　熊庆年

[内容提要]　高等教育公共管理的合法性基础是高等教育具有公共物品的性质,公共性是衡量高等教育公共管理基本的规范价值尺度。公共性总是受到现实的挑战,其中有观念性因素、资源性因素、政治性因素,也有公共管理本身的因素。管理主义盛行、管理伦理不端,也是高等教育公共管理中行为失范的重要原因。改善高等教育公共管理,需要树立正确的管理价值观,建立民主管理制度和权力约束机制,推进社会治理。

一

高等教育作为一种教育现象或者教育活动,也具有教育的一般属性,属于公共物品。尽管高等教育较之初等、中等教育有着更多的私人性、一定的排他性,以至于人们把它归入准公共物品一类。但无论如何,高等教育对于社会公共利益的作用是显而易见的,高等教育管理作为社会公共事务的属性是不可改变的。尤其在当代,高等教育的社会功能日益扩大,社会运行、社会发展对高等教育的依赖程度日益加深,高等教育管理在社会公共事务中的重要性日益凸显。无怪乎布鲁贝克会认为："高等教育越卷入社会的事务中就越有必要用政治观点来看待它。就像战争意义太重大，不能完全交给将军们决定一样，高等教育也相当重要，不能完全留给教授们决定。"①正因为如此，在高等教育更加大众化的今天，高等教育的公共性不是削弱了，而是增强了。高等教育管理作为公共事务更加受到人们的关注，高等教育管理的权力作为公共权力也成为公共政治角逐的重要目标。在高等教育公共事务上提出更有吸引力的政治主张，是现代政党重要的政治角逐。2002 年 11 月的英国泰晤士报高等教育增刊，曾经刊登过保守党发言人、"影子内阁"教育大臣代明•格林的话：大学将是该党教育改革优先考虑的下一个目标，保守党以往对教育以及其他公共事业的关注没有达到应有的程度，保守党已经吸取了这一教训："我完全不同意这样一种观点：即公共事业——比如说教育——是工党的议题。公共事业关系到人民大众，因此它绝对是保守党的议题。"②这段新闻让我们看到了英国工党和保守党在高等教育问题上的政治角力，也能使我们更深刻地认识高等教育管理的公共意义。

承认高等教育管理权力的公共性，并不是要否认在公共权力名义下隐含的阶级和集团利益，因为公共权力总是社会矛盾不可调和的产物，而且必然要更多地反映居社会主导地位利益集团的需要，更何况高等教育本身就是特殊的意识形态重要阵地，任何一个利益集团都不会轻视它。正如恩格斯所说："国家是一种与全体固定成员相脱离的特殊的公共权力为前提的，它在形式上保留了公共权力的形态，本质上却是和人民大众相分享的公共权力。"③公共权力具有阶级性，以一定的阶级利益为出发点，但它只有满足社会大多数人的需要，维持、调整或发展整个社会生活的基本秩序，反映社会的公共意志，才具备其合法性。公共权力通过法律形式得到确认，在我国，《中华人民共和国宪法》第 2 条规定："中华人民共和国的一切权力属于人民"，说明我国的公共权力来源于人民的授权。

公共管理的根本目的就是实现公共利益,如何来判定公共利益,涉及价值的尺度。人们"倾向于把'公共性'作为公共管理活动的最终价值观,在此之下,才有公正、公平、平等、自由、民主、正义和责任等一系列价值体系"。④在这个价值体系中,公平与正义应当是最基本的价值理念。公共管理等于"公共性"加"管理","公共性"是公共管理的本质性,也是衡量公共管理的价值尺度,偏离公共性,则公共管理就不是真正的公共管理,或者,就不是良好的公共管理。⑤在高等教育公共管理领域,高等教育的机会均等、公平对待已经成为国际所普遍认可的价值目标。联合国教科文组织在《21世纪的高等教育:展望和行动世界宣言》中就指出:应当让人们"平等接受高等教育","根据《世界人权宣言》第26.1条,能否被高等院校录取应根据那些想接受高等教育的人的成绩、能力、努力程度、锲而不舍和献身的精神,而且一个人一生中的任何时候均可被录取,其以前所获得的实际能力应得到应有的承认。因此,任何人不得因其种族、性别、语言、宗教,也不得因其经济、文化或社会差别或身体残疾而被拒绝接受高等教育"。

在当代社会,高等教育作为社会资源仍然具有稀缺性,实现高等教育的机会均等、权利公平绝非易事。即使在发达国家,高等教育机会不均等、权利不公平的现象也客观存在。高等教育入学率已经超过82%的美国,"目前由于学业准备不足、缺乏信息,以及一直存在的经济阻碍,大学对低收入家庭和少数民族学生的入学机会存在限制","有34%的25岁至29岁白人青年获得学士学位,而同一年龄段黑人青年的这一比例为18%,拉丁裔青年仅为10%;60%的25岁至64岁美国人口不具备中等教育后文凭"。⑥因此,未来美国的高等教育公共政策仍然要努力于让低收入家庭和少数民族学生"进得去"大学、"上得起"大学。我国是一个发展中国家,内地高等教育在经过了8年的持续扩张之后,高等教育在学总人数达到2 500万人,增长了3倍,毛入学率由 9.1%提高到了 22%,进入了大众化阶段。但是,与日益增长的高等教育需求相比,资源的缺口依旧很大。而区域之间、农村与城镇之间、社会阶层之间高等教育机会的不均等、权利的不公平现象依旧十分突出;不同办学主体之间、不同类型和不同层次高校之间资源配置不均衡现象也依旧客观存在。因此,高等教育公共管理如何坚持公共性,将会是一个长期的问题。

二

公共性是衡量高等教育公共管理基本的规范价值尺度,然而公共性总是受到现实的挑战,其中最重要的是观念因素。在我国,对于高等教育公共性的认识存在着历史的变化。新中国成立以后,政府对教育事业的属性曾经有过下面一类的表述:如"忠诚党的教育事业";教育是"民族的、科学的、大众的"、"反映新的政治经济,巩固与发展人民民主专政的一种工具";"高等学校的基本任务,是贯彻执行教育为无产阶级的政治服务,教育与生产劳动相结合的方针,培养为社会主义建设所需要的各种专门人才"等。在这种意识形态之下,高等教育事务已经不是通常意义上的公共事务,而是直接的政治事务、政党事务。高等教育成为阶级专政的工具,因此,在相当一段时期,高等学校是有政治"门槛"的。"文化大革命"期间,政治性限制被推到了一个极端,只有"根红苗正"、"立场坚定"的人才能进大学,只有"紧跟"的人才能上讲台,高等教育的公共性丧失殆尽。

改革开放以后,随着以阶级斗争为纲"左"倾思想束缚的逐渐肃清,社会由计划经济向社会主义市场经济体制转型,以及高等教育事业改革和发展的不断深入,人们对于高等教育的观念也在发生变化。人们越来越接受这样的观点,"大学是面向全民的文化场所和学习场所"，⑦高等教育是要"培养非常合格的毕业生和能够满足人类各方面活动需要的负责任的公民"。⑧百姓接受高等教育的权利意识则越来越强，平等、公平的观念愈益深入人心。而政府的管理也在转型，公共管理的概念开始建立。不过，高度政治化观念的影响仍然存在，公共性在行政话语中还是一个陌生的词眼。在高等教育管理实践中，传统的制度、传统的行为还很有市场。教育管理制度改革，尤其是高等教育管理制度改革落后于社会其他事业制度的改革，应当说与此不无关系。

值得我们注意的是，在由社会转型过程中，人们对于高等教育的属性有了另一种认识。从允许高校招收委培生、允许社会力量办学，到实行学生缴费上学、毕业自主择业，我们可以看到社会意识对高等教育私人性、市场投资价值的关注。20 世纪 90 年代初，政府明确把教育作为第三产业，强调教育是"对国民经济发展具有全局性、先导性影响的基础行业"，把它作为加快发展第三次产业的重点。在这种政治决策的导向下，高等教育的经济价值或者说市场价值被强调，高等教育"产业化"、"市场化"一度成为社会、学界的流行话语。而在高等教育管理的实践上，努力开拓市场渠道，提高资源配置效益，成为政府施政的主要方略。从高等教育的公共投入看，20 世纪 90 年代"财政拨入高等教育经费的绝对额也在不断增长，但增长速度低于同期国内生产总值的增幅"；"财政拨入高等教育经费占国内生产总值的比例不仅没有增加，反而略有下降"。⑨从普通高校收入来源结构看，国家财政性拨款的比例在不断下降，1997 年为 85.78%，2000 年为 55.7%。

虽然政府并没有明文主张"产业化"、"市场化"，但是我们的公共政策分明折射出"产业化"、"市场化"的观念。1998 年起始的高校连续 3 年大扩招，是一个最清楚不过的例子，其最初的政策动机，就是为了拉动内需。政策提议者、亚洲开发银行的汤敏博士在接受《21 世纪经济报道》记者采访时介绍："当时的大背景是亚洲正在发生金融危机,受其影响,居民不愿去消费,内需启动非常困难。我们分析后认为扩大大学教育是一个可以启动的消费点,所以我们就提出来应该通过增加大学的学费,配合大规模的助学贷款来扩大大学的招生量。大学扩招有这样几个好处,一是能够增加从学校到学生的消费。二是可以缓解当时的就业问题。第三,从长远考虑,可以培养人才,提高我们的国际竞争力。"⑩这个政策提议很快为政府高层接受,政府迅速作出了扩招的决策,以致教育行政部门也措手不及。

三

高等教育公共管理公共性所受到的现实的挑战,除了观念因素以外,还来自公共资源不足的困境。作为发展中国家的中国,高等教育公共资源的短缺显而易见。在这样一种情况下,保证公共财政的合理投入和资源的恰当配置,就显得尤为重要。然而令人遗憾的是,我国教育公共财政投入占国内生产总值的比例长期低于世界平均水平,高等教育规模的持续扩张加剧了办学经费的紧张,这种紧张部分地被不恰当地转移到了公众身上,造成了新的机会不平等和社会不公平。"绝对量的高速增长掩盖着一个相反的事实:由于学生数量的增速快于国家和社会投入的增速,因此生均国家投入和社会投入已经连续几年悄然削减。1999年生均国家投入登上9 743元的最高峰,随后3年便逐次减为9 324元、8 268元、7 622元,平均每年削减7.9%。社会投入趋势亦然,平均减幅为9.6%。而个人投入却一如既往地上涨,每年的生均值都要增加1 000元以上,2002年生均为11 272元,比国家投入高47.9%。"⑪如果我们再把区域之间高等教育发展的不平衡、高等教育内部发展的不平衡考虑进去,矛盾可能更为突出。

公共性价值的实现,与公共权力的民主性程度有关。公民社会的发达是公共管理有效实施的社会基础,民主政治能培养对公共行政的"理智性理解",公民的参与和监督能够克服或最大程度地减少公共权力的异化。从我国高等教育公共管理的实践来看,政府权力高度集中、高度垄断、人治化管理、专制式管理,是典型的特征,并且形成传统,根深蒂固。在向市场经济体制转型的环境下,这种制度化形式的负效应是不可避免的。我国高等教育一些重大政策的出台,常常是因为领导人"首肯"或"拍板",习惯于"摸着石头过河",缺失和失误也就不可难免。康宁曾经以 1999 年高校扩招为案例,对扩招政策的决策背景、预期影响,特别是过渡期教育决策特点与制度安排的关系,进行了分析和探讨。⑫她认为,扩招的主要政策目标没有达到预期,原因就在于双重制度的制约。由政府主导的干预(制度安排),使得教育资源的配置方向、性质、作用以及效果既不同于计划经济条件下的资源配置,也不同于市场机制引导下的资源配置。在今后的转轨中,双重制度约束将使决策的两难选择加大,变革成本上升。当决策者在不能改变原有制度框架下进行某一制度创新时,即使政策制定过程是完全理性的(事实上只能是有限理性),也可能得到一个改革成本大于实际收益的结果。人们对制度性短缺的共识不足,将会影响到教育政策的环境。

从公共管理本身看,公共性丧失或者说公共性失范的一个缘由,是管理主义的盛行。由于公共管理的扩张和资源减少,公共管理主体以经济、效率、效能为行为原则,致力于提高管理的技术,注重实现公共管理目标的各种可能方式和手段,而忽视公共管理的公共性。公共性的丧失使得公共管理活动发生价值偏离,变成纯粹的管理活动。这种情况,国外有,国内也有。在高等教育公共管理中,绩效本是一种资源管理的手段,但在有些地方绩效本身成为目的,在追求绩效的行动中,公共性价值被忽视。比如 20 世纪 90 年代以来的高校合并潮,其最初始的动机是改变条块分割、重复办学、部分高校规模过小、资源配置效率不高等问题,应当说这是高等教育体制改革的积极举措。可是,当合并被利用来满足上规模、上层次、上等级之类的政绩要求的时候,教育本身的目的被模糊了,受教育者的权利和利益被漠视了。近来社会对某些大学花巨资修建"豪华"校门的批评,对某些大学巨额贷款的议论,我们都可以从中看到合并潮中好大喜功的追求造成的负面影响。教育行政机构动辄搞"工程",频繁地检查部署、评估考核、评奖评优,让高等学校不胜其烦,穷于应付,不仅耗费了许多宝贵的资源,增加了公共管理成本,而且为不正之风提供了温床,使施政行为失信于公众。例如普通高校本科教学质量评估在很多高校都被视为"劳民伤财"的事,尤其是迎评造假,"尽管内情人心知肚明,为了教学评估运动不惜举校弄虚作假,依然上行下效。尽管教学评估活动会引来某些'阳光'误道,但是它的负面后果不容忽视,因为这种集体造假是由教育部门自上而下压出来的,迫使造假的始作俑者,是教育部门的主管官员"。⑬在今年"两会"期间,一批教育界人士疾呼,应正视正在实行中的"高校教学评估"造假行为。⑭

从另一方面讲,公共性失范的又一个缘由,是公共管理主体伦理的不端。公共管理组织从逻辑上讲是受公众的委托来行使公共权力的,在道德上它们应当代表委托者的利益,以"公"的立场来正确处理公共事务。可是,在现实中,公共权力的行使者有可能谋求自身的利益。比如风行于各地的"大学城"建设,被一些人称为"教育地产"与知识经济时代的黄金组合。在几年时间里,全国近50座"大学城"兴起。据全国人大常委会执法检查组"对22个省(区、市)的不完全统计,截至2003年初,在建和拟建的大学城有46个,占地面积超过40万亩。……更有甚者,有的以建大学城和高尔夫球场为名,大搞房地产开发"。⑮国家审计署对南京、杭州、珠海、廊坊4个城市的"大学城"开发建设情况进行的审计调查发现,违规审批非法占地问题突出,贷款规模过大存在偿贷风险。如南京市仙林、江宁和浦口新校区的12所高校建设项目,目前银行贷款为27.28亿元,占实际到位资金的 71%。这些学校还本付息主要靠学杂费收入,按目前收费情况测算,今后每年还本付息额将超过学杂费收入的 40%,个别甚至达到 80%。⑯造成"大学城"政策失控的原因可能有多方面,但决策者好大喜功,谋求政绩,谋求经济利益,甚至谋求个人私利,是重要的因素。决策者对自身特殊利益的谋求必然侵害公共利益。一些"大学城"要求学生缴纳高额的学费,实际上把部分高额建设的成本分摊给了民众。

四

我国现在是高等教育的世界第一大国,但还远远不是高等教育的强国,要使我国高等教育事业健康、和谐、可持续地发展,真正为建设小康社会提供强大的动力,就必须改善高等教育公共管理。

牢固树立公共性观念,是未来高等教育公共管理改革必须要很好解决的价值前提。无论是极端的政治化,还是产业化、市场化,都必然导致高等教育公共管理公共性的淡化。"穷国办大教育"的确是中国的国情,但绝不是我们一味强调效率、强调市场化、强调差别的理由。

建立民主管理制度和权力约束机制,是改善高等教育公共管理的关键。对于教育这样一种关涉广大人民群众利益、关系社会长远发展而又极为复杂的事业,公共决策必须民主化、科学化,应当尽可能满足社会各利益主体的多样诉求,应当尊重教育的客观规律。对于公共权力必须进行有效的约束,防止权力膨胀,防止权力寻租,维护公共权益。

高等教育公共管理的社会参与,是改善高等教育公共管理的重要条件。国际经验告诉我们,民间非营利性组织参与社会治理,是解决政府"失灵"和市场"失灵"的有效途径。高等教育领域同样如此。我国高等教育的社会治理尚处于萌芽状态,需要予以积极的扶持。社会力量强大了,就能够更好地调节各方利益,吸纳更多的社会资源,维护社会公平与正义,起到政府起不到的作用。

注释

① 布鲁贝克著,郑继伟等选译:《高等教育哲学》,浙江教育出版社,2001 年第 3 版,第 32 页。

② 郭勉成编译:"大学:英国保守党改革的下一步目标",载《比较教育研究》,2003 年第 1 期。

③ 恩格斯:《家庭、私有制和国家起源》,《马克思恩格斯选集》第三卷,第 219 页。

④ 王乐夫:"公共性:公共管理研究的基础与核心",载《社会科学》2003 年第 4 期。

⑤ 汪辉勇:"公共性:公共管理文化的价值追求",载《求索》2004 年第 6 期。

⑥ 高靓:"美国高等教育未来规划在热议中揭晓",载《中国教育报》2006 年 10 月 9 日第 6 版。

⑦ 联合国教科文组织:《教育——财富蕴藏其中》,教育科学出版社 1996 年第 1 版,第 126 页。

⑧ 联合国教科文组织:《21 世纪的高等教育:展望和行动世界宣言》,载教育部《教育参考资料》1999 年第 3 期。

⑨ 杨周复、施建军:《大学财务综合评价研究》,中国人民大学出版社 2002 年版,第 91 页。

⑩ 李磊:"一个亟待澄清的概念",载《21 世纪经济报道》2004 年 10 月 14 日。

⑪ 刘芳:"对我国高等教育收费制度的思考与建议",载《大学时代(学术教育版)》2006 年第 3 期。

⑫ 康宁:"论教育决策与制度创新",载《高等教育研究》,2000 年第 2 期。

⑬ 黄安年:"我们需要什么样的高校教学评估?",http://www.acriticism.com/article.asp? Newsid=8665&type=1008。

⑭ 中国新闻网："教育界人士提出正视高校教学评估造假行为"，http：//news. sina. com. cn/c/2007 - 03 - 06/162512445070. shtml。

⑮ 袁祥："46 个大学城 306 个高尔夫球场占用大量耕地"，载《光明日报》2004 年 6 月 25 日。

⑯ 袁祥："违规审批非法占地问题突出 贷款规模过大存在偿贷风险"，载《光明日报》2004 年 6 月 24 日。

反思教育产业化的反思

——有效利用教育资源的理论与政策

复旦大学经济学院　陆　铭　蒋仕卿*

[内容提要]　稀缺的教育资源应得到有效利用,而教育财政的分权、学校间的竞争和合理的价格机制能够提高基础教育资源的配置效率和组织效率。在一定程度上,通过教育券、奖学金和财政转移等机制向低收入人群和地区提供补贴,不仅有利于公平,也有利于效率。但过度地、不科学地追求公平,却可能损害教育资源的有效利用,甚至与追求公平的初衷相违背。本文对如何有效利用教育资源进行了理论分析,并对中国基础教育产业化的反思进行了反思。

一、引　　言

近年来,对于基础教育产业化的反思直接触及了如何看待基础教育资源有效利用与教育的公平之间的关系问题。当基础教育的高收费、择校以及不同收入和社会阶层的人享受不同的受教育机会

---

* 作者感谢复旦大学张晏、陈钊、王永钦、封进和樊潇彦的评论。感谢首届中国新政治经济学论坛上汪丁丁、杨春学、叶建亮的评论。感谢复旦大学经济学院 985 工程研究计划和教育部"新世纪优秀人才支持计划"项目的研究资助。

等现象日益为人们诟病时,在政策层面上,教育部官员表示了对教育产业化的极力反对,认为在基础教育阶段引入市场化,有违教育的公益性质,违背了国家的办学方针,违背了人民群众的根本利益;在学术研究领域,学者们也从教育的公共品特性(王善迈,2000)、社会公平和公正(郝文武,2000)、教育的非经济属性(刘超良,2001)等角度论述了教育产业化的弊端。在提出这些批评之后,人们提出的政策建议包括了严格禁止择校,以及促进地区内基础教育的完全均等化等。与此同时,对于各种教育均等化模式的盲目报道也见诸各类媒体。

但是,在对教育产业化进行反思时,有一系列问题有待进一步的思考:什么是基础教育的目标?基础教育的公平和效率之间的关系是怎样的?什么是有效利用教育资源的方式?怎样的教育均等化是适度的?由于缺乏深入的理论分析,人们对于上述这些问题的意见是矛盾而混乱的。在本文中我们将要说明,中国的教育产业化过程中出现的种种问题是教育产业化的"方式"问题,而不是"方向"问题。本文指出,稀缺的教育资源应得到有效利用,而教育财政的分权、学校间的竞争和合理的价格机制能够提高基础教育资源的配置效率和组织效率。在一定程度上,通过教育券、奖学金和财政转移等机制向低收入人群和地区提供补贴,不仅有利于公平,也有利于效率。但过度地、不科学地追求公平,却可能损害教育资源的有利利用,甚至与追求公平的初衷相违背。在本文的第二部分,我们将讨论基础教育的目标,以及有效利用基础教育资源的机制。我们将说明,通过地方政府办基础教育,并形成一个公立学校和私立学校并存的竞争性的教育市场,是有效利用教育资源的基本条件,同时,政府应通过适度的教育均等化来提高教育资源的利用效率。在第三部分,我们将对中国现有的教育政策进行评论。第四部分是总结和相应的政策建议。

二、基础教育目标和教育资源的有效利用

(一) 基础教育的目标

教育资源是稀缺的,优质教育资源更是稀缺的。对于中国这样的发展中国家来说,稀缺的教育资源尤其应该被珍惜。基础教育的目标是进行人力资本积累,而作为基础教育产出的人力资本积累则包括了知识、技能、良好的文明素质、积极的公民意识等所有与社会经济发展直接或间接相关的方面。因此,将基础教育投入作为人力资本积累的手段,在一定的投入下,追求各类人力资本积累的最大化,总是有利于整体的经济增长和社会发展的。因此,基础教育的目标应是通过提高配置效率和组织效率,使稀缺的教育资源产出最大的人力资本。其中,配置效率要求教育投入通过不同地区、不同教育种类和学校、不同人群的教育资源分配,达到教育总"产出"的最大。组织效率则要求教育投入实现教育生产单位(学校)在一定的投入下达到产出的最大化(或者给定产出下的投入最小)。从静态的角度来看,教育投入的配置效率目标是要尽量地将稀缺的教育资源配置给有能力的受教育者,而组织效率目标则是要避免稀缺的教育资源被学校浪费。特别需要强调的是,教育的公平和效率并不一定是矛盾的,相反,如果让低收入家庭的高能力的孩子能够有效地获得优质教育资源,则可以实现教育的公平与效率的兼顾,这样的教育均等化就是适度的。然而,如果教育的均等化过度,则可能在追求公平的同时,有损于教育资源的有效利用,有些看似促进公平的教育政策甚至有可能反而危害低收入群体的利益。因此,过度的教育均等化将可能危害社会和谐和经济增长,这对发展中的中国来说将是代价昂贵的。

(二) 如何实现稀缺教育资源的有效利用

有两个经典的理论有助于我们理解教育的有效利用如何实现。

一个是基于 Tiebout(1956)的公共品提供模型,这个模型能够回答如何通过地方政府竞争来提高地区间的资源配置效率和组织效率的问题。另一个是基于 Epple 和 Romano(1998,2002)的教育市场模型,这个模型解释了公立学校和私立学校如何通过竞争和互补来实现不同学生和学校的匹配,以及如何通过同一地区内的学校间竞争来提高教育资源的组织效率。

教育资源的有效利用涉及三个行为主体:中央政府、地方政府[①]和居民(家庭)。教育资源可以由中央政府或者地方政府来配置,但是地方政府比中央政府拥有更多的信息,更了解当地居民对公共品的需求。事实上,如果没有了这个假定,由中央政府还是地方政府来提供公共品就没有差异了。而居民(特别是高收入家庭)作为公共产品的消费者可以通过房地产市场来搬迁居住地,选择最匹配他们家庭收入和子女能力的教育。这里,一个具有一般意义的问题是,地方政府是提供当地公共品的垄断者,那么,公共品的提供怎样才能够有效率呢?

Tiebout(1956)提供了两个机制来促进教育等公共资源的有效利用(在下文中我们均以教育作为公共品的主要讨论对象)。第一,分权式的教育财政可以提高资源在不同地区之间的配置效率。由于地方政府拥有更多的关于地方的信息,如果由中央财政来配置教育资源的话,中央财政无法了解不同地区居民的真实偏好,从而可能出现教育资源的配置在数量和性质等方面与地方的实际需要不吻合。第二,在分权财政体制下,居民通过搬迁居住地来"用脚投票"形成了地方政府间在公共品提供方面的竞争,可以提高教育资源利用的组织效率。在美国,一个地区的居民以投票的方式决定房产税的税率,作为当地教育财政支出的基础,如果一个地方的教育质量低,就可能造成居民搬离该地,从而造成当地经济活动水平的下降,并继而造成房产价值下降、房产税下降和教育财政下降等一系列恶果。在中国,虽然教育财政并非以房产税为税基,但是,如果居民通过变换居住地来选择教育仍然会影响房地产价格，从而影响地方政府的土地批租收入和房产交易税，同时，也将影响当地居民的收入和受教育水平，并直接或间接地影响地方经济的发展，最终影响地方政府的财政收入。

上述的教育财政分权模型的启示是：教育财政分权、居民通过搬迁居住地来以脚投票加上房地产市场的价格机制，有利于提高教育资源在不同地区之间的配置效率，并且促使地方政府提高基础教育资源的组织效率。如果放弃基础教育财政的分权体制，就可能出现教育投入的低效率。《新华每日电讯》2006年5月29日报道了青海省化隆县石大仓乡大加沿村的一所已经关闭12年之久的学校，仍然每年还按计划领取教育厅下拨的经费的事实。Hoxby（1995）的经验研究发现，在美国，如果以州的教育支出在地方教育总支出中的比例作为教育财政集权程度的指标，那么，当州的支出比例上升时，意味着财政集权程度上升，随之而来的是教育的生均成本上升、师生比上升、教师工资上升、教师参加工会比率上升、教育的成绩下降。如果缺乏居民在不同地区间进行搬迁的制度，则很难保证地方政府考虑当地居民对于教育质量的需求。在中国，尽管存在着户籍制度的限制，但是，在同一城市的不同区之间，在同一省的不同城市间居民的搬迁自由是存在的，尤其是高收入群体，户籍制并不构成对他们搬迁居住地的限制，而恰恰是这部分居民的搬迁是形成居民"用脚投票"机制的关键。房地产市场的价格机制使教育的质量被"资本化"（capitalize），如果房地产价格不反映教育质量，就可能切断教育质量和地方政府税收之间的联系。

但是，上述的分权财政提供基础教育的体制导致了教育资源更多地被高收入的居民得到了，这就引起了按收入分层的教育群分（sorting）现象。对于低收入居民，特别是那些低收入家庭的高能力孩子来说，他们失去了获得优质教育资源的机会，这种结果同时有失于公平和配置效率。因此，简单的财政分权机制只解决了教育资源在不同地区间的配置问题,我们有必要引入其他的机制来提高教育资源在不同人群间的配置效率,缓解按收入分层的教育群分现象。在 Epple 和 Romano(1998,2002)的模型中,受教育者之间存在着同学相互影响的同群效应(peer effects),[②]如果一个地区内同时存在私立学校和公立学校,并且它们之间充分竞争的话,私立学校将有激励通过奖学金去吸收那些高能力的学生,特别是那些低收入家庭的高能力的学生,从而可以提高本校学生的平均质量,这样能够使学校对那些教育需求强烈的高收入家庭收取更高的学费,从而形成了一种类似于高收入者补贴低收入者的机制。其结果就会大大提高低收入家庭子女获取优质教育资源的机会,提高教育资源的配置效率。在通常情况下,由于私立学校比公立学校具有更高的效率,因此,在市场竞争下,公立学校的职能将是提供大众化的低价(甚至免费)的教育,它们的服务对象既不是对教育有高需求的高收入家庭,又不是孩子能力较高的低收入家庭。在公私并存的教育市场上,如果政府为居民提供教育券,也将促进消费者的选择和教育市场的竞争,更多地提高低收入家庭的福利。

Epple 和 Romano(1998,2002)的教育市场模型的启示是:公私并存、市场竞争加上合理的价格机制是地区内教育资源的有效利用的必要条件。首先,允许教育市场上存在着公立和私立两类学校,并且促进它们之间的竞争,这有利于提高教育资源的配置效率和组织效率。由于存在着同群效应,私立学校有激励去吸收低收入家庭的好学生,这在边际上提高了教育资源的配置效率。与私立学校相比,公立学校效率较低,竞争的最终结果是,公立学校难以吸引高能力孩子进入公立学校。在美国的实证研究中,Evans 和 Schwab(1995)发现,教会学校(Catholic school)的毕业生比普通公立学校的毕业生进入大学的比例要高 23%。反过来说,公立学校的存在能够为一般大众提供低价(甚至免费)的教育,促进教育的公平。第二,学校之间的竞争是提高教育资源的配置效率和组织效率的关键。有了学校间对于优秀学生的竞争,就能够提高低收入家庭的高能力孩子获取优质教育资源的可能性。此外,Hoxby(2000)实证研究发现,竞争的确能够提高学校的效率。第三,在教育市场上,价格机制是重要的。即使表面上地方政府可以提供免费的基础教育而不收取学费,只要存在着居民的搬迁从而影响房价的机制,教育的质量最终会资本化为房地产的价格,实际上,居民还是需要为优质的教育资源付费的。

基于以上的讨论,我们就可以对当前的教育产业化问题做一个简单评价了。我们不想在此深究教育产业化和教育市场化之间的概念区别,我们想要强调的是,有效的教育资源利用机制需要做到以下三点:一、主要由地方政府而不是中央政府来提供基础教育。二、教育市场上应引入私立学校,并且促进私立学校和公立学校之间的充分竞争。三、价格机制(无论是学费还是房价)在调节基础教育供给和需求方面发挥作用。

那么,作为基础教育目标的教育资源配置效率和组织效率被最大程度地实现了吗?对此问题,我们需要分三个层次来看。首先,在 Tiebout(1956)的公共品提供模型中,由于存在政府间的竞争,教育资源的组织效率能够提高,同时地区间教育资源的配置效率可以得到最大化。但此时,却可能会出现教育按收入进行配置的群分现象,这会使得低收入家庭的高能力孩子不能获得优质教育资源,从而使得人和人之间的教育资源静态配置效率未被最大化。而在引入了 Epple 和 Romano(1998;2002)的教育市场模型后,由于学校教育存在"同群效应",[3]学校间的竞争将使得学校有激励通过奖学金等形式来补贴低收入家庭的高能力孩子,提高他们获得优质教育资源的可能性,这时,教育的公平和效率目标是一致的。第二,丁维莉、陆铭(2005)还认为,当前中国的现实是,劳动力流动和教育市场的竞争性并不像理论模型中那样充分,因此,对于落后地区或农村的财政转移虽然有可能带来一定的低效率,但却能够提高未能流动的低收入家庭的孩子(特别是其中的高能力孩子)获得教育资源的能力,这也是有利于同时提高教育的公平与效率的。第三,教育存在着隔代效应,高收入家庭获得优质教育资源后,却可能配置给了低能力的孩子,同时,低教育水平的家庭往往更易陷入贫困,进而获得好的教育的可能性更低,从而形成低教育和低收入的代际影响和恶性循环,④ 并可能扩大收入差距(Fernandez and Rogerson,2001),而收入差距过大又不利于经济增长(陆铭、陈钊、万广华,2005;Wan *et al*., 2006),⑤ 因此,对贫困家庭和地区提供适当的教育补贴虽然可能牺牲静态的效率,却可能获得有利于长期人力资本积累和经济增长的动态效率。

但是,上述这些措施并不意味着完全的教育均等化。适度的教育均等化应建立在市场机制的基础上,并以政府对市场的缺陷进行弥补。一旦用行政的力量推动基础教育的过度均等化,那么就是对市场机制的一种替代,有可能造成教育资源利用效率的损失,甚至可能危害教育的公平。基于上述理论分析,我们需要澄清两种认识。第一,应该适度地促进教育公平,但不应该因此而放弃教育市场化的改革方向。近些年来出现的教育的不公平,并不是教育市场化的方向错误,而是方式需要调整。第二,基础教育具有很强的正外部性(社会收益),但这只是"政府需要提供义务教育"的理由,而不是义务教育"只能由政府来举办"的理由,我们已经说明,各类学校并存并相互竞争的教育市场才是有利于兼顾教育的公平和效率的。

三、中国基础教育改革: 反思的反思

由于缺乏有效利用教育资源的理论的指导,中国的基础教育改革所实施的一系列政策是值得重新评价的。我们将指出,中国的有些教育政策对有效利用教育资源不利,一些看上去更有利于公平的

政策实际上却更不利于公平的实现。下面我们具体地来分析几个现实中的教育政策。

(一) 按片划分和就近入学

新中国成立以后的一段时间内,为了使稀缺的教育资源被用于快速培养人才的目的,在中小学实行重点学校制度,形成以升学教育为目标,选拔和培养少数"尖子"的教育体制。1990年代以后,随着人们对于基础教育公平的日益关注,这一重点学校制度被取消了,但是这并没有实际上消除原有的重点学校和非重点学校之间在师资力量和生源上的差别。作为地方的公共品的中小学质量差异是很容易被当地居民观察到的。在1990年代以后,随着市场化改革进程的加快,教育作为改变命运,提高未来收入的途径,被越来越多的民众认识到(Tsang, 2001)。当住房市场开始发育,住房商品化之后,富裕家庭就会通过搬迁到优质教育资源的周围来获得这些教育资源,住房价格也开始"资本化"教育的质量。同时,为了给学生减负,我们也取消了"小升初"考试,严格按照地段入学。在这种公立学校之间存在质量差异,允许住房市场上的自由搬迁的条件下,严格的就近入学反而不利于低收入家庭获得优质教育资源,并且通过房地产市场加剧了教育群分现象,从而导致优质教育资源主要被富裕家庭(或有社会关系的家庭)获取。而在学校公立的情况下,学校也缺乏激励来为低收入家庭的高能力的孩子提供奖学金。

(二) 电脑派位

为了解决基础教育的不公平现象,特别是针对上述的就近入学导致的居住区按收入的隔离,在小学升初中的阶段,部分地区实行了电脑派位制度。具体的操作方法是将一个大区内的几所"好""坏"中学搭配在一起,对整个大区内的学生进行随机抽签安排,从而促使基础教育资源所谓的公平分配。应当说,这一做法体现了在教育市场化改革中,人们对于基础教育机会公平目标的诉求。但是即使严格地执行这一制度,其结果也一定是无效率的。部分高能力的学生可能进入差学校,或者部分低能力的学生进入好学校,自然有损于人力资本积累最大化目标。同时,那些富裕家庭(或者有社会关系的家庭)有激励去避免随机的电脑派位,因此,这一制度在实行中遇到了很多的困难。《中国青年报》2005年5月9日的报道指出,北京的"小升初"电脑派位制度面临全面崩溃,那些有钱或者有权的家庭,在电脑派位之前,通过赞助费或者关系进入好的学校,而那些最终通过派位到低质量的学校报到的学生,一般都是"没钱"、"没权"、"没路子"的孩子。这一结果同样既不公平又无效率。

(三) 禁止择校和教育"乱收费"

当人们不满于就近入学的学校质量时,择校行为就发生了。择校成为一部分虽然没有买好学校附近的高价房,但却付得起择校费的家庭的选择,他们通过向学校支付一笔赞助费,就可以使子女获得优质的教育资源。在现实的争论中,人们对于择校行为的批评集中在两方面:第一,择校引起了社会不公平,出不起择校费的家庭无法获得优质的教育;第二,择校行为直接成为学校乱收费屡禁不绝的一个根源。因此,人们认为,只有严厉地禁止择校,才能杜绝社会不公平,制止学校乱收费。真的是这样吗? 问题没有那么简单。

正如我们在上一节中论述的那样,即使禁止了择校,只要优质教育资源是稀缺的,而住房市场上居民的居住地选择是自由的,那么富裕家庭仍然能够通过居住地的变换获得优质的教育资源,其结果还是高收入家庭获得高质量教育,这时候的房地产市场就会将学校的价值体现在高房价上。同时,即使取消了收费择校,人们仍然会通过其他机制来竞争有限的优质教育资源。在很多地区,推行素质教育要求初中在招收小学生时取消考试,而代之以对"能力"的考查。这时候,富裕家庭相对于低收入家庭就更有能力让自己的子女通过接受昂贵的才艺培训,发送"高能力"的信号,其结果仍旧是穷人家的孩子,特别是穷人家的高能力孩子受损。在缺乏公开透明的价格机制的情况下,还有一种获取优质教育资源的办法就是直接贿赂配置教育资源的官员和校长。

当然,这并不是说教育高收费有理,但是我们必须清楚,减少教育高收费的根本在于加强学校间(特别是私立学校间)的竞争,学校间竞争激烈了,学校就将有激励通过降低收费来吸引学生,并且为低收入家庭的高能力孩子提供补贴。而在学校间缺乏竞争的情况下,无论是取消择校还是降低学费,都只会使得居民对于优质教育资源的竞争转向房地产市场。一方面,这将使得教育质量被进一步地"资本化"为房地产价格,使房产所有者而不是学校得到这部分收益。另一方面,这也使得一部分可以不购买好学校周围的房子但却愿意支付择校费的家庭,少了一种获得优质教育资源的渠道,而这部分家庭往往是那些并不富裕到足以买好学校周围的房子的中低收入家庭。

(四) 教育的过度均等化

在基础教育领域内,还有一种政策建议就是义务教育的完全均等化。如果这一政策在省一级实行的话,必然会使得地方政府没有激励去办好教育,同时地方政府也会夸大教育成本,相互搭便车。这种情况下,虽然可以实现教育的均等供给,但是教育的成本会大大增加,进一步造成房地产价值下降、经济发展受损和政府财政收入缩水。这在美国的教育改革中已经有前车之鉴。Hoxby 和 Kuziemko(2004)的研究发现,美国得克萨斯州的教育均等计划每年动用的资金达到 300 亿美元之巨,但是,这一计划较少使用相对有效的一次性总额再分配手段,而过于依赖于高额的边际税率。结果是,虽然这一计划成功地将富裕地区和较穷地区的生均支出差距减少了 500 美元,但是由房产价值下降等原因却损失了生均 27 000 美元的财产财富。现在,这项计划已经趋于破产而被放弃。

如果教育均等化政策在一个财政单位内(比如一个市内部)实行的话,过度的均等化也可能是得不偿失的。首先,即使我们能够实现学校投入的均等,但是如果依旧实行就近入学政策的话,仍然无法实现学校质量的均等。要知道,学校的质量并非只由投入决定,还取决于学校的师资和学生的平均质量。Epple 和 Romano (2000)已经证明,在就近入学政策下,同样以居住地搬迁为途径的教育群分仍然会出现,最终结果将会是以收入分层的教育资源配置结果。其次,在教育资源总量约束的情况下,义务教育的完全均等化必定意味着所有学校的质量向中间学校靠拢。这样虽然使得一部分学生获得了收益,但是好学生并没有获得好的教育,同时这一地区也失去了真正意义上的好学校,从而导致总体的教育质量下降。那些对教育需求特别强烈的家庭,就会以脚投票,离开当地。但是,这些家庭往往就是受过高教育的富裕家庭,他们的离去会显著地影响一个地区的税基、人力资本和经济活动水平。此外,教育完全均等化必定是排斥私立学校提供教育的,这也导致了竞争不足和教育投入的组织效率损失。所有这些结果最终都将由搬迁能力较差的低收入家庭来承担,从而与教育均等化的初衷背道而驰。

四、教育改革:市场化的方向与方式

中国出现的教育不均等的现象,本质上不是因为中国采取了教育市场化改革的方向,而是因为教育市场化改革的方式没有经过科学的设计。本文的理论分析说明,教育财政的分权、地区间和学校间的竞争以及合理的价格机制是有效利用教育资源的必要条件。但是,简单的教育市场化并不能保证教育资源的有效利用,政府通过政策的干预或者机制的设计进行适度的均等化能够实现教育公平和效率兼得。因此,中国进行的教育市场化改革,不是方向的问题,而是方式的问题。有鉴于此,我们提出几点针对市场化方式的政策建议。

1. 保证地方政府的公共教育投入,明确建立教育财政的独立预算。

在中国,地方政府对于财政如何分配具有很大的自主权。为了经济增长的目标,地方政府往往相互搭便车,降低对于教育等领域的投入,所以,保障地方政府对于公共教育的投入就是一个首要前提。我们认为,建立独立的教育财政预算或者规定教育投入的比例,不仅可以防止地方政府减少对教育财政经费的投入不足,也可以使中央能够更好地监督地方政府的教育财政情况,并为必要的补贴提供依据。

2. 对落后地区和农村实施教育财政补贴,适度地缩小地区间基础教育差距。

由于现实中存在着户籍政策等限制人口流动的制度,因此,通过以脚投票的方式来表达人们对公共品需求的机制不完全有效,这一方面使得地方政府基础教育的投入可能不会达到最优规模,一方面使得难以流动的家庭的孩子更加无法获得充分的教育投入。因此,一定程度的中央(和省级)财政配套补贴也是可以提高教育资源的配置效率的。但是,从长远趋势来看,随着劳动力的跨地区流动越来越充分,中央财政补贴的收益将相对越来越低,成本将相对越来越高。

3. 鼓励民办教育的发展,促进学校间的竞争。

放松基础教育市场的管制,降低市场进入和退出壁垒,建立一个竞争性的基础教育市场,才能同时促进教育资源的配置效率和组织效率。地方政府应该切实地贯彻我国的《民办教育促进法》,鼓励更多的资源投入教育领域,让私立学校提供更多的教育资源,并通过竞争(特别是好学校之间的竞争)来促进教育资源的配置效率和组织效率实现。而前些年里,通过将好学校民营化而产生的私立学校却垄断了优质教育资源,缺乏竞争对手,没有通过降低学费和为低收入家庭的高能力孩子提供补贴来提高生源质量的激励,这是非常典型的市场化的方式错误。正确的做法是在学校民营化的同时,促进学校在地区内部和地区之间进行竞争,而不是对竞争进行限制。

4. 设计合理的教育券制度,建立有效的奖学金制度,促进教育的机会公平。

政府还可以利用教育券制度,进一步扩大低收入家庭获得优质教育的机会。可以设计一种合理的教育券机制,促进低收入家庭的高能力者获得优质教育资源,同时,不仅使得高能力者获得更多的人力资本积累,也能够补贴低能力者的福利损失(Epple 和 Romano,2002)。同时,政府也可以对那些低收入家庭的高能力学生发放奖学金(或通过学校发放),促使他们有更多的机会获得高质量的教育。

中国能否在长期内保持自己的比较优势,从而获得持续的经济增长,在很大程度上就取决于能否有效利用稀缺的教育资源,实现人力资本积累的最大化。教育财政的分权、学校间的竞争和合理的价格机制能够提高基础教育资源的配置效率和组织效率。在一定程度上,通过教育券、奖学金和财政转移等机制向低收入人群和地区提供补贴,不仅有利于公平,也有利于效率。因此,教育产业化的方向本身并没有错,但教育产业化的方式必须经过科学的设计。目前教育市场上的种种不合理的现象,往往是由于没有采取科学而有效的教育市场化方式而导致的。如果不尽早地走出这个误区,不仅会影响到教育资源的有效利用,而且会使得高收入群体不满于国内的教育,而最终以"用脚投票"的方式将孩子送到国外读书,这对于中国的教育产业和未来的社会经济发展将形成致命的打击。

本文认为教育的市场化是教育资源有效利用的方式,但是,这绝不是说政府应该退出教育市场。事实上,我们一再强调了政府通过提供公立学校或者提供教育券等方式来履行有效利用教育资源的义务。教育市场化和政府调控并不是二选一的关系,而是一种相互补充和促进的形式。轻言教育产业化为祸水,从而禁止教育产业化,无益于促进基础教育的机会公平和提高教育资源利用效率,而是鱼与熊掌兼失。

注释

① 这里的地方政府对应于英文中的"local government"的概念,这一概念并不包含对于政府级别和管辖范围的限定,只是说这一级政府提供着当地居民可以享受,而其他居民无法享受的公共产品和服务。

② 同群效应(peer effects)是教育经济学中的重要概念,这一效应简单地就是说学生的成就不仅取决于自身的能力,同时也取决于同伴的平均能力。好的学校之所以是好学校,很大程度上也是因为学生本来就很优秀,并且相互之间产生积极的影响。在 Ding 和 Lehrer(2005)的实证研究中,同群效应在中国也同样存在。

③ 对于理解教育和大白菜等普通商品的不同,同群效应是第一个重要的方面。如果是在大白菜市场上,卖菜的人就没有激励去补贴那些特别喜欢吃白菜的低收入家庭了。

④ 对于理解教育和大白菜等普通商品的不同,隔代效应是第二个重要的方面。

⑤ 经济学家还发现,过大的收入差距对缓解贫困、提高社会流动性、增进健康、促进信任和保护环境不利。

参考文献

① 丁维莉、陆铭(2005):"教育的公平与效率是鱼和熊掌吗? 基础教育财政的一般

均衡分析"，《中国社会科学》第 6 期。

② 郝文武（2000）："义务教育更不能产业化"，《上海教育科研》第 3 期。

③ 刘超良（2001）："'教育产业化'的人文思考"，《教育探索》第 5 期。

④ 陆铭、陈钊、万广华（2005）："因患寡，而患不均：中国的收入差距、投资、教育和增长的相互影响"，《经济研究》第 12 期。

⑤ 王善迈（2000）："关于教育产业化的讨论"，《北京师范大学学报（人文社会科学版）》第 1 期。

⑥ 张晓波（2002）：《中国教育和医疗卫生中的不平等问题》，《转轨中国：审视社会公正和平等》，中国人民大学出版社。

⑦ Ding, Weili and Lehrer, Steven F. "Do Peers Affect Student Achievement in China's Secondary Schools?" The *Review of Economics and Statistics*, 2005.

⑧ Epple, Dennis and Romano, Richard E., "Competition between Private and Public Schools, Vouchers, and Peer-Group Effects", *American Economic Review* 88, 1998, pp. 33 - 62.

⑨ Epple, Dennis and Romano, Richard E., "Neighborhood Schools, Choice, and the Distribution of Educational Benefits", NBER Working Paper 7850, 2000.

⑩ Epple, Dennis and Romano, Richard E., "Educational Vouchers and Cream Skimming", NBER Working Paper 9354, 2002.

⑪ Evans, William and Schwab, Robert, "Finishing High School and Starting College: Do Catholic Schools Make a Difference?" *Quarterly Journal of Economics*, 1995, pp. 941 - 974.

⑫ Fernandez, Raquel and Rogerson, Richard, "Sorting and Long-Run Inequality", *Quarterly Journal of Economics*, 2001, pp. 1305 - 1339.

⑬ Hoxby, Caroline M., "Is There an Equity-Efficiency Trade-Off in School Finance? Tiebout and a Theory of the Local Public Goods Producer", NBER Working Papers 5265, 1995.

⑭ Hoxby, Caroline M., "Does Competition among Public Schools Benefit Students and Taxpayers?", *American Economic Review* 90, 2000, pp. 1209 - 1238.

⑮ Hoxby, Caroline M. and Kuziemko, Ilyana, "Robin Hood and His Not-So-Merry Plan: Capitalization and the Self-Destruction of Texas' School Finance Equalization

Plan ", Working Paper, Harvard University, 2004.

⑯ Tiebout, Charles M. , "A Pure Theory of Local Expenditure ", *The Journal of Political Economy* 64, 1956, pp. 416 - 424.

⑰ Tsang, Mun C. , "School Choice in the People's Republic of China ", Working Paper, Teachers College Columbia University, 2001.

⑱ Wan, Guanghua, Lu, Ming and Chen, Zhao, "The Inequality-Growth Nexus in the Short and Long Runs: Empirical Evidence from China", *Journal of Comparative Economics* 34, 2006, No. 4, pp. 654 - 667.

公共服务与社会发展

民间组织与公共服务：
关系、路径与边界

复旦大学社会发展与公共政策学院　　王川兰

[内容提要]　进入 21 世纪,民间组织在社会各个领域发挥着积极作用。然而,由于相关制度建设的滞后,民间组织与政府组织在彼此的关系、职能及监管等问题上存在着很多不尽合理的方面,民间组织的利益、权利的维护方面也缺少相应的制度保障,这些因素已经成为制约民间组织进一步发展壮大的瓶颈。针对这些问题,本文从过程分析和制度建构的维度出发,剖析民间组织、政府与市场在公共管理职能领域的相互关系;民间组织在政府机构改革和公共职能转化中发挥的积极作用;民间组织对政府公共管理的影响等等。在此基础上,运用委托—代理理论探索民间组织履行政府转移的公共职能的合理性与合法性边界;民间组织转移、替代公共职能的有效路径;民间组织在当前实践的程度与未来的发展取向等,寻求一种适合我国当前社会改革阶段,促使民间组织与政府、市场共同发展、互为平衡的制度架构和治理模式。

民间组织,通常也被称之为非营利组织(NPO)或非政府组织(NGO),是介于政府和企业之间的一切社会组织,其基本内涵是不以营利为目的,积极参与公共服务和大众福祉的组织和团体,具有非政治性、非营利性的特征,主要包括社会团体、基金会及民办非企业单位三类形式。民间组织担负着不直接产生利润的社会职能,专门提供那些不能由企业及政府充分提供的社会服务和公共产品,具有公共或准公共的性质。①

一、政府、市场与民间组织的关系格局

(一) 政府对民间组织的调控与分权

当前情况下,可以把政府对民间组织实行的管理政策概括为调控与分权两方面。调控主要是指政府对民间组织的管理实行的是独具特色的行政管理措施,实行分级登记与双重管理体制,按照1998年颁布的几个新条例和新规定,②对 NPO 的登记注册及日常管理实行登记管理部门和业务主管单位双重负责的体制。同时,为了避免民间组织之间开展恶性竞争,条例禁止在同一行政区域内设立业务范围相同或相似的 NGO。这样的制度设计的优势在于可使政府登记部门对于民间组织行使特别的监督权,使其不至于违法或不当,同时业务主管单位给予其以特别的指导和照顾,促成其完成法定任务,发挥功能,克服了单一行政管辖带来的对各个行业缺乏认识的缺陷。不足之处和双重管理体制和传统计划经济下的政府管理体制有关,很大程度上限制了民间组织的自治性质与自由竞争,造成大部分 NGO 处于多头管理的状态。

关于分权的概念,J.密尔早在几百年之前就曾指出,在政府与人民都可以尝试的领域可让人民自己去体验,这么做的好处将大大多于政府介入带来的效果。该理论的出发点就是对政府权能的限制,是基于对有限政府的推崇及对社会民间力量的信赖。③而在现代政治理念中,分权的概念和政府职能转变与机构改革密切相关,主要表现为从重塑国家和社会间权力关系的角度实现政府逐步放

权于社会,强化社会(以社会组织为主要代表)的权力和自治能力,从而实现有效的国家治理格局。由此可见,无论是古典理论家还是现代学者都更多地偏向于提倡政府还权于民、避免过多地参与社会经济的直接管理。这些无不表明政府的部分公共职能向社会转移,即通过多种途径让民间组织替代履行的必要性和重要性。因此,此处的分权是指政府把一部分公共职能与公共服务转移给民间组织行使,让民间组织逐渐承担起部分行业自律、经济管理、社会服务等职能。

(二)市场对民间组织的需求与促进

民间组织与市场之间存在着一种互补性的联系。随着全球化竞争市场的形成,中国在加入 WTO 之后各种贸易摩擦会增加,反倾销、反补贴的案例会层出不穷,迫切要求大力发展行业协会等经济中介与服务组织来承担起政府及市场无法提供的功能。在应对入世方面,行业协会有着天然的优势。由于世贸组织对 NGO 的行为并没有直接干预的权力,行业协会可以在 WTO 规则之下对会员企业进行政府所不能的公开保护。单个企业难以面对和承担国际商业争端和跨国诉讼,企业需要联合起来,整合力量,需要行业协会在协调市场、协调价格、组织反倾销、反补贴及应诉等行动中发挥作用。这方面,以温州商会为代表的民间行业协会在维护民营企业参与全球竞争的权益保护方面开了很好的先例。此外,国内经济市场的进一步完善也需要大量公证、监测、质检、评估等市场中介服务组织的发展作为其必要的配套服务体系。所以,在国内外经济市场的刺激推动下,一大批经济服务类民间组织应运而生,发挥着弥补"市场失败"和"政府失效"的积极作用。

(三)建构民间组织的社会性功能

著名政治理论家托克维尔曾着重阐述社会中介团体的培育和

发展对国家而言的重要性。他认为结社就是在公民和政权之间人为地仿照出一种中间权力。这些社团"都像是一个个不能随意限制或暗中加以迫害的既有知识又有力量的公民,它们在维护自己的权益而反对政府的无理要求的时候,也保护了公民全体的自由"。④事实上在世界主要发达国家,公众已越来越倾向于依靠非营利组织去寻求解决困扰国家的各种亟待解决的社会问题。

在中国,伴随着"单位国家"走向终结进程,原有的单位福利保障体系宣告终结的同时,为避免"单位社会消解"可能出现的社会的"原子化",人们开始意识到着力建设独立于国家、单位、市场之外的社会支持体系的重要性。⑤原来由国家、单位承载的公共职能开始逐渐让渡给真正意义上的"社会","这种新型公共性催生了一种从市民社会中离析出的公共领域,能满足结构日益分化、利益日益多元化的社会需求。在公共事务的治理中出现了非政府组织、基层自治组织等新型的社会治理主体,它不仅改变了社会的治理结构,而且还增加了社会主体结构的和谐性"。⑥可见来自"民间组织"的力量在公共治理的框架中发挥着日渐重要的作用。由此,原先由国家及单位垄断的公共性领域被打破,社区发展和民间组织建设成为当代中国社会建设的重要内容。民间组织在提高人们的知识文化水平、提供医疗保健、资助艺术事业以及为穷人营造安全保障方面有着独特的优势,令企业和政府都望尘莫及。因此,这种"新公共性"构建的意义在于寻找新的社群生活,人们可以通过民间组织为代表的"社群"构建一种更广泛意义上的公共性道德与社会性功能。

二、民间组织发展的现状、问题与路径

(一) 现状:在有序与无序之间

改革开放之后,市场经济迅速发展,社会结构加速转型,旧的国家秩序已经打破,新的社会秩序尚在完善当中,导致了我国民间组

织是在宏观构架变迁中生存与发展起来的，存在着很多不规范不完善的地方。据保守估计，中国各类非政府组织大概在 300 万左右，其中经相关部门登记注册的仅 26 万多。⑦换言之，虽然中国的 NGO 数量巨大，但"中国 90%以上的 NGO（民间组织）实际上未获得现行法律的认可，也无法得到应有的保障，发展受到制约"。因此，就民间组织在现阶段来说，还不能构成一个整体的"第三部门"，它们像一盘散沙，支离破碎地散落在社会中。⑧大量体制外的民间组织无法获得法定的地位与保障，其生存与发展都属于政府管理指向之外。其中情况较好些的是以转登记的方式，即挂靠在其他组织之下或通过注册成立工商企业的形式从事慈善或者志愿活动；比较糟糕的那些活跃在社区基层的组织，特别是数目巨大的"草根"组织，由于严格的准入条件与政策管制，或者找不到相应的业务主管单位，无法在民政部门进行注册登记，往往以地下和半地下的形式开展活动，处于政府部门管辖范围之外，是相关政策法律调节规范的死角。因此这些草根组织的性质、组织及行为都处于自由化状态，容易出现营利诉求或者非法行为，影响非营利组织的社会公信度，造成社会无序混乱的局面。

综上所述，民间组织中的绝大部分被排斥在法律登记与管理系统之外，因此作为一个整体概念而言，民间组织的发展依然处于有序与无序之间，甚至其无序的程度大大高于有序的性质。这是转型时期中国民间组织的一个基本状态，它还无法成为一个与政府、市场平等对话的独立部门，"难以动员大量的社会资源，缺乏一个完善的政策法律环境，从而难以从整体上得到社会成员的普遍认同"。⑨

（二）问题：价值、功能与体制的多重冲突

与改革开放中社会巨大变迁带来的需求相比，我国的民间组织显得先天不足、后天弱质。大部分社团及民间组织遭遇人力资源缺乏、经费短缺、能力不足、社会公信度较低等问题的困扰，发挥的作

用非常有限,面临着政府规制、市场挤压等多方面的冲突与挑战。

首先,民间组织面临价值诉求上的冲突。西方非营利组织、公民团体的发育完善很大程度上得益于内含于西方社会文化中的、与市场经济相适应的普遍的公民意识、自治观念、法制观念、契约精神、公益精神等,⑩ 而中国的民间组织缺乏这方面的社会文化土壤。随着国内市场经济价值观的大行其道,我国传统的社会价值体系和道德伦理观念受到巨大冲击,市场化发展带来的拜金主义、利己主义、等价交换等成为社会的共识,非营利组织发展必不可少的志愿精神、公益精神和社会资本严重不足。这些都成为中国民间组织发展的价值障碍。

其次,民间组织面临角色功能上的冲突。民间组织最主要的功能是提供公共服务,无论是给政府做咨询,还是给基层的老百姓提供帮助,都需要专业化的服务。而在服务的背后,民间组织需要真正发挥自我组织、自我管理与社会治理的功能,必须具备专业化的人才队伍与管理机制。现实中,中国的非营利组织一般规模都较小,资金与人力资源不足,筹措能力比较低,动员社会资源的能力也比较弱。在绝大多数受到政府支持的自上而下的非营利组织中,工作人员几乎都来自政府机构,有许多还是从第一线退下来的离退休人员;很多自下而上的非营利组织则没有或几乎没有固定的人才渠道,定员和编制极为有限,主要依靠志愿者开展活动。专业管理人才的缺乏也造成了组织管理不规范、不透明、不民主等问题,同时又缺乏科学评估和社会监督,上述这些情况严重影响着非营利组织的健康发展。

再次,民间组织面临体制结构上的冲突。要突破现行体制和结构的刚性,如果仅仅依靠民间组织这一自下而上的社会力量显然过于薄弱。从制度理论的角度来说,政府部门与民间组织是利益不对等的主体间的一种博弈关系,并且可能存在着一方是规则制定者与资源垄断者的情况,是一种不平等不公平基础上的合作博弈结构,博弈结果将是非均衡的均衡。这即是说，不是内生于博弈均衡的合作制度安排不具有稳定性。因此，构建这一制度变迁机制，仅有政府的合作意愿还不够，还必须要有一种确保政府与民间组织间能够平等对话的机制介入到该博弈过程，改变原博弈格局下的极度不对等关系。换言之，使"合作"策略成为政府与民间组织的理性选择必须满足以下两个必要的条件：（一）政府与社会组织必须在保证各自相对利益的情况下选择"合作"策略；（二）必须保证政府与民间组织"合作"策略获得的收益，无论是在单方面还是在双方面超出"非合作"策略的收益。只有在这种体制结构安排下的合作才是互利双赢的，比较有效与稳定。

最后，民间组织面临管理制度上的冲突。在目前的制度框架内，登记成立的民间组织，除了象征性地接受财务管理方面的"年检"之外，没有任何日常性的评估和监督管理方面的制度约束，同时也难以落实有关公益事业的减免税待遇。其结果是，近年来愈演愈烈的公益腐败现象，包括挪用巨额善款进行非正常投资等案件的出现等，根本原因在于非营利组织长期存在的管理制度的缺陷，主要表现为支持制度和配套政策的缺失。如，在非营利组织的登记注册、监督管理、优惠税制等诸多方面，不仅约束过严，且彼此不配套、不到位，严重影响着非营利组织的发展。同时，在基本的制度建设方面，如理事会制度、社会监督机制、财务公示制度等方面，[11] 现行法规和政策上并没有具体明确的要求，也使得民间组织容易钻政策法律的漏洞，导致社会公益事业遭到人为破坏。

（三）路径：规范、有序与限度

由于中国民间组织在双重管理体制下的登记困境和税收法律体系不完善造成的公益不足，民间组织承接政府转移的公共管理与公共服务职能，其实现的路径应该是一个规范、有序与限度的进程。

第一，加强民间组织的规范化，推行依法设立、分类管理的策略。在这方面,日本做得比较好,按照不同性质的社团组织进行细分,并且施以不同的管理方式。日本的经济团体按照法律地位不同分为有法人资格的团体和无法人资格的团体,有法人资格的团体又包括公益法人和特殊法人,在登记管理制度上会参照法律规定对不同类型的民间组织区别对待,分类管理。我们可以更多借鉴国际的这些成功经验,实现政府与民间组织间规范化的职能转换。国内学者王名指出,要改变中国 NGO 的现状,最重要的是要改变中国 NGO 现行的登记监管体制,并以此为基点构建一个全新的法律制度框架,建立一个民间组织科学分类基础,包括备案注册——登记认可——公益认定的三级民间组织准入制度。对于满足特定条件的民间组织实行具有强制性的登记许可制度,搭建一个登记和认可的制度平台,由国家授权的监管机关根据相关法规进行受理、分类、登记并予以认可。对民间组织应实行更加严格的公益法人认定制度,对于被认定为公益法人的民间组织,国家一方面给予财政和税收等方面的优惠待遇,另一方面进行更为严格和规范的行政监管及社会监督。[12]国内外无数实践证明,在提供公共服务方面,规范的管理比强大的组织更有效,建立民间组织规范化的登记管理系统刻不容缓。

第二,民间组织的有序主要表现在自律与他律两方面。自 20 世纪 90 年代起,西方社会与媒体开始关注非政府组织的丑闻,主要表现为财务问题、渎职受贿及性侵害等。其中尤以美国联合会(United Way of American)的贪污案最为著名,类似的案例在各国第三部门中都存在,反映了民间组织缺乏内外部的有效监督机制。因此,对于民间组织可能发生的错误及不当行为,政府及公众需要联合起来,进行高度的问责与监督,建立民间组织的经济、道德、政治及绩效等方面的风险评估与管理系统。针对这一问题 Gibelman & Gelman 认为可以从三方面强化,包括增加看门狗机构(watchdog agencies)、建立伦理守则和强化政府监督[13]。

第三,在民间组织发展中应该遵循限度标准。法德模式对我们国家民间组织发展具有一定参考价值。德国、法国都属于后发追赶型国家,经济发展的国际条件相对较为不利。在市场经济调控模式上没有一味采取英美自由主义的路线,政府在经济调控中占有重要地位。相应的,政府对民间组织的干预较大,其国家主义色彩较为浓厚。同时,法德两国是典型的大陆法系国家,与我国大陆法系的国情制度相吻合。而我国作为后发国家,既面临着巨大的机遇,也必须直面严峻的挑战,只有政府进行适当的调控,经济与社会才能稳定有序地发展。因此,可以学习借鉴法国、德国民间组织的管理经验,一方面扶植有发展潜力的非营利组织,另一方面通过政府适度有限地转移一些具体可操作性的职能给民间组织,避免放权过度可能引起的麻烦,实现政府公共职能的社会化路径转移。

三、委托与替代：民间组织履行
公共职能的边界分析

必须承认,中国目前绝大多数公益事业组织仍然属于政府工作的延伸部分,短期内政府的作用依然是主导,新的民间的、社会的要素与行政本位的传统公共性两者之间依然会在很长一段时间内"共存"。如果忽视公共领域构造转换的长期性和复杂性,盲目地以民间组织替代政府的作用,就有可能会出现"官退"而"民未进"的困境,导致公共治理主体的缺失,造成国家及社会管理的失灵。因此,民间组织应该有限度地承载政府转移的公共管理与公共服务。本文从委托与替代的二维视角出发分析民间组织的边界性问题,探求民间组织承担、履行公共职能的合法性与合理性范围。

（一）授权委托：一种政府引导式的合作

从本质上讲,授权委托可以理解为政府将社会服务与管理的权限通过参与或民主的方式下放给社会中间部门,让它们自我服务、自我管理,激发他们的创新精神。[14] 委托模式对于实现政府职能的转变具有重大的制度创新意义。通过这种新型的制度设计,可以实现政府一部分公共职能向社会领域功能上的转移和分离下传。

委托模式已经成为政府职能转变的主要实现方式之一,在实践领域中的作用日益显著。由于民间组织从事社会活动所耗费的成本要低于政府部门,尤其是在劳动力方面。[15] 所以将部分公共物品的提供交由非营利组织完成,既可以减轻政府面临的增加公共物品的压力,又不会应增加财政投入而加重纳税人的负担。适合通过政府委托授权的领域主要包括公共项目、工程建设、技术性合作、公共服务外包等内容,比较适用于专业知识和技能服务含量高的民办非企业单位和专业协会,如民办学校、医院、福利院、社区服务中心、职业培训(介绍)中心、研究所等等。

实现政府对民间组织的授权委托,需要妥善处理职能委托的方式、手段与途径等问题,即通过何种方式实现这一委托过程。就政府—社会这一自上而下主动式转移路径来看,大致包括以下几种委托方式:

1. 授权合作式委托

在以往由政府垄断的社会发展领域中,政府可以主动提出与非营利组织合作从事一些社会发展项目。主要表现为是由政府授权或出资,非营利组织提供人力、技术、管理和服务,从而建立一种授权—委托的服务关系模式。政府与民间组织之间存在着一种依据各自比较优势进行分工,即政府负责资金动员,非营利机构负责提供管理服务,合作可以使双方发挥出各自的优势。

为了促进经济社会的协同发展,同时也是为了提高政府管理的绩效,政府不但要允许甚至还应主动推动行业协会和其他中介组织的发展,通过逐步委托,赋予它们充分的自主权和在其自身行业领域的公共管理职能。在社会经济领域,政府与民间团体的委托式合作已经取得了初步的成功。市场中介组织与行业协会,作为市场媒介和载体的中间组织承担起原先由政府机构行使的管理和监督职能。比较典型的如,中国轻工总会、中国贸促会、中国国际商会、中国软件协会等各类行业协会都在各自的专业领域发挥着原先由政府一手包办的作用。以政府和行业协会之间的密切合作为基础的"行业管理模式"应运而生。行业协会成为连接企业与政府的桥梁,并且还发挥着企业和政府都无法承担的"行业自律职能"。此外,在其他一些特定的方面,如市政管理等,政府通过向民间组织授权合作也已取得了良好的成效。

2. 项目合同式委托

公共服务项目式委托主要指政府通过与专业团体、协会签订合同协议等方式实现职能的委托,也可以理解为政府,主要是公共福利部门就一些社会服务项目外包给特定的社会服务机构来完成的委托形式。通过政府职能向民间部门的权力下放及职能转移可以实现政府职能的社会化、民营化。授权委托民办非企业单位等非营利机构进入以往由政府或国有企业所经营的行业,打破国家垄断。合同委托与授权委托的最大区别在于前者具有合同这一规范的授权形式,内容更侧重于专业性的公共服务,而后者专注于公共管理的社会化,实现形式也较为灵活多样。

接受政府项目委托的社会服务组织大都来自民间,与居民的关系非常密切,可以更灵活地适应民众需求。因此,政府并不需要直接办理服务机构,而是由民办机构去提供服务。该模式表明以公共福利服务为主的非营利组织应该由民间来经办,与政府形成一种合作关系。政府负责规划福利组织的发展方向,确定资助的总额和去向。民办服务机构可以平等地通过竞争机制获得政府的资助,签订服务委托合同,提供政府规定的服务品质。

3. 其他委托方式

除了上述两种主要的类型,政府作为组织协调和管理者而非包揽一切的角色,还可以通过制定税收政策、政府补贴、特许经营、股权投资以及发行有价债券等多元化方式,与民间组织建立合作联系,为公众提供少花钱、多办事的服务。

在委托模式中需要注意的是应防止某些组织或者协会由于获得政府的授权而形成新的垄断,在成本和效率方面不进反退,导致对公众利益的损害,以另一种方式回到政府改革的起点。在这方面我们已经有了不少的失败教训,应该引以为戒。

在实现合同式委托的过程中,会出现私营企业能否参与竞争的问题。按照公平原则,只要企业也能提供社会所需的公共物品,应该具有与非营利机构公平竞争的机会。有关这个问题应该一分为二来看。一方面,政府虽然可以把所承担的公共服务业务,如城市清洁、公共设施维护、在职培训等工作面向社会,让私营组织和非营利组织展开竞争,而且在这些方面私营企业的经营还非常成功。但是不容忽视的一点是在体现救济、扶助弱势群体、减少社会不公、实现公平正义等方面,营利组织(私营企业)是无能为力的。市场的利润原则决定了企业无法承担起公共福利事业。政府可以把部分的掌舵职能民营化,但是不能把治理的全过程民营化。拿奥斯本等人的话来说,第三部门在完成微利或者无利可图的任务,需要有同情心和对个人关心尊重的任务,需要顾客或当事人方面具有广泛信任的任务,需要亲自动手和直接关心的任务(例如日托、咨询和对残疾人和病人的服务)以及牵涉贯彻道德准则和个人

行为职责的任务方面倾向于更胜一筹。[16]所以,在某些涉及公共利益和特殊人群福利的领域,政府的职能只能由民间组织来委托行使。

(二) 有限替代:一个自发导向式的过程

替代模式是民间组织履行公共职能的另一种主要模式。它主要是指民间部门中的一些社会自治团体或机构通过独立自主,积极

主动地开展活动,从而在事实上起到了替代政府部分公共职能的效果。委托模式往往表现为项目合作、合同承包和资金投入等形式,侧重于一个个具体的任务、项目、工程与服务;而替代模式无需政府特定的授权及参与,而是民间组织自主自觉地开展公益性活动。变通以政府提供公共服务、公共产品的单向途径为民间组织主动参与公共管理的双向互动。这类活动主要限于社会领域,非营利性、非政治性是其基本特征,政府只需给予一些政策上的认可和支持就足矣。

如果说行业协会等民间组织是通过政府权力的授予来行使一定的公共职能,体现的是政府自上而下的主导作用,那么第三部门中的一些民间自治团体或社团则更为体现社会自我组织、自我管理的性质,是今后民间部门发展的重点领域。比如在各大城市和经济发达地区发展异常迅速的社区自治组织,就完全由社区居民自发组织,行使保障社区安全卫生、管理社区公共设施的职能。而在幅员辽阔的农村地区一些村民自治组织也正悄然兴起,如让村民组织起来监督和遏制无法无天、贪污腐败的基层干部等等,其结果往往比国家机关直接出面更有成效。此外,在政府处理国际事务中,民间组织也可以成为政府合作的好伙伴。在一些不便政府出面的场合,可以由非政府组织来代为应付。比如在处理一些比较敏感的国际政治、经济及外交等事务时,可以允许一些民间的维权组织打头阵,试探事态发展走向,以便谋求下一步应对之策。非政府组织的活动由于不带官方色彩,可以减缓政治的敏感性和紧张压力,处事也更为灵活,有较大的回旋余地,往往能收到更好的效果。

除了数量众多的民间自治团体,民间组织中还包括了大量的经济类非营利组织。诸如公证和仲裁机构,资产和资信评估、鉴定机构,产品检测、质量认证机构,工程监理、验收机构,信息咨询机构,人才交流中心,各种基金会等等。这两大类非营利组织的产生发展是市场化改革的产物,一方面由于其非营利性和公益性,能够与政府公共管理与服务职能达成某种程度的契合;另一方面,民间组织的志愿性和专业性又能保证它所提供的公共产品能够实现比政府更低的成本和更好的品质。由此可见,民间组织对公共管理事务地主动参与客观替代将是未来政府管理转变的主要趋势之一。

当然,由于我国的民主化进程尚处于起步阶段,制度改革和创新还是主要由国家及政府来推动。在国家与社会的关系中,国家依然处于主导地位,所以这些民间自治组织的出现及成立不可能离开政府的默许或认可。政府最基本的作用是引导这些非营利组织的健康发展,一般不需要直接介入其具体的活动和管理。所以这部分非营利组织的民间色彩更浓,独立性也更强。与委托模式的区别在于,替代模式更倾向于借助社会公众代表的广泛性和参与的主动性,是一种自下而上的主动替代与参与承接。

(三) 民间部门公共性的边界界定

由于公共管理的领域及内容过于庞大复杂,并且社会转型期的宏观环境决定了民间组织变动发展的基本特征,很难精确罗列民间组织承接、替代政府公共职能的内容。而如果要追求政府和民间组织的整合效益,就必须保证双方组织上的独立,明确互相的责任,换言之,在民间组织与政府部门之间存在着一个合理的边界,任何一方越界都会破坏已经或者可能达成的合作均衡。因此,本文从这一角度提出了公共性边界的界定原则,作为民间组织履行公共职能的合理性与合法性标准。

1. 政治性边界

无论哪一类社会组织,当其活动内容和目标指向政府期望的公益性领域时,政府一般会给予相应的支持和扶助,而如果超出这一范围则会受到相应的限制。小范围互助性的组织目标会得到政府主管部门的一定认可,而大范围参与性的目标需要参考与政府的政策诉求和政治需要的吻合程度而定。吻合程度高的将会得到相应的支持或认可，吻合程度低的则会受到相应的制约或甚至压制。⑰因此，处于转型时期的中国社会，社会组织履行公共职能的政治性边界也在发生着某些深刻的变化，趋于消除解制与民主开放，然而这种变化是渐进的，并受到政府的主导和控制。

2. 社会性边界

作为民间力量，社会组织便于从事一些带有风险的、前景不明确的社会性活动，由此减轻政府在这方面的压力。中国作为发展中国家，悠久的历史、传统、文化对现代化而言既是笔财富也是种束缚，同时由于在政治经济各方面都存在着不足，许多发展活动有政府来组织开展不一定能取得很好的效果。例如有关艾滋病、同性恋的防治与教育等重大社会问题由非政府组织来尝试和推广，成功的可能性就较大。所以政府应该通过向民间部门下放权力、委托职能及转移风险来实现政府管理的革命，从一些棘手的社会问题中抽身而出，避免过多地陷入吃力不讨好的境地，把广大的社会领域还给更能担当其责任的非营利部门。这是社会组织履行公共职能的社会性边界。

3. 经济性边界

从经济学意义上来看，政府、社会与市场三者之间，在其关系结构形成与发展的不同阶段，融合与分离机制发生作用的强度不一样。首先，在过去很长一段时间内，国家吸纳社会，融合机制起着主导作用，社会组织、社会团体被融合于政治系统之内。在国家进入全方位改革发展时期，融合机制的作用将逐步减缓，分离机制逐渐发挥作用，民间社会开始形成具有独立的空间。其次，融合机制与分离机制的作用都存在一定的惯性。也就是说，融合（或分离）一旦发生，就将沿着其固有的方向持续下去。在没有人为干预的情况下，只有等到出现融合不经济⑱（或分离不经济）时，融合（或分离）才会受到遏制，并有可能由融合为主转化为分离为主（或由分离为主而转为合作为主）。以此为划分尺度，政府与社会组织的关系应该处于分别以融合与分离为两端的谱系间的某一个均衡点上,这是社会组织履行公共职能的经济性边界。

注释

① 王川兰:"委托与替代:第三部门履行公共职能的模式研究",《上海行政学院学报》2003(1),第 59 页。

② 这里指《社会团体登记管理条例》(1998)、《民办非企事业单位登记管理暂行条例》(1998)和《基金会管理办法》(1998)对民间组织加以规范和管理。

③ 同注解①,第 62 页。

④ 托克维尔:《论美国的民主》,商务印书馆 1996 年版,第 875 页。

⑤ 田毅朋:"东亚的'新公共性'构建与公共资源整合",载《2006 年两案社会福利学术研讨会论文集》,第 230 页。

⑥ 郑杭生:"和谐社会:公共性与公共治理",载《中国青年报》2005 年 3 月 1 日。

⑦ 陈向阳:"非政府组织在中国的现状与挑战",载《中国经济时报》2005 年 5 月 26 日。

⑧ 狄多华等,"我国民间组织 90％未获法律认可 发展受到制约",http://law.eastday.com/renda/node352/node3112/node3127/node3163/userobject1ai43584.html。

⑨ 同上。

⑩ 王名,"中国非营利组织:定义、发展与政策建议",http://www.ngocn.org/Article/ShowArticle.asp? ArticleID=1175。

⑪ 同上。

⑫ 同注解⑧。

⑬ Gibelman, M. & S. R. Gelman (2004), A Loss of Credibility: Patterns of Wrongdoing Among Nongovernmental Organizations, Voluntas,15(4), 372 - 376.

⑭ 戴维·奥斯本、特德·盖布勒著:《改革政府——企业精神如何改革着公营部门》,上海译文出版社 1996 年版,第 127—128 页。

⑮ 如果一项公共物品由政府提供,那么根据法律规定,政府必须向工作人员支付与市场平均水平相当的薪水。而非营利组织拥有许多志愿者,基本是无偿服务,即使是取酬也不受法律限制,可以大大低于市场平均水平,因此非营利组织提供服务的成本比之政府与市场都会低。

⑯ 同注解⑭,第 23 页。

⑰ 徐湘林:"政治特性、效率误区与发展空间——非政府组织的现实主义理性审视",《公共管理学报》2005 年第 3 期。

⑱ 此处的经济不仅仅包括经济效益,还更多地表现为稳定、公正、和谐等政治、社会效益。

如何缓解财政扶持文化平台的资金瓶颈

——对上海浦东的案例分析

复旦大学社会发展与公共政策学院　梁　鸿　徐　进

[内容提要]　和谐文化的传统财政支持方式运行和监督成本均较高,因此,随着提高公共财政资金使用效率要求的不断提高,需要创新扶持模式。作为一种尝试,上海市浦东新区"宣传文化发展基金"有力地促进了新区文化事业的健康发展。然而,由于稳定收入有限以及税收返入未形成有效机制等原因,文化基金面临生存挑战,在新形势新任务下,其收支缺口将进一步增大。为此,新区主要从两个方面入手拓展文化基金来源:一是积极调整财政拨款机制,完善有效的税收返入机制;二是开展社会化营销,积极拓展文化捐赠事业。其主要经验是:将暂时性、阶段性基金变成永久性基金;将拾遗补缺的作用改变为起基础性作用;在政府主导与商业化运作之间实现平衡;充分体现群众的需求与和谐社区建设的需要。

一、文化基金的作用

理论上,公共财政对文化事业进行支持的依据:一是文化产品具有准公共产品的性质,公共财政的支持可以扩大供给,弥补市场供给不足的缺陷;① 二是文化产品具有的正外部性使得其价格低于社会最优价格,公共财政作为一种补贴形式可以纠正价格失衡,以求达到社会最优状态。② 三是文化事业承载着意识形态,因此公共财政对文化事业的支持可以使经济基础的成果服务于上层建筑领域。③

通过公共财政支持文化事业的发展有多种手段,一是财政直接投入资金的形式,举办公众文化活动,创建文化组织,或扶持民间的文化组织和活动;二是以财政资金兴办文化企业,或对现有文化企业进行补贴,引导企业承办社会文化事业或提供社会文化产品。长期以来,新区公共财政对文化事业的资金扶持主要采取这两种方式,取得了一定的成效。然而,也存在一些不足,一是运行成本较高,政府组织活动或者获取企业的信息需要花费较大的人力和财力;二是监督成本较高,对政府资金的使用效率缺乏有效的评判机制。因此,随着完善公共财政制度和提高公共财政资金使用效率要求的不断提高,需要探索新型的财政扶持方式。在这些方式中,一条重要的渠道是财政对公共文化促进平台进行支持,并以其为载体,为文化事业提供长期性、宽领域、专业化的资金扶持。④

在上海市浦东新区,作为平台之一的"浦东新区宣传文化发展基金"(下称"文化基金"),已经成为新区文化建设的重要载体。自2002 年 3 月实质性启动以来,文化基金以资助、补贴、奖励等形式,扶持文化产业,繁荣文化市场,促进文艺创作,提升文化品位,有力地促进了新区文化事业的健康发展,为新区"文化十五计划"的顺利实施发挥了较大的作用。概括来说,文化基金的作用主要表现在:以一种引导力量推动了新区文化事业的发展;以一种创新机制推动了新区文化氛围的形成;以一种载体模式推动了新区文化社会的构建。

表1　浦东新区文化基金的项目资助与管理经费支出情况

资助(支出)对象	2002 年		2003 年		2004 年		2005 年	
	项目数	资助金额（万元）	项目数	资助金额（万元）	项目数	资助金额（万元）	项目数	资助金额（万元）
公共文化事业资助	4	40.1	4	230	19	1 546	11	932
文化产业项目资助	4	322	2	120	3	1 330	3	1 140
文化艺术创作资助	4	60	3	52	6	78	13	221.6
大型文化活动补贴	7	328	9	250	25	837	23	1 255.76
其他*	5	132	7	102	2	20	2	32.72
总资助情况	24	882.1	25	754	55	3 811	52	3 582.08
管理经费	1	9	1	7	1	39	1	29
支出总计	25	891.1	26	761	56	3 850	53	3 611.08

　*主要包括文化人才及作品奖励,其中在2002年和2003年将追加项目计入该项,故数值较高。

二、浦东新区文化基金来源
渠道拓展的紧迫性

(一) 文化基金面临生存挑战

2001—2005 年间,文化基金累计收入 14 871 万元,累计支出 9 113 万元,收支差额为 5 758 万元,加上"九五"末期文化发展专项资金结余 6 830 万元,2005 年底尚结余 11 498 万元。但是,由于文化基金缺乏稳定的收入来源,同时支出相对较大,如果没有新的稳定收入来源,按照目前的支出趋势,2009 年,文化基金将会枯竭(见表2)。

**表 2 "十一五"期间文化规模测算(假设
2007 年后没有新的收入来源)**　　　　（单位：万元）

	2006 年	2007 年	2008 年	2009 年
年初结余	11 498	10 730	7 021	2 788
加：年收入	2 896	175	112	44
减：年支出	3 664	3 884	4 117	4 364
年末结余	10 730	7 021	2 788	−1 532

注：支出以 2006 年为基准，按"十一五"期间支出年均增长 6%（2002—2005 年区财政文化事业经费投入的平均增长速度）计算。

由此可见，文化基金的生存危机已经显露，其原因一是稳定收入有限。"十五"期间，文化基金惟一稳定的收入是利息收入，总计为 600 万元，对基金总支出水平的承担率仅为 5.2%。二是税收返入未形成有效机制。理论上，按照《新区文化基金管理办法》，税收返入应成为文化基金收入的主要来源之一，然而由于一方面文化企业界定困难，大量经营文化产品和文化活动的企业也可以被认定为科技企业，如网络游戏、动漫创作等企业；另一方面，由于现有财税体制的影响，税收返入操作较为困难，使得税收返入不仅总量较少，而且不稳定（见表 3）。

表 3 文化基金收入情况表　　　　（单位：万元）

项　　　目	2001 年	2002 年	2003 年	2004 年	2005 年	合计
市文化基金返入	3 000	3 000	—	—	—	6 000
市拨款*	144	—	—	—	—	144
扶持经济资金拨入**	60	—	62	4 003	—	4 125
捐赠收入***	—	—	200	—	—	200
还款收入	—	—	—	3 802	—	3 802
利息	105	100	58	116	221	600
合计	3 309	3 100	320	7 921	221	14 871

* 农广校补贴 23 万元、文化事业建设费 121 万元。

** 其中 2001、2003 年为新华书店所得税返还，2004 年为 2003 年春季嘉年华项目税收返入；2003 年秋季嘉年华的税收收入并未返入。

*** 在 2003 年收入的捐赠款中，出资方要求其中 50 万元用于金色维也纳项目。

（二）面临新形势新任务，文化基金的收支缺口将迅速增大

1. 随着文化事业支持项目范围和深度的拓展，文化基金的收支缺口将迅速扩大。

为适应新区构建"社会主义和谐社会"和"十一五"文化发展的要求，文化基金在三个方面的功能有待加强：

一是要拓宽支持项目的范围。2006 年，文化基金理事会对支持项目分类方式做出了调整，将支持项目类型分为"支持公益性文化和公共文化事业发展"，"支持文化企业和推动文化产业发展"以及"奖励新区优秀文化人才和文艺作品"等三大类，此外，理事会还将第一类细分为七小类。随着基金支持项目领域的拓宽，优秀项目申请数量将不断增多，资金需求也会相应增强。

二是要增加对群众性和国际性文化活动的支持。首先，随着新区文化氛围的逐渐形成，群众性文化活动的数量将不断增加，这些活动将产生大量的资金需求；其次，按照国家文化形式保护精神和百花齐放的文化发展方针，文化基金在地方特色文化保护、文化单位维持、文化作品培育等方面的资金支出需求也会逐渐增强；最后，随着国际交流合作项目数量增多，类型更加多样化，以及"走出去"的项目不断增多，资金需求也会明显增强。

三是要增强项目支持力度。文化基金支持的项目中，全额资金支持的较少，2005 年申请文化基金资助的项目共计投资18 657.22万元，实际资助 3 582.08 万元，文化基金承担的比例仅为 18.8%。为有效体现政府提供公共产品的职能，这一比例有待进一步提高。

因此，为更好地履行新区政府赋予的使命，文化基金对文化事业的支持范围将会不断拓展，支持力度也将会不断增强，如果不能迅速增加文化基金的来源渠道，文化基金的收支缺口将迅速扩大。

2. 面对新区文化产业发展的资金需求,文化基金的收支缺口将进一步增大。

一是文化产业的快速发展形成了对文化基金资金支持的强烈需求。尽管新区文化产业发展非常迅速,然而许多文化企业仍面临资金瓶颈,规模提升与效益增进受到了制约。因此,文化基金一方面要作为风险投资引导基金,另一方面又要推动文化企业和文化市场的创立,而这些方面都会产生大量资金需求。

二是文化产业的结构提升需要文化基金的资金支持。新区文化产业分层结构处于较低水平。以新闻、出版发行和版权服务、广播电影电视、文化艺术服务为主的核心层实现增加值 8.91 亿元,新区文化产业的核心层、外围层和相关层增加值比重约为 1∶3∶6,相对于发达国家有较大的差距,为改善文化产业结构,一系列有创意的文化项目亟待上马,对文化基金的资金需求不断增强,将使得文化基金的收支缺口进一步增大。

三、拓展文化基金来源的可行渠道及其功能

(一) 文化基金维持稳定运行的最低平衡测算

要解决文化基金的生存危机并使得基金能有效运作,按目前的支出状况,即使不考虑基金外延扩展和内在功能增强所需的资金额度,为达到最低的平衡,则至少必须使得年支出增长能被新增收入增长所抵消。

"十五"期间,文化基金功能的不断扩大,年支出从不到 1 000 万元增加至近 4 000 万元。"十一五"期间,即使不考虑文化基金内涵和外延的进一步扩大,每年至少应新增收入来源为 4 000 万元,才能维持最低限度的年度平衡,从而到 2010 年末可以维持略高于 2006 年初的水平,为下一个五年规划中文化基金继续发挥良好的功能打下坚实的基础(见表 4)。

表4 "十一五"期间文化规模测算表（假设
每年有4 000万元的新增收入） （单位：万元）

	2007 年	2008 年	2009 年	2010 年
年初结余	10 730	11 194	11 256	11 072
加：年收入（利息收入＋4 000）	4 175	4 179	4 180	4 177
减：年支出	3 884	4 117	4 364	4 626
年末结余	11 194	11 256	11 072	10 623

（二）文化基金来源渠道拓展的可行性分析

1. 积极调整财政拨款机制，完善有效的税收返入机制

如前所述，按照规定，税收返还是文化基金的主要收入来源，然而由于种种原因，税收返还实际上返还少，遗漏多。以书报刊印刷行业为例，2005年，新区现有印刷企业18家，产值99 557.3万元，利润12 961万元，税收10 957.6万元，税收按留存比率（新区最低15%）测算，可形成新区财力1 643.6万元，然而实际上，该行业的税收完全未返入文化基金。从总体上看，据《上海浦东新区文化统计概览（2006）》显示，2005年，新区具有较大规模的文化企业195家，从业人员3.34万人，实现主营业务收入266.75亿元，单单营业税（应纳税额＝266.75×3%）就有8亿元，形成新区财力4.8亿元，但事实上，这些税收几乎并未返入文化基金。

因此，形成有效的文化企业税收返入机制是解决文化基金收支困境的最重要手段，但是如前所述，由于文化企业存在科技企业和文化企业双重界定的模糊地带，加上按照新区现行财政体制，包括文化企业在内的新区税管企业缴纳税收形成的新区地方财力需在区本级、功能区、街镇之间按一定比例分成，通过直接返入的方式实现税收返还既涉及对文化企业的科学界定，又涉及新区和功能区、街镇之间的财力分成，操作成本较高，困难较大。因此，要建立文化

基金税收返入机制,需要新视角、新思维,要寻找一种易于操作的有效机制。

从某种角度看,这些企业不管是作为文化企业还是科技企业,也不管是新区税管企业还是街镇税管企业,其税收形成地方财力部分都属新区所有,为新区发展作贡献。因此,新区采用了更为现实可行的方式,即通过财政拨款方式实现税收返入。拨款标准按文化基金的实际缺口来测算,如前所述,为 4 000 万元。即每年由区本级财政拨入文化基金的金额至少为 4 000 万元。

从一定意义上说,这种以财政直接拨款实现文化企业税收返入的方式,不仅具有较大的可操作性,而且符合新区"十一五文化发展规划"和构建和谐文化的要求,也充分体现了新区公共财政对文化事业发展的积极支持以及在文化事业领域内的主导作用。

2. 开展社会化营销,积极拓展文化捐赠事业

捐赠收入也是文化基金收入的主要来源之一,但是在几年中,文化基金仅发生过一次捐赠活动,这与美国同类基金以捐赠收入为主的现状形成了鲜明的对照,也与上海市四大慈善基金以及新区社会慈善基金业绩存在较大的差距。为什么浦东新区文化捐赠事业停滞不前? 其原因一是文化基金社会知名度较低,老百姓的认知度和接受度不高。二是文化基金并非救济性的捐赠,难以用行政的手段进行干预;三是现有的财税制度不能有效鼓励捐赠。因此,文化基金要想在捐赠事业领域有所突破,必须尝试进行社会化营销。拓展文化捐赠事业的可行措施如下:

(1) 社会化营销的原则。以"热心文化、回报社会、合作互利、共同发展"为指导思想,实现企业、社区、文化基金三者良性互动,共同营造社会共创文化的氛围,推进新区和谐文化的建设。

(2) 社会化营销的产品和内容。在获取新区一年内拟举办的群众性文化活动的信息后,将项目主题和内容、参加单位和部门、预计人数、经费赞助需求等核心要素进行糅合,根据其影响和公众形象将这些活动分为大中小三类(如可以分为区级以上活动、社区重大活动和一般性活动),通过每个活动实行有偿冠名的方式来实现。

(3)社会化营销的运作机制。为了有效推介产品,要组建一支社会化营销队伍。工作人员实行聘用制,文化基金提供一些日常的推介费用,工作人员的报酬按其业绩而定,实行多劳多得。社会化营销所得的90%作为文化基金的收入,10%用于弥补社会化营销的成本。工作人员通过培训后获得上岗证,亮证行销,通过主动上门方式,一是宣传文化基金的功能,提高文化基金的认知度,二是向企业管理者和社会组织负责人推介"产品",即有偿冠名活动。

(4)社会化营销的推广和激励。为了进一步提高捐赠行为的积极性,给予有特殊贡献(如每年捐赠额度排在前十位)的单位和个人"浦东新区十大文化公益人"等称号,并授予企业使用这些称号进行商业宣传的权限。在文化捐赠事业发展到一定规模的基础上,成立文化基金理事会,支持捐赠额度在一定水平以上的企业成为常务理事单位。理事单位将享有文化基金项目选择以及文化基金发展策略的投票权,常务理事单位除享受这些权限外,还参与文化基金的日常管理,负责召集文化基金理事会全体会议。

(5)社会化营销的初步测算。如果将新区每年举办的文化活动分为一般性活动、社区重大活动和区级以上活动,分别标以不同的赞助费(如一般活动1—2万元,社区重大活动2—20万元,区级以上活动20—100万元)。如果新区每年举办500场社区活动,50场社区重大活动,10场区级以上活动,则可以争取800—3000万元的赞助金额,扣除10%的管理和营销费用,理论上可以筹资720—2700万元,如果企业赞助能覆盖50%的项目,则能使得文化基金的可支出额度增加360—1350万元。

3. 其他多渠道筹集资金

除上述两个渠道外,新区还拟通过其他方式多渠道筹集资金。一是在文化福利彩票方面,可首先在举办一些大型文化活动的同时,进行文化福利彩票销售试点。二是在文化经营活动方面,应积极参与,分享项目的收益,充实基金的力量。

四、上海浦东新区文化基金来源拓展的主要经验

(一)将暂时性、阶段性基金变成了永久性基金

与宏观改革的基本做法一致,文化基金也是在探索中求发展。作为一项政策性基金,文化基金虽然在起步阶段步履维艰,但通过各方努力和基金管理者的不断实践,已经顺利地度过了"十五计划"时期,较好地履行了自身的使命,积累了许多宝贵的经验。站在新的起点上,文化基金已经被赋予新的使命,在《浦东新区文化发展"十一五"规划》中明确指出,要"拓宽文化基金来源,完善文化基金资助社会公益文化事业的机制",充分肯定了文化基金作为新区文化体制改革重要载体的功能。为此,新区按照长期规划的原则,将文化基金从暂时性、阶段性基金变成永久性基金。为实现这种转变,新区从制度上保证文化基金不会枯竭,利用政策资源为基金不断补血,激活基金的能动性,使其更好地完成"十一五"乃至更长时期服务于新区文化发展的任务。

(二)将拾遗补缺的作用改变为起基础性作用

文化基金已经广泛地渗入了新区文化的各个重要领域,在新区"一轴、五个重点区域和社区文化服务网络"建设中发挥了巨大的功能,而且可以预见,这种功能将不断增强。更深层次看,作为以物质文明成果推动新区精神文明建设的重要纽带,文化基金推行的项目中有许多是十分有利于推动新区精神文明长期有序建设的,"十五"期间,在"九五"时期新区文化发展专项资金的功能的基础上,文化基金的功能不断完善,为此,新区不再将基金的功效定位于拾遗补缺,即对重点文化企事业单位和项目进行政策性资金扶持,而是从

文化空间布局和推进新区精神文明建设的高度出发,使文化基金成为构建和谐文化的基础性平台。

(三) 在政府主导与商业化运作之间实现了平衡

由于文化基金具有公益性和社会服务性,在其发展的进程中,政府起主导作用是毋庸置疑的。这种主导性表现在:一是基金支持项目的方向必须体现新区文化发展的目标;二是基金的管理必须符合政府现行制度框架,必须体现新区文化主管部门的意志;三是政府对文化基金的筹资与运营应当统筹规划。然而,政府主导并不意味着要排斥其他的资金来源和运作方式。这是由于政府资金往往有限,要想吸引和撬动更大规模的社会资金,文化基金必须尝试一些商业化的运作模式。尽管政府主导和商业化运作之间本质上并不矛盾,然而,实践中在具体环节上可能出现一定的冲突,譬如政府完全控制基金管理权则会使得基金的商业运作相对困难,而政府过度出让管理权则可能使基金偏离支持文化的方向。因此,浦东新区意识到,在政府主导与商业化运作之间实现平衡是一项现实的要求,其采取的具体做法是从基金品牌营销、合作伙伴选择、管理模式创新等方面入手,多渠道筹集资金。

(四) 充分体现了群众的需求与和谐社区建设的需要

在明确了新时期文化基金的总体定位和运作模式的基础上,新区还对基金做了两方面的转变。一是基金必须从被动接受项目申请并审批,向主动了解并积极满足群众文化需求转变。二是适应新区行政管理架构的调整步伐,在制定文化基金各项政策时,充分考虑到功能区、街道的文化活动需求,文化基金的扶持既要保证街道之间的公平性,对于部分文化卓有特色的街道,提供特别的支持。新区还意识到,归根结底,文化基金的生命力依赖于新区文化的发展状况,因此,要求基金工作人员实现工作方式的根本转变,通过问卷调查、访问、与居委会沟通等等多种手段,了解社会各层面的客观需求,通过深入细致的分析与设计,架起居民、企业、政府间相互沟通交流的桥梁。

参考文献

① 周顺明:"坚持改革创新　促进文化事业和文化产业全面发展",《江汉论坛》2006年第 10 期,第 56—58 页。

② 魏鹏举:"文化事业的财政资助研究",《当代财经》2005 年第 7 期,第 43—48 页。

③ 王家新、宋文玉:"关于财政支持文化体制改革的思考",http://www.china.com.cn/chinese/zhuanti/2004whbg/505862.htm。

④ 齐勇峰:"关于推动文化投融资体制改革的初步探讨",http://www.china.com.cn/chinese/zhuanti/2004whbg/505843.htm。

当代社会转型语境下的
媒体社会功能重构

复旦大学新闻学院 张涛甫

[内容提要] 中国在从总体性社会向市场社会转型过程中,给中国媒体的功能释放提供了巨大的历史机遇,但媒体功能的释放是不平衡的,其产业功能得到了过度释放,而社会功能则严重弱化。因此,需要重构媒体的社会功能,明确国家、社会、媒体的责任边界。

就一般而言,媒体总有一个直接的冲动,试图及时、准确地把握自己面前的这个世界,对社会上发生的可令公众关注的事件作出反应。对于中国媒体而言,同样如此。中国媒体的现实表现虽然距离其理想中的目标还有不少距离,但有一点是值得肯定的:中国媒体一直努力为国家、社会尽责尽力,在充满了勃勃生机活力和各种不确定性的转型社会环境里,中国媒体一直在如履薄冰地朝着公众希望的方向前行。在这复杂的社会大转型时期,中国媒体在一次次的突破中解放自己,这种解放不仅要突破外部力量的限制,同样也需要突破自身能力及思维的限制。正是在这双重突破中,中国媒体得到了空前的发展。

社会转型为媒体功能释放提供巨大机遇

离开中国当代社会转型这一特殊社会背景,中国媒体的发展、运作机制也就无法理解。准确理解中国当代社会转型,是解读中国当代媒体运行轨迹和演变机制的前提条件。关于中国当代社会转型,学界有多种解读路径。在这里,我想从国家—社会角度进行解读。

中国当代社会转型,是一个国家与社会的功能被重新赋予、定位的过程。1949 年以后,中国奇迹般地建立了一个崭新的政权形态。在这种政权形态中,社会被高度挤压,直至被完全掏空。有研究者称这种社会形态为"总体性社会"(total society)。①总体性社会是一种社会分化极低的社会。在这种社会里,国家对经济以及各种社会资源实行全面垄断,政治、经济和意识形态三个中心高度重叠,国家政权对社会实行全面控制。换言之,总体性社会是一种社会高度一体化,整个社会生活几乎完全依靠国家机器驱动的生活。在这一生活背景下,媒体被高度国家化、意识形态化,被嵌入国家机器系统中,被完全政治化了。媒体本来应该具有的自主性功能被掏空、完全"喉舌"化了。"总体性生活"作为特殊历史的产物,在 20 世纪 70 年代末,已经陷入历史的绝境。后来启动的改革开放,本质上就是要重新释放社会的社会功能,把原先被彻底掏空的社会重新填进新的内容,赋予社会以自主性功能。改革就是重新松动板结了的中国社会结构,改革的核心内容就是放权,就是把原先控制在国家手中的多种资源释放出来,将本该属于社会的权利、权力渐渐回归于社会。当然,这个放权的过程,也是一个充满各种不确定性和风险的过程。在总体性社会中,在短短的 30 年里迅速累积了巨大的总体性危机。对于这种总体性社会危机,稍稍控制不当,有可能引发巨大的社会动荡。在这种情况下,改革设计者出于安全考虑,采取了渐进式的改革路径。这是被动之举，也是明智之策。改革总体上是在国家宏观控制下的有限、适度改革。这种改革不是那种主题先行式的改革，即预先设计一个明确的改革思路和方案，再按照设计思路和方案按部就班地实施。中国改革设计者本着务实、稳妥的态度，从经验出发，在改革中一步步地积累经验，在经验中探索改革路径。这种"摸着石头过河"的经验主义智慧是改革设计者立足中国改革语境"临场发挥"②的结果。

渐进式改革的结果是：社会结构被深度分化，原先大一统的社会结构被分解成多种多样的局部性结构，社会阶层出现了多元化的趋势。而且，这种分化呈现出弥漫性、无序化的特征。社会高度分化的后果是，社会变得越来越开放，社会活力也日益增强，社会需要、诉求的多元化。整个社会系统变得复杂起来，这就需要社会系统本身的机能发育起来，以适应日益复杂、拥挤的社会运行的需要。媒体作为中国社会系统中的一个重要组成部分，在这场深刻的社会转型过程中，其本身的功能和组织机制也在发生深刻变化。媒体从原先总体性社会的国家机器中慢慢解脱出来，其意识形态渐渐得以淡化。后来实行的事业性质、企业化运营的媒体改革的目标之一即是要摆脱僵化了的意识形态性的制约，以适应变化了的社会结构的需要，适应渐渐发育起来的社会机能的需要。在国家—社会结构中，社会的力量在渐渐增强，国家力量渐渐退出了本属于社会的领域，媒体在国家—社会结构中，也渐渐地表现出了二元性，它介于国家与社会之间，充当了缓冲国家与社会的"媒介"（media）角色。虽然，媒体在社会转型过程中，游走于国家与社会之间，时常会出现冲突和尴尬，但总体而言，媒体还是基本满足了国家与社会的双重需要，试图在两者之间寻找动态的平衡。媒体的一头连着国家，另一头系着社会，在国家与社会之间铺垫了一个缓冲地带。这种缓冲角色对于转型社会来说是极为重要的。

在当代中国转型社会中，究竟有哪些主要需求需要媒体来满足呢？

（一）社会需要

社会结构的多元化，意味着社会主体的多元化，而社会主体的多元化，意味着利益和诉求的多元化。社会被分解成多个相对独立的结构单元，而这些社会单元都会有自身的诉求需要满足。媒体在社会中扮演着信使的角色。媒体通过自身的专业化的努力向社会提供各种信息资讯，以满足人们形形色色的信息需求。社会越来越复杂，世界充满了各种变数，人们要应对瞬息万变的社会变化，就得掌握足够的资讯来为自己的判断提供依据。媒体提供的信息可以帮助人们确定在动荡不居的世界中的方位，可以为人们的社会行动提供依据。问题是，社会的多元化需要信息资讯的差异化，不同人群对于信息需求是不同的，这就造成信息接受的分众化，因此，需要有多种差异化的媒体去满足日益分殊的社会受众期待。这样，就涌现出了成百上千的各类媒体。这些形形色色的媒体交叉覆盖，满足了社会的多元诉求。

媒体还要满足社会的多层次信息需求。社会转型一个显著的表征在于：人们的信息需求不是一个维度、单一层面的。比如，媒体不仅要满足一个人基本的信息需求，还需要满足人的娱乐、自我价值实现、社会认同等方面的需要。人们接触媒体不仅仅为了简单的知性需要，知晓在其周围的世界发生了什么新闻。人们接触媒体可能出于娱乐、休闲的动机，是为了消愁解闷、娱乐休闲，以消除紧张劳作之后的困倦。还有人接触媒体可能出于社会参与，甚至政治参与需要等。总之，在日益分化的社会中，人们对媒体的需要也不再是单一层面的，人们的需求出现了多种层次。这就需要媒体来满足人们差异化、多重的需求。

（二）国家需要

国家需要在中国当代社会语境下具有特殊意味。在以市场化为目标的改革进程中，国家的力量扮演了一个非常特殊的角色。一方面,改革要把过于集中的国家权力下放,把原先被国家垄断的权力下放下级机构,把部分权力释放到社会中,给社会以应有的权利。另一方面,改革又是在国家主导下进行的。国家力量在整个改革过程中扮演了一个非常主动的角色,严格控制改革走向,左右改革资源的分配。因此,国家意志贯穿于改革整个进程。在媒体改革过程中,国家意志体现得十分充分。由于中国媒体的特殊地位,国家意志在媒体改革中的表现要比经济改革强烈得多。媒体在改革进程中的每一步,都要严格贯彻国家意志。中国媒体改革进行了20多年,"事业单位、企业管理"的制度框架几乎是以一贯之。强调媒体"事业单位"性质是为了坚守媒体的意识形态底线。而媒体在深刻变革的社会面前,承受的意识形态宣传的压力更大,面临主流文化安全的任务更加艰巨。社会变化甚巨,但意识形态的跟进速度则相对滞后。这样,媒体在宣传主流文化、意识形态时就面临着重重尴尬,时常是进退两难。媒体的意识形态影响力远不及在"总体性社会"中那么有效了。然而,中国媒体即便在比较被动的情况下,也必须坚持政治上的正确,牢牢把握舆论导向。确保政治正确,是中国媒体在现实社会中安身立命的基本前提,媒体需要无条件地接受国家意志的安排。当然,国家意志也会考虑到媒体的意愿和社会总体要求,在原则框架内,给予媒体适度的自主空间。总之,中国当代媒体改革事实上就是在坚持国家需要的大前提下,逐步释放社会需要、媒体自身需要的渐进过程。

(三) 媒体自身需要

在中国改革的总体进程中,媒体自身的改革构成了中国改革不可或缺的组成部分。媒体在改革过程中,获得了一定的自主性。媒体"场域"③在多种力量的作用下渐渐发育起来。在整个社会系统中,媒体成为联结社会系统中的各个部件的重要纽带,成为勾连社会建筑的脚手架。媒体的社会性功能得到了较大的释放。在改革过程中,媒体自身的力量也渐渐获得了很大程度的增长。而且,媒体也有自身的利益诉求和道德立场。以市场化导向改革赋予了媒体以谋求经济利益的权利和机会,媒体在这场改革中,经济实力得到了巨大的增长。大多数媒体都被推向了市场,接受市场法则的考验。在市场法则的驱动之下,媒体开始寻求自身的利益。平面媒体追求发行量,广播电视追求收视率,网络媒体追求点击率。总之,媒体不再羞羞答答地遮掩自己的世俗利益,而是开诚布公地张扬自己的市场动机,就连主流媒体也不再忌讳市场利益了。这是市场化改革带来的积极变化。除了市场利益之外,媒体还寻求自身的社会影响,追求媒体的社会作为,努力发展其社会性功能,参与社会公共利益的建设,使自己成为社会系统中不可或缺的结构性部件。

转型社会语境下的媒体社会功能弱化

中国当代社会转型在创造了中国经济的发展奇迹,同时也遭遇了诸多问题。媒体处身其中,也深受影响。媒体被整个社会系统裹挟在中间,除了受制于外部环境的约束之外,同时也受到媒体场域自身逻辑必然性的制约。诸多问题犬牙交错,纷繁复杂,媒体置身其中,其社会功能不但没有与时递增,反而还得到了弱化。我们认为,媒体社会功能的相对弱化可以从以下几个方面得到解释。

一是社会的碎片化,造成媒体功能在短时间内难以匹配。前面提及改革推动了这个的社会转型,这场社会转型使社会力量得到复苏,国家权力被重新定位,其完全垄断的地位遭到了改写。社会力量的发育成长带有极大的自发性,这种自发性一方面保证了社会的活力,使社会在多元化的维度上有自由成长的空间。"由高度集权的总体性社会走向分化和分权是巨大的社会进步,此后 20 年中国经济社会发展的活力就是由此而来"。④但在另一方面,这种自发性也带来了社会发展的无序。匆忙潦草的任性发展,在改革的后期暴露出社会机能的缺陷。"分权和分化交织在一起,结果发生了对社会的双重切割作用。中国总体性社会在很短的时间内发生解体,整个社会被切割成无数的片断甚至原子,也可称之为社会碎片化。"⑤由于社会系统缺乏整体性的安排和逻辑统合,造成了社会的凝聚性严重不足,而社会离心力则随着改革的推进在不断地增强,致使社会整合不够,越来越多的社会部件被甩出了社会系统。在这种情况下,社会的有机整合功能就大大弱化了,社会冲突和矛盾就会显著增长,甚至有可能激化,社会风险也迅速升级,面临着各种不确定和不稳定因素,社会步入风险社会阶段。在这样复杂的社会背景下,媒体虽然具有强烈的社会冲动,但因社会过于复杂、无序,媒体的社会性功能的发展总是追赶不上社会变化的节奏。当今媒体社会新闻的热闹、繁荣固然从一定程度上说明媒体社会性功能的发展,但这只是一种浅表化的反映,媒体的社会性功能并不能仅仅从数量和规模上来体现,更为重要的是:媒体的社会性功能应该更深入地介入中国社会的整合和建设上来。有一度,"民生新闻"引起了很多人的欢呼,社会给予这一新的新闻表达方式诸多社会期许,但实际上,民生新闻并没有走远,它只能在社会的表层游走。总之,中国媒体的多种社会化努力还是跟不上社会变化的节奏。

二是权威政治要求媒体成为守护主流意识形态的"后院"。有学者认为,中国当代改革从政治学意义上可以分成两个阶段:第一个阶段是1980年代到1990年代初的全能主义新政阶段。这个阶段的特点是:运用全能主义的政治体制与政治资源来推进一场新政运动,整体政治结构仍然是全能主义的,如党对意识形态的控制,新政策的自上而下推行,党运用全能主义政治的资源来实现政治稳定。在这个过程中,一些非全能主义的新事物可是逐渐"脱全能主义化"。而到了1990年代南方讲话以后,市场经济引导下的社会多元化结构已经基本形成,正是在这个意义上,中国已经进入了后全能体制阶段。这个阶段的特点是:现行政治权威仍然继承了全能体制下的大部分组织资源，如执政党的一党领导，党组织对社会生活领域的参与与组织渗透，以及党中央对基层的组织动员力，国家政权对传媒、国家机器、社团组织，对作为国家命脉的大中企业的有效控制等等。这种"后全能型"的政治权威模式可概括为具有刚性调控能力的"低政治参与高经济投入"结合的发展模式。⑥在这种后全能型政治权威体制下，媒体是作为"存量"资源被暂时性搁置的。因此，媒体改革相对经济改革而言，其速度和深度远不及后者。由于媒体涉及意识形态安全，涉及权威政治的合法性基础，决定了媒体改革不可能做过大幅度的体制性突破。为什么媒体要确保媒体的"事业"刚性不变，只有从中国当下的权威主义体制框架中才能得到真正的解释。在权威主义体制框架内，媒体首先需要守住的是其政治底线，这是刚性约束。相比之下，媒体的社会性功能虽然得到很大的释放，但由于"事业性质"的刚性约束，媒体的社会功能的释放空间毕竟是有限的，是在国家力量的主导下的有限释放。这种后全能型权威政治体制是中国作为后发展型国家应对全球化浪潮的产物。全球化加深了中国社会的复杂性和碎片化。中国社会除了要应对自身内部的碎片化、离心问题，还得应对由全球化带来的外部复杂化和碎片化，中国被裹挟在全球化的滚滚洪流中。权威政治有助于集中国家内部资源应对外部冲击，这种体制可有助于发挥国家和执政党超强的社会动员能力，适应外来不测与挑战。在这种背景下，把媒体控制在国家和执政党手中，有利于控制中国的象征资源，控制信息传播制导权，从而控制社会的信息走向，把人们的注意力控制在可控的范围内，即通过控制媒体议程来控制社会议程。

三是媒体娱乐化、商业化造成媒体社会功能的弱化。在总体性社会中，娱乐、商业都被高度意识形态化、丑化、矮化，这种极度压抑、敌视娱乐和商业的极端行为实际上是背离社会需要、人性需要的。媒体作为信息、文化符号的载体，它本身应该含有娱乐、商业功能,但在总体性社会中,它的这些功能被彻底掏空了。后来的媒体改革就是要回馈媒体的娱乐、商业功能,这样,媒体就被重新恢复其应有的功能。其后,中国媒体的快速发展,媒体经济的飞速增长,即与媒体娱乐、商业功能的恢复有极大的正相关关系。在这过程中,媒体本身也在发生巨大的变化,即媒体从原先的国家意识形态机器的"齿轮"和"螺丝钉"渐渐转变成有一定利益自主性的法人组织,媒体产业属性的释放与发育催生了媒体自身利益意识的觉醒,媒体的经济利益得到合法承认。而媒体经济利益的获得主要是通过市场机制实现的,在中国语境下,媒体通过市场获得经济利益的主要途径是争取广告。广告份额的多寡决定媒体经济效益的优劣。于是,媒体纷纷进入市场争夺广告资源。在媒体追求市场资源的过程中,媒体经营理念与职业机制发生了巨大转变,即由原先的传者中心转向以受者为中心。媒体在追求自身利益的同时,实现了其社会性目标。媒体只有最大面积地满足社会成员的需求,才能获得较大范围的受众认同。媒体在自利的同时,实现了他利的目的,媒体在获得了自身利益增长的同时,也获得了社会效益的增进。实现了所谓的"经济效益"与"社会效益"的双赢。

但是,从近期的媒体发展实际来看,媒体的娱乐化、商业化风潮呈汹涌磅礴之势,媒体强大的市场冲动在相当程度上冲击了媒体自身利益与社会公共利益之间的平衡。媒体的商业化、娱乐化之风蔓延到整个社会。造成这种现象的原因比较复杂,概括起来可能有三个:首先是对以前一元化的事业体制的反拨。媒体产业功能的释放,在开始阶段,可能要经过一个解禁后的喷发时期,这种被解放的力量迅速释放,会经历一个非理性的兴奋期。其次,与新闻生产的安全控制有关。媒体如果仅仅把主业放在新闻生产,这样其产品结构就比较单一,同时做新闻的风险要比娱乐高得多。特别是在转型时期,各种不确定性对新闻生产安全的影响甚巨,特别是政经类的"硬"新闻生产,风险较高。市场理性、世俗法则会教育那些媒体经营者趋利避害。搞娱乐安全,也容易赚钱。其三是受国际大环境的影响。改革开放让中国越来越深入地介入到全球传播体系中,在全球化浪潮的席卷之下,中国媒体也被卷入其中。而全球传播体系是由西方发达国家的强势媒体集团控制的,而美国是全球传播体系的议程、规则制定者和操纵者。也就是说,美国的媒体法则往往被广泛输出到世界各地,中国也深受冲击。从美国新闻史来看,从 19 世纪 30 年代的便士报以来媒体基本上就是商业性的。甘内特报团的阿尔·纽哈斯曾经有一句名言:报纸是一个"无论世道好坏都可靠的利润机器"。⑦《华尔街日报》的威廉·彼得·汉密尔顿提出了一个极端的观点:"报纸是私人企业,它不欠公众任何债务,公众也没有赋予它的特权,它完全是业主的私产,他冒着风险销售自己的产品。"⑧20 世纪以来,大众传播成为庞大商业团体中的一员,存在着越来越大的商业压力。评论家厄普顿·辛克莱曾经尖锐地批评道:"这种金钱贿赂就存在于你每周的薪水袋中……这是你羞耻心的代价——你拿着一件大小相当的真事到市场上出卖,你把人类纯洁的希望引入大财团的肮脏妓院。"当媒体发展的趋势越来越显示媒介财产向集中化发展时,具有成本意识的出版商们威胁要摆脱新闻业的神圣使命。⑨在 20 世纪末,政府对于广播电视的管制在大体上被扫除之后,新闻专业主义文化处在衰退之中。⑩其后兴起的世界范围内的媒体并购狂潮,更把商业游戏规则贯彻到媒体的各个角落。这种媒体并购狂潮给新闻媒体带来的直接冲击在于:成本较高的新闻业不得不面临与低制作费用的游戏、厨艺节目的竞争,以此来证明新闻的经济价值高于其社会价值。⑪在媒体领域,随着公共关系和企业赞助的增多,商业利益的触角几乎遍及新闻业的各个角落。⑫美国媒体的游戏规则在全球化的滔天狂潮中被输出到世界各地,中国媒体也受到巨大的冲击。

　　中国媒体的娱乐化、商业化倾向造成了媒体社会功能的弱化。媒体在残酷的市场竞争中,无暇他顾,容易埋头于一己之私,热心于追求自身利益最大化的事情。既然做娱乐安全、成本低、利润丰饶，何苦再投入那些高风险、高成本的新闻事业呢？公众喜欢娱乐，就极尽铺张之能事，充分调动受众的享乐胃口，尽情满足受众单一的娱乐需求，至于社会责任则被暂时性地抛掷一边了。

重构媒体的社会性功能

媒体走到今天，已经暴露了种种问题。问题的根本在于媒体社会功能的弱化乃至缺失。因此，要解决媒体之弊，需要重建媒体的社会性功能。如何重建中国媒体的社会性功能？

首先是重建社会责任。关于社会责任，是一个弹性很大的问题。既"可取法乎上"，也可"取法乎中"，还可"取法乎下"。从"取法乎上"的角度看，有人曾经说得很精到："人类除了对他人或组织具有一定的价值外还有内在的价值吗？尽管其他道德观可以用来回答这一问题，但是根据对人类本身终极目的其他方面考虑的原则用群体互助的道德准则来证明，又提供了求利以外的一种有力的动力。就群体互助而言，满足人类的需求对于值得花费精力的人类生存来说，是个中心问题；于是，这便引出了有助于满足这些需要的新闻事业。"⑬出于人类生存和发展之需，媒体不能自私到只顾自身的利益得失，媒体毕竟不是纯粹的企业，它的行为关乎人的社会目标和集体福祉，必须在乎社会上大多数人的远期利益和追求，而不仅仅满足于一响贪欢和短期愉悦。从"取法乎中"的角度看，处在社会转型关键时期的媒体，更需要向社会输出责任。因有媒体的存在，使社会变得更加开放、理性、明达、健康。在社会被碎片化、原子化的今天，媒体需要扮演什么样的角色？应该扮演社会"胶水"的角色。通过媒体的积极作为，社会被联结成一个理性、有序的整体，对社会的基本目标和主要价值能达成共识，在一些重大问题上能够凝聚思想。这些问题的解决显然仅仅靠娱乐受众是不够的，需要给公众更多的东西，而这些东西的背后，是靠社会理性、公共理性作支撑的。从"取法乎下"的角度看，就是要求媒体重新回到常识。从媒介伦理的角度看，社会责任表现得也很低调，低调成为人们习焉不察的常识。作为常识的媒体责任，只有不断强化，使之内化成"惯习"（布迪厄的核心理论概念），其责任才有可能变得强固起来。

其次，需要界定媒体、国家、社会之间的权利边界和责任边界。前面从国家—社会框架解释媒体的社会功能的释放问题。但是我们又提到，在中国当代社会转型语境下，由于种种原因，媒体的社会功能释放又出现了问题。一个根本性的问题在于：没有对媒体、社会、国家三者之间的边界作基本的界定，致使三者角色定位模糊不清，它们的权利、责任无法明确，难免造成角色混乱，衍生出一系列的矛盾。⑭在这里，首先明确国家的权责边界是至关重要的。由于历史原因，国家在中国社会系统中始终占有十分强势的地位。改革开放 30 年，国家权力有逐渐让渡给社会的趋势，但总体而言，国家权力还是占据主导性地位。国家的责任主要应该体现在：一是确保国家安全和社会主义意识形态安全。二是充当改革的守门人角色，为社会转型和媒体改革提供高质量的公共产品：为经济、文化改革培育健康、公正的社会大环境；为传媒改革确立一套公正、有效、统一的规则；把握整个传媒行业大局，为其提供制度和政策产品；调整传媒的宏观结构，实现确保政策、法规的贯彻实施；对社会秩序和市场进行监管，保障传媒市场的健康、有序发展，对违规者实行处罚等等。三是加强自身建设，转变领导和管理方式，依法执政，依法行政。明确执政党和政府的权力边界，有所为，有所不为，实现科学管理和民主管理。国家的权责边界清晰了，那么属于社会的权责范围也就容易清楚了。社会的发育固然有社会自身逻辑，但对于转型中的中国而言，国家权力的主动让渡非常必要。把国家与社会之间的关系理顺了，处在国家与社会之间的媒体,其功能释放与发育就有了比较明确的方向,媒体的责任也容易明确了。就媒体发展而言,目前已经到了媒体明确其功能分工及合理平衡的时候了。

注释

① 孙立平:《现代化与社会转型》,北京大学出版社 2005 年版,第 205、206 页。

② "临场发挥"是潘忠党先生对中国当代传媒改革的描述。实际上,"临场发挥"可用来对整个中国当代改革特征进行描述。参见"新闻改革与新闻体制改造",载《新闻与传播研究》1997 年第 3 期。

③ 场域理论是法国著名社会学家皮埃尔·布迪厄的理论贡献。他认为,场域可定义为在各种位置之间存在的客观关系的一个网络(network),或者一个构型(configuration)。在高度分化的社会里,社会世界是由大量具有相对自主性的社会小世界构成的,这些小世界自身的逻辑和必然性的客观关系的空间,而这些小世界自身特有的逻辑和必然性也不可化约成支配其他场域运作的那些逻辑和必然性。参见皮埃尔·布迪厄、华康德著:《实践与反思》,中央编译出版社 2004 年版,第 133、134 页。

④ 同注解①,第 220 页。

⑤ 同上。

⑥ 萧功秦:"从发展政治学看转型体制",《浙江学刊》2005 年第 5 期。

⑦ 詹姆斯·库兰、米切尔·古尔维奇编:《大众媒介与社会》,华夏出版社 2006 年版,第 211 页。

⑧ 克利福德·G.克里斯蒂安等著:《媒介公正》,华夏出版社 2000 年版,第 32 页。

⑨ 同上,第 33 页。

⑩ 同注解⑦,第 207 页。

⑪ W. 兰斯·班尼特:《新闻:政治的幻象》,当代中国出版社 2005 年版,第 102 页。

⑫ 同注解⑦,第 249 页。

⑬ 同注解⑧，第 46 页。

⑭ 张涛甫："中国媒体改革动力机制分析"，《新闻大学》2006 年第 4 期。

参考文献

① 孙立平：《现代化与社会转型》，北京大学出版社，2005 年版。

② 吴飞、沈荟：《现代传媒、后现代生活与新闻娱乐化》，《浙江大学学报》，2002 年第 5 期。

③ 克利福德·G. 克里斯蒂安等著：《媒介公正》，华夏出版社，2000 年版。

④ 李良荣："娱乐化、本土化：美国新闻传媒的两大潮流"，载《新闻记者》2001 年第 3 期。

⑤ 詹姆斯·库兰、米切尔·古尔维奇编：《大众媒介与社会》，华夏出版社，2006 年版。

⑥ 皮埃尔·布迪厄、华康德著：《实践与反思》，中央编译出版社，2004 年版。

⑦ W. 兰斯·班尼特：《新闻：政治的幻象》，当代中国出版社，2005 年版。

⑧ 潘忠党："新闻改革与新闻体制改造"，载《新闻与传播研究》1997 年第 3 期。

⑨ 张涛甫："中国媒体改革动力机制分析"，载《新闻大学》2006 年第 4 期。

传媒内容的嬗变：作为影响
机制的广告传播

复旦大学新闻学院　张殿元

[内容摘要]　随着传播媒介的商业化和社会化程度的不
断提高,传媒对广告的依赖越来越强,广告对传媒的影响
也越来越大。无论是读报刊、听广播,还是看电视,只要我
们使用的是由广告赞助的媒介,那我们进入的就将是一个
由广告商和媒介单位密切合作而构筑的世界。在广告商
的利益诉求下,媒介刊播什么,如何刊播,都会程度不同地
受到制约。

广告对传媒生存的重要意义使它们之间形成了一种相互依赖
的关系,乔姆斯基将这种关系以西方封建时代文坛出现过的庇护人
制度做比,广告商向媒介提供津贴,对它们进行庇护,而媒介也要对
广告商投其所好,说明它们的节目如何可以满足广告商的要求,从
而获得庇护。①其实,媒介的赢利模式经过了两个阶段:第一个阶段
的特点是一次售卖,即媒介努力刊播受众感兴趣的内容,扩大覆盖
率,靠发行费求得生存;第二个阶段的特点是二次售卖,当一次售卖
已无法支持媒介的庞大开支时,媒介就将吸引来的受众作为商品转
卖给广告商,收取广告费维持生存。这样,在由媒介、广告商、受众
组成的结构关系中,广告商成了绝对的主导者。媒介提供的内容产

品看似满足受众的需要，实际是为了满足广告商的需要。对媒介来说，覆盖率每上升一个百分点，都可以折算成一年多少的广告收入。所以，即使我们不能说广告商已经在实践上控制了媒介系统的内容，那么，至少他们已经间接地影响了媒介系统的内容。

随着传播媒介的商业化和社会化程度的不断提高，传媒对广告的依赖越来越强，广告对传媒的影响也越来越大。无论是读报刊、听广播，还是看电视，只要我们使用的是由广告赞助的媒介，那我们进入的就将是一个由广告商和媒介单位密切合作而构筑的世界。在广告商的利益诉求下，媒介刊播什么，如何刊播，都会程度不同地受到制约。

一、为谁刊播：广告商对传媒 内容的影响机制

广告商对媒介的影响可谓绵密而细致，它以不同的方式控制着传媒内容的刊播，使得媒介的编辑平台为广告主和广告公司的工作平台所掌握。这种作用机制可概括为权力影响、利益影响和关系影响三种模式，前者是通过对传媒的并购或与传媒的合作而对媒介产生直接影响，而后两者是通过利益制约和关系疏通对媒介的间接影响。

（一）权力影响

独立的编辑权一直以来就是媒介从业人员追求的一种理想，这恰恰表明编辑权旁落的现实。其实，传媒与生俱来的中介角色决定了它的运作难以做到独立自主，从行政力量到商业力量都曾在不同的历史时期支配过传媒，影响着编辑权的独立。从传媒的发展史来看，商业力量对传媒的影响更持久。早在 1920 年代末到 1930 年代初，广播刚出现时的经营模式通常是将设备租给广

告客户,并把空中时段出售给他们。当时,广播节目的制作与控制权是掌握在广告客户手中。从1960年代中期开始,当传媒成为一个有利可图的巨大产业时,社会资本向这里汇集,大的广告客户纷纷购买或参股传媒公司,这种相互投资或策略联盟使不同公司间经由董事会而密切地联结在一起。通过董事会的联结关系,大型企业的广告主可以比较直接地影响媒介的采编活动和内容选择。这种通过控制编辑权影响媒介内容的做法在资本运作非常成熟的西方国家比较普遍。

在中国,随着传媒体制改革的不断深入,传媒商业化的步伐越来越快,尽管我们的传媒改革执行的是将经营资产和非经营资产分开的宏观管理体制,明确禁止媒介编辑权的市场化,但由于改革尚处在探索阶段,改革实践在已有的体制和预期的目标之间还存在着很大的空间,资本通过对传媒的渗透和影响,为传媒的运作规则设定着边界。对某些媒介而言,资本事实上已经控制了媒介内容的选择。有着外资背景的民间传媒公司北京欢乐传媒集团和上海开麦拉传媒集团与内蒙古电视台三方成立合资公司,开麦拉和欢乐传媒分别是第一和第二大股东,内蒙古电视台则以设备和人员入股。合资公司负责内蒙古卫视所有的内容提供、广告及运营。也就是说,实际上是由有着节目制作、发行和广告优势的传媒公司控制了内蒙古电视台;盛世北京保利华亿传媒文化的业务范围除了制作电视剧、投资电影制作、广告代理及广告制作外,亦负责为海南卫视制作节目;由北京金天地影视文化公司、深圳泉来实业有限公司与贵阳电视台共同成立的贵州金天地广告节目有限公司开始全面经营贵阳电视台除新闻以外的所有内容;新闻集团与团中央网络影视中心等几家公司正准备共同出资组建一家合资广告公司,全盘负责青海卫视的广告运营,而借助青海卫视这个平台,新闻集团旗下的星空卫视有望部分节目实现全国落地,等等。在这些个案中,广告主或广告公司都程度不同地掌握了媒介的内容编辑权。2004年,深圳电视台新闻综合频道、南方电视台粤语频道、湖南电视台金鹰卡通频道、北京电视台动画频道、上海电视台动画频道获准上星，国家广电总局对于批准各个副省级以上的城市上星政策逐渐开放，这为资本的介入打开了方便之门，今后我们将看到越来越多的资本支配传媒的例子。

(二) 利益影响

几乎所有的现代传媒对广告的经济依存度都超过了 50%，媒介对广告有了巨大的利益需要。为生存计，媒介必须将广告主的诉求和希望放到优先考虑之列，因为满足需要的一方相对于需要的一方而言总是处于优势位置。广告主正是看到了这一点，经常以威胁撤回广告给媒介断奶的方式影响媒介内容。这种威胁并非空穴来风，据资料，1992 年针对美国报纸所做的一项研究显示，93% 的报社编辑回答因为新闻报道内容，广告主曾威胁要撤回广告，其中 38% 的编辑回答广告主曾成功地影响报纸的内容。1997 年，对美国商业电视台记者的调查结果也显示，74.2% 的记者回答广告主曾企图影响新闻内容，68.3% 的记者回答因为新闻内容，广告主威胁要取消广告，44.2% 的记者回答新闻真的被迫取消或更改，40% 的记者回答广告主成功地影响了新闻报道的内容，59.2% 的记者回答由于播出不利于广告主的内容而被广告主抗议，55.8% 的记者承认曾制作广告主喜欢的内容，以取悦广告主。[②]

广告主满足了媒介的利益需要，这使媒介只能默认它对内容产品的影响。在 2004 年《中国新闻工作者职业道德调查报告》中，对于主动淡化不利于重要广告客户的新闻，12.1% 同意，54.2% 态度暧昧，这两部分占整体的三分之二。[③] 这样的调查结果不仅仅反映了我国新闻从业人员职业意识低下和未能很好地遵循基本职业规范，而且也表明了重要广告客户对媒介施加的影响之大已到了可以迫使媒介从业人员屈从的程度。

(三) 关系影响

1980年代中期公共关系学传入我国后,受到了广告主的极大重视,许多大型企业都设了公关部、企划部、广告部、营销部等相关职能部门,负责协调与政府、媒体、消费者团体或个人之间的关系。这些部门经常策划一些大型的、带有公益性质的活动以吸引传媒报道,帮助企业在公众中树立良好的形象,许多经典案例被写进了教科书。但在实践中,人们却往往按照错误的理解来实施所谓的公关活动。我们知道,公共关系的核心目标不仅仅是为了宣传企业形象,更是通过一次次的公关活动塑造企业形象,由于人们更执迷于前者而忽视后者,从而带来一系列问题。

中国的公共关系理念还停留在对已有的形象的宣传和维护上,因此,广告主宁愿花时间去宴请记者和编辑,赠送礼物、纪念品甚至金钱,也不愿意把精力放到费事的活动策划和组织上。当然,这也与中国媒介从业人员普遍的职业道德缺失有关。《中国新闻工作者职业道德调查报告》显示,对于接受被采访方用餐,21.5%同意,62.8%态度暧昧,这两部分占整体的六分之五强;对于接受被采访方免费旅游,10.7%同意,55.1%态度暧昧,这两部分占整体的近三分之二;对于接受被采访方现金馈赠,6.3%同意,40.5%态度暧昧,这两部分占整体的近半数。④就这样,在广告主和媒介这两个组织内部之间形成了一种特殊的人际关系,他们各取所需,广告主获得了对自己有利的报道,媒介人获得了实实在在的好处,而他们的行为短时期内不会造成多大的损失。媒介人认为既然广告主的产品没有问题,进行一些正面报道也不为过;广告主认为组织大型活动,塑造企业形象毕竟是长久之计,并不急于一时。广告主通过这种暂时性的私密关系对传媒内容施加了较大的影响。

二、刊播什么：广告商影响下的传播内容

现代广告传播的最大特点是常常将产品置于特定的生活场景中，通过对产品所处环境和气氛的烘托来表达产品的独特品质。而在广告商的眼中，传媒的节目内容就是在为产品营造一种购买氛围，在创造一种消费情绪。在广告商的"大广告观"中，媒介既不是教育机构，也不是舆论喉舌，而是刊播广告的工具，即媒介是广告的媒介。广告商要求节目内容既不能损害产品、服务或公司的形象，也不能影响潜在消费者的购买情绪。

（一）反感与产品或服务有关的批评类内容

对产品或服务的促销而言，广告和非广告类节目具有信息同构性，非广告类节目虽然不能直接促销产品或服务，但至少不能与刊播在同一媒体上的广告信息唱反调。很难想像，一篇呼吁大力发展公共交通而抑制私家车的报道和一则小汽车的广告放到一起会是什么效果。广告客户深知这类节目对自己的影响，所以一般的大公司都有自己的节目政策。布朗与威廉森烟草公司在1970年美国电视禁止播放烟草广告之前一直执行着这样的节目政策：节目中不能以贬低或损伤其形象的方式来处理卷烟广告。涉及香烟时不应当出现厌恶、不满的表情姿态等。例如，不准有在烟灰缸里掐灭香烟火星，或用脚踩香烟的镜头。无论何时，反对派或可疑人物抽的香烟，其长短和烟头有一定规格，而且香烟牌子是辨认不清的。香烟不能用作刻画不良分子的手段。优秀人物抽的香烟则应当是有布朗与威廉森公司的商标的，辨认得清与否都可以。而另一家白厅制药厂对广播网的要求则是：假如一个镜头描绘了某个人拿一瓶药片自杀，那么我们就要它停止播放。⑤

有些节目内容也许是广大受众希望了解的，但在传媒的生存法

则里,"广告商的要求比受众的要求有更大的优先权"。商业化的传媒越来越明显地感觉到这种批评类的节目会得罪广告商,给自己带来经济损失,所以,在传媒的例行的审查中,除了专业标准以外,还有一个商业标准,即不能刊播与广告产品或服务相关的批评类内容,要努力通过节目让受众比较亲切自然地接触广告信息。

(二) 鼓励营造购买氛围的生活化内容

信息被接受和认可的程度与该信息所处的环境有很大的关系。一般而言,同质或"同理"的信息环境有助于对该信息的接受,而反差很大的信息环境可能会让该信息很快凸显出来,引起人们的注意,但往往接受起来比较困难。因为在大众传媒上进行广告宣传的多是面向普通百姓的大众化商品或服务,这类广告需要具有普适性的信息环境来配合,也就是说,作为广告信息环境构成的节目内容要"倾向于为人熟悉的和经过检验的程式和样式,远离冒险和创新,定位于常识而不是相反"。⑥

被广泛接受的节目也并非都能与广告宣传需要的消费氛围适应,那些承载着历史使命和重大社会责任的新闻类节目就因为过于沉重和严肃而与广告所鼓吹的消费意识格格不入,广告主往往对这类节目敬而远之。而那些表现生活方式的软性节目却因其世俗化而与广告有着很多共同语言,如一些商业服务类节目、娱乐休闲类节目以及电视连续剧等节目内容就受到广告主的欢迎。这一方面是因为它能很好地培养潜在消费者的购买情绪;另一方面,也在于这些节目能够更容易地加入广告内容。

三、怎么刊播: 广告商影响下的
媒介内容表现形式

广告商不但直接或间接地影响了传媒的刊播内容,而且也程度不同地制约了传媒内容的刊播形式。在传媒产业化改革不断深入，内容产品制作的商业化和市场化程度越来越高的情况下，广告商挟资本优势对传媒内容表现形式的影响也越来越大。

（一）附带式刊播

布尔迪厄指出，新闻场机制是按市场要求，通过记者对司法场、文学场、艺术场、科学场等各种文化生产领域施加影响。这就决定了传媒话语可能的泛广告化语境。正是因为传媒内容生产遵循的市场化原则，经济利益是内容编排的重要考量，传媒出现了附带式刊播的节目类型。所谓附带式刊播，是指传媒经过精心策划，在正常的内容刊播中为广告留有一定的空间，使广告成为节目自然的组成部分，以期达到影响消费者的无意识，寓促销于无形的目的。诺基亚 7650 手机曾经把它可以即时取得新闻资讯的功能说明广告放在某报纸新闻版面的正中央，同时把该版面的一个新闻图片直接嵌入手机屏幕。新闻图片和广告图片你中有我，我中有你。这与其说是在新闻的主导下广告被收编了，倒不如说广告借助于新闻信息传播成功地改变了新闻的报道形式。同样的情形也出现在电视节目中，如电视栏目"读书时间"，是一场针对特定人群，旨在传播知识，提高人们文化素质的节目，但节目的播出形式让我们怀疑究竟是观众的"读书时间"，还是出版商的"促销时间"。因为诸如"排行榜"、"读者最喜欢"之类的话语让我们真正感受到这是一个可供出售的话语场，其真正的目的是广告而不是知识。更为常见的是，在电影和电视剧中出现的能清晰辨明商标的产品，如"东边日出西边雨"中的"城市猎人"车，"编辑部的故事"中的"百龙矿泉壶"，电影"手机"中的"摩托罗拉手机"，"明日帝国"中的"宝马"车等，都让我们看到了广告商对内容播出的影响。

这种广告商影响下的附带式刊播在时下流行的网络游戏中最为常见，目前的一些网络游戏的在线人数已经达到上百万人，庞大稳定的受众群体和信息接受时注意力的高度集中,让网络游戏成了备受青睐的广告媒体。这种广告活动通常以两种方式展开,一是出现在游戏网站的页面上;一是出现在游戏里。后者因为运作的空间更大成为主要的广告形式,这也使得广告商有力地影响了网络游戏的内容生产。在著名的足球游戏"FIFA"系列中,可以看到球场周围醒目的广告牌,队员球衣上清晰的品牌名和他们脚上那流畅的大钩子;在赛车游戏中,赛道周围也会像现实中一样,竖立着大大的石桥轮胎的标志,而赛车上也赫然印着"SONY"的 logo;在《疯狂出租车》游戏中,许多乘客会要求你将他们带往必胜客或者是肯德基;在《超级猴球》游戏中,解谜过程中主角猴子需要搜集香蕉,而搜集到的这些香蕉身上统统贴有"多天食品公司"的标签;在《极品飞车》系列的第五代产品《保时捷之旅》中,第五代所能选用的汽车清一色全是保时捷,而游戏中更是附上了一份详细的保时捷产品目录,从第一辆车到最新的 911Carrera4 应有尽有。[⑦]这种广告形式之所以受到重视,是因为相比而言,它巧妙地将自己融入节目内容中,淡化了商业推销色彩,不影响游戏的正常进行,基本上不会产生接触广告时经常出现的防范心理。广告商和游戏开发商的这种默契有力地影响了游戏的内容样式。

(二) 粘连式刊播

自传媒内容的广告价值被开发以来,广告商就以各种方式介入到媒介内容的传播中,这种介入的关键在于广告商所代理的广告客户的产业属性与节目内容指向性的相关度。广告商往往会选择相关度高的节目介入,而传媒通常以节目连缀的方式提供这种服务,即传媒在节目的开头或结尾部分为广告商提供某种参与方式,让广告与节目做无缝式连接,这就是广告商影响下的传媒内容的粘连式刊播。

调查显示,人们对不请自来的传统叫卖式广告表现出越来越多的厌烦情绪，而对那些经过伪装的渗透式的广告抵触较少。传媒为了满足广告客户的需要，不断推出一些新的广告刊播形式。媒介的各种栏目按时固定刊播，有相对稳定的受众群，这为广告创新提供了重要的渠道资源。其中最常见的方式就是栏目的冠名赞助式刊播，如央视新闻频道感冒药赞助感冒指数、汽车赞助交通指数以及各电视台的电视剧时间多以某某企业的名字冠名为"××剧场"。2004 年雅典奥运会举办前后，央视综合频道从 6 月 28 日开始，在《晚间新闻》后正式开播了一档奥运特别节目，名字就叫"联通雅典"，这是央视为联通量身定做的节目，节目内容也与信息联通有关，每天第一手及时为观众提供奥运最前沿的动态信息，这一节目完美地演绎了中国联通"连通你我"的品牌内涵，成功地实现了联通品牌与节目的深度互动。

由广告主赞助播出的与企业产品或服务相关的节目，有人把这种方式称作教育娱乐式营销，这种营销除了采用冠名的方式以外，还有在节目结束后标明赞助商的名字。这种节目多与公益主题相关，如纽崔莱营养与健康研究中心策划赞助的 1 小时纪录片《营养探索之旅》和一系列 30 秒的《健康时刻》短片，在 Discorery 探索媒体的精选频道播出时，采用的就是这种方式。与冠名相比，这种商业谋略更为巧妙，它更能达到润物无声的宣传效果。一般而言，广告商会同时采用这两种方式，和节目内容一起粘连式刊播。

（三）衍生式刊播

随着传媒商业化的不断成熟，广告与节目内容之间的逻辑关系也随之发生了变化。在传媒商业化初期，传媒是通过内容来招揽广告；在传媒商业化成熟阶段，传媒是通过对广告的预期来打造内容产品。在后一个阶段，广告对节目内容的生产和内容的刊播形式产生了重要影响。

广播节目现在通行的模式是"杂志化"，而广播刚出现时的节目播出是采用整块时段出租给广告商的形式,在 30 到 60 分钟的时间里,听众只能收听到某个广告客户的节目,虽有广告收入,但经济效益不高。为了取得更多的营收,在 1950 年代末期以后,广播公司开始收回节目编排和制作的权力,引进"杂志化"概念,自行制作编排节目,吸引不同的听众,然后向众多的广告客户逐档卖出广播时间,广播公司的广告收入明显增加。现在广播节目的杂志化已成为一种通例。我国的广播从 1980 年代末期开始以"珠江模式"的推广为契机,也开始采用这种播出形式。

广告对电视节目的播出形式的影响也很大,以往的电视广告大都出现在两个节目之间,但由于广告时间较长,观众多在这个时间调换频道或做其他事情,观众流失严重,广告的有效收视率低。为此,各电视台纷纷采取措施,开始压缩广告时段,改为以栏目内插播广告为主。如中央电视台的新闻频道就站在广告客户事件营销的角度对突发性新闻事件进行了精心的策划:对于可预见的新闻事件,广告中心将预先核定广告插播的形式和价格,由客户提前购买;对于不可预见的突发事件,客户可以预留一部分资金,突发事件发生时与客户迅速沟通,电话(传真)确认广告投放事宜,事后具体结算。在广告的影响下,新闻节目的播出形式包含了越来越多的经济因素。与电视商业化初期相比,这些"广告操作模式将是全新的,很多创新都是过去想都不敢想的"。⑧

广告不仅衍生出新的内容刊播形式,而且也会促生一些新栏目的出现。2003 年中国报纸广告营业额达到 243.01 亿元,增长了28.93%,占营业总额的 22.53%。报纸广告之所以能够保持较大的增幅,主要原因在于版面结构的改革挖掘了报纸广告的潜力,各种专业版面的开辟,进一步适应了各类读者的需要,广告按产品或服务类型跟踪报纸专业版,使广告的针对性更强,受到顾客的欢迎。这一点我们从新开辟的专栏的名目就看得出来,最常见的是房地产、汽车、时装、食物与旅游等广告来源比例较大的几个行业的专版,专版的内容也大都不是真正的新闻，而是介于新闻和广告之间的灰色地带。上海保监局和《解放日报》在 2005 年 3 月底合作创办"保险专刊"，开设的栏目有"老总专访"、"市场综述"、"产品新视点"、"居家必备"、"最佳组合"、"投资指南"、"个案解剖"等。很明显，这些栏目主要是为了服务于广告主，并将之作为促销产品或服务以及树立企业形象的用途。这种与广告相关的新栏目不仅出现在报纸上，也同样出现在其他媒体上，而且广告的影响力度有过之而无不及。据路透社 2004 年 7 月 22 日报道，英国天空广播公司宣布，将在 2004 年 9 月开播全天 24 小时专播广告的"广告频道"。⑨我们无法猜测该频道的视听率会有多大，但我们却从中看到了广告对节目内容的巨大影响。

注释

① 转引自潘知常：《传媒批判理论》，新华出版社 2002 年版，第 178 页。

② 胡光夏："广告的政治经济学分析法初探"，载《新闻学研究》2000 年 7 月第 64 期。

③ 陈力丹："2004 年新闻传播学研究的十二个新鲜话题"，见"中华传媒网"2005 年 2 月 1 日。

④ 郑保卫、陈绚："传媒人对有偿新闻的看法"，载《新闻记者》2004 年第 5 期。

⑤ 转引自王春泉：《广告文化论》，西安出版社 1998 年版，第 182 页。

⑥ 戈尔丁等："文化、传播和政治经济学"，转引自《20 世纪传播学经典文本》，复旦大学出版社 2003 年版，第 585 页。

⑦ 宋一聪："广告来了，虚拟世界是否依然精彩"，载《新闻午报》2004 年 4 月 13 日。

⑧ 郭振玺："央视巨变中的广告商机"，见《销售与市场·攻略》2003 年第 6 期。

⑨ 见《参考消息》2004 年 7 月 24 日。

图书在版编目(CIP)数据

公共服务与中国发展/复旦大学发展与政策研究中心
编.—上海:上海人民出版社,2007
(中国发展模式论丛;2)
ISBN 978 - 7 - 208 - 07584 - 9

I.公… II.复… III.社会服务-关系-社会发展-中
国-文集 IV.D632 - 53

中国版本图书馆 CIP 数据核字(2007)第 185223 号

出 品 人　施宏俊
责任编辑　李　莉
装帧设计　王小阳

世纪文景

公共服务与中国发展(中国发展模式论丛　第二辑)
复旦大学发展与政策研究中心　编

出　　版　世纪出版集团　上海人民出版社
　　　　　　(200001 上海福建中路 193 号　www.ewen.cc)
出　　品　世纪出版集团　北京世纪文景文化传播有限公司
　　　　　　(100027 北京朝阳区幸福一村甲 55 号 4 层)
发　　行　世纪出版集团发行中心
印　　刷　北京中科印刷有限公司
开　　本　635×965 毫米　1/16
印　　张　14.75
插　　页　4
字　　数　200,000
版　　次　2008 年 1 月第 1 版
印　　次　2008 年 1 月第 1 次印刷
ISBN　978 - 7 - 208 - 07584 - 9/D·1312
定　　价　26.00 元